파트타임
여행자

반수연
소설

파트타임
여행자

문학동네

차례

설탕 공장이 있던 자리
7

조각들
39

파트타임 여행자
73

춤을 춰도 될까요
107

프레살레
141

빅터 아일랜드
179

화분의 시간
213

해설
아름답고 강한 혼자들
김보경(문학평론가)
249

설탕 공장이 있던 자리

애나는 빛의 입자를 피워올리며 반짝이는 이스트강을 바라보고 있다. 10월의 기온은 그다지 높지 않지만 정오의 햇살은 뜨겁게 눈을 찌른다. 현기증을 느끼며 눈을 감는다. 눈꺼풀 안쪽이 붉어졌다가 검어진다. 짧은 현기증에는 약간의 달콤함이 남아 있다. 김포공항에서 미국행 비행기를 처음 탔을 때, 애나는 그런 종류의 현기증을 처음 느꼈다. 활주로를 빠르게 달리던 비행기가 막 떠오를 때는 내장이 등뒤로 빠져나가는 것 같았다. 어지러운 것도 같았고, 아랫도리가 간지러운 것도 같았다. 애나는 눈을 감고 두 손으로 뱃속 아이를 감쌌던 걸 기억한다. 어깨에 부드럽게 팔을 두르고 손을 지그시 누르며 안심시켜주던 남편 조를 기억한다. 그때 애나는 스무 살이었지만 이미 한평생을 보낸 듯 지쳐 있었다. 사십오 년이 지난 지금, 애나는 강변 공원 끝단에 위치한 도그 파크 내 벤치에 기대앉아 지난 시간이 하룻밤 꿈같이 짧았다고 느낀다.

강아지들은 처음 축구를 배우는 아이들처럼 도그 파크 이쪽 끝에서 저쪽 끝으로 우르르, 우르르 몰려다닌다. 애나는 그런 광경을 보며 낯선 평온을 느낀다. 아무 일도 일어나지 않을 것이고 이제 나는 괜찮다고 생각해보려 한다. 무리를 따라 정신없이 뛰어다니던 핀치가 애나의 발 앞에 멈춰 서서 애나를 빤히 올려다본다. 애나는 배가 고픈가보다 짐작한다. 핀치의 몸무게는 고작 3킬로그램이지만 핀치의 주인 크리스티나는 매번 먹이를 저울에 달아 먹이며 다이어트를 시킨다. 애나는 핀치가 안쓰러워 산책을 시킬 때면 뭐라도 숨겨와 먹인다. 오늘은 얼마 전 반려동물 용품점에서 산 간식을 호주머니에 넣고 나왔다. 난생처음 자신이 번 돈으로 개의 먹이를 사면서 묘한 기분이 들었다. 이게 다 핀치의 눈을 봐버렸기 때문이다. 핀치는 외면할 수 없는 눈빛을 가지고 있다.

북어포처럼 마르고 쿠키처럼 파삭한 큐브 모양의 간식을 손바닥에 올리고 부순다. 핀치는 가늘고 긴 혀를 날름거리며 순식간에 먹어치우고는 두어 번 더 빈손을 핥는다. 핀치의 혀는 따뜻하고 촉촉하며, 간절하다. 애나는 봉지째라도 털어주고 싶은 마음을 누른다. 한꺼번에 많이 먹이면 크리스티나가 알아챌 수도 있다. 애나가 블루베리 몇 알을 몰래 먹였던 날 핀치는 피똥을 쌌다. 크리스티나는 온갖 불길한 추정을 하다가, 결국엔 자신의 환자들을 대기실에 남겨둔 채 핀치를 안고 동물병원으로 달려갔다. 애나는 혹시 의사가 블루베리를 찾아낼까 마음을 졸였다. 별별 검사를 다 했지만 원인을 찾지 못했다며 툴툴거리는 크리스티나를 보고서야 애나는 마음을 놓았다.

오 마이 갓!

애나는 자리에서 벌떡 일어나며 소리친다. 검은 개는 도그파크에 들어오자마자 핀치를 향해 전속력으로 돌진한다. 검은 개는 핀치보다 열 배는 커 보인다. 핀치의 작은 몸이 쿵 충격에 튕긴다.

개 좀 잡으라고!

애나는 검은 개를 데리고 들어온 아시아계 여자에게 소리친다.

우리 개는 안 물어. 장난치는 거야.

개똥이 담긴 초록 봉지를 손난로처럼 두 손으로 감싸고 앉은 여자는 느릿느릿 웅얼거릴 뿐 개입하지 않는다. 핀치는 곧 균형을 회복하고 달아난다. 애나의 평화는 순식간에 깨어진다. 애나는 양팔을 휘저으며 검은 개가 핀치를 건드리지 못하게 이리저리 뛰어다닌다.

스톱! 스톱! 딱 건디리기만 해라. 내가 확 물어뻐리끼다.

개처럼 숨을 헐떡이다 비틀거리며 멈춰 선 애나가 소리를 지른다. 드문드문 남은 이 사이로 바람소리가 섞여 나온다. 여자는 그제야 자리에서 일어나 검은 개를 불러들인다. 핀치가 어디 다치기라도 한다면! 그건 상상하기도 싫다. 강아지조차 돌보지 못했다는 자책도 괴롭겠지만, 무엇보다 크리스티나가 애나를 가만두지 않을 것이다. 이때다 싶어 애나를 다시 길거리로 내쫓아버리거나 감옥에 가둬버릴지도 모른다. 애나의 등짝이 금세 땀으로 끈적인다. 검은 개와 핀치를 흥미롭게 바라보던 사람들은 애나의 독기 품은 목소리에 표정이 굳는다.

애나의 기세에 눌렸는지, 사람들의 시선이 거북했는지, 여자는 풀죽은 얼굴로 검은 개에게 목줄을 채우고 잡아끈다. 검은 개는 네 다리를 바닥에 꽉 붙이고 버티지만 곧 포기하고 따라나선다. 초라한 옷차림과 아직 뉴욕 억양이 입히지 않은 느린 말소리도 그랬지만, 무엇보다 흔들리는 시선과 불안한 기색이 여자의 처지가 애나와 별반 다르지 않다고 알려주는 듯하다. 어느 나라에서 온 여자일까. 자신의 아이는 본국의 누군가에게 맡기고 미국으로 건너와 남의 자식이나, 자식과 별반 다르지 않은 개를 돌보는 아시아계 유모가 이 동네에는 많다. 그들은 임시로 받은 취업 비자를 언젠가는 그린 카드로 바꾸고 자신의 아이를 미국으로 데려올 꿈을 꾼다. 애나는 그런 꿈을 가진 여자들이 잠시 부럽다.

 검은 개를 끌고 나가는 여자는 입구의 휴지통을 지나쳐 고층 아파트 쪽으로 개똥 봉지를 들고 간다. 그 개의 주인도 크리스티나처럼 매일 강아지 똥을 검사하는 사람일 거라 애나는 짐작한다. 검은 개와 여자가 그렇게 떠나버리고 나니 안심이 되기보다는 멋쩍고 무안하다. 애나는 민망함을 달래려는 듯 두 손을 동그랗게 말아 햇살을 가리며 고개를 뒤로 젖힌다. 친구의 이름을 부르듯 머리 위로 지나가는 다리 이름을 하나씩 부른다. 브루클린아. 맨해튼아. 윌리엄스버그야. 그렇게 소리 내서 부르는 것만으로도 잠시 정다운 마음이 된다. 모두 맨해튼으로 연결된 다리다. 아래서 올려다보니 다리는 생각보다 훨씬 크고 길다. 다리 위에서는 잘 보이지 않던 전체 구조가 강변에서는 잘 보인다. 이 일대는 한때 세상에서 제일 큰 설탕 공장이 있던 자리라고 김교수는 말했다. 지난 오십 년 동안 그 설탕을 먹었다고도 했다. 이제 이곳은 노동자가 넘보기 힘든 고층 아파트, 호텔의 외관을 갖춘 오피스 빌딩, 설탕 공장에서 뜯어낸 의자와 소품을 활용한 놀이터, 그리고 바닥에 설치된 조명이 온화한 빛을 밝히는 강변 산책로가 들어섰다. 일 년 전, 애나는 민수가 운전하는 낡은 밴을 타고 윌리엄스버그 다리를 건너 이곳으로 왔다.

 저어기 저 하얀 빌딩 보이죠? 모퉁이에 S라고 적힌 건물이요. 저기가 김교수님 집이에요. 이젠 셸터는 잊고 여기서 행복하게 지내셔야 해요. 강 따라 산책도 하고, 맛난 것도 사 드시고요. 교수님이 월급 넉넉히 주실 거예요.

다리 중간쯤 왔을 때 민수는 빌딩을 가리키며 아이를 달래듯 다정한 목소리로 말했다. 애나는 높은 빌딩과 잘 다듬어진 강변 공원을 보자 다시 주눅이 들었다.

안 가모 안 되것지예. 셸터 식구들 묵을 끼나 해줌시로 그냥 이리 살모 안 되까예. 막상 나가 없으마 민수 슨상도 마이 힘들 낀데.

애나는 다 끝난 이야기를 또 꺼냈다. 김교수는 한 달에 두어 번 식료품이나 약품을 사들고 셸터를 찾던 기부자 중 하나였다. 애나는 그가 가져온 재료로 불고기도 만들고 백숙도 끓였다. 김교수는 셸터 식구들 사이에 앉아 애나가 끓인 음식을 먹었다. 이런저런 이야기를 풀어놓느라 앞에 둔 음식이 맥없이 식어버릴 때도 있었다. 그때마다 애나는 애가 탔다. 그는 모든 것에 대해서 말했다. 어떤 날은 지구나 기후에 대해서 말했고, 어떤 날은 역사나 소설 속 한 장면을 실감나게 들려주기도 했다. 우주가 어떻게 생겨났고, 빅뱅이 무엇인지 말하는 그의 이야기를 애나는 거의 이해하지 못했지만 듣는 걸 좋아했다. 테이블에 둘러앉아 크림과 설탕을 듬뿍 넣은 커피를 앞에 놓고 그의 이야기를 듣다보면 마치 태어나 처음으로 근사한 자리에 초대받은 기분이 들었다.

저 빛은 팔 분 전에 태양을 떠나 지금 여기에 막 도착한 거예요.

김교수는 출입문 위에 뚫린 셸터의 유일한 창으로 들어오는 손바닥만한 빛을 보며 말했다. 빛은 시간마다 옮겨다니며 잠시 지하 공간에 머물렀다. 애나는 빛이 어디에서 생겨나 어디에 닿는지 한 번도 생각해보지 못했다. 셸터 식구 대부분은 김교수의 이야기를 흘려들었지만, 간혹 그와 제법 대화가 통하는 이도 있었다. 그럴 때면 김교수는 옛친구를 만난 듯 신이 나서 밤늦게까지 떠들며 놀다 갔다. 그는 언제나 책을 들고 다니고, 아는 것이 많아 김교수라는 별명으로 불렸지만, 셸터에는 대부분의 시간에 벽을 보고 모로 누워 있는 진짜 교수도 있었다.

어느 날부터 김교수가 오지 않았다. 애나는 출입문을 쳐다보며 그를 기다렸다. 몇 달이 지난 후 그가 아프다는 소식을 들었다. 김교수가 좋아하는 음식을 만들 때마다 그를 생각했다. 그가 궁금하고 그리웠지만 이렇게 높은 빌딩 속 그의 집으로 들어가게 될 줄은 몰랐다. 드높은 빌딩은 아무래도 어색했다. 애나에게는 지하가 익숙했다. 새벽 첫 지하철이 올 때까지 맨해튼의 지하는 나름의 질서로 평화로웠고 아늑했다. 여성 홈리스 셸터가 있었지만, 애나의 바로 옆에서 두 여자가 자리다툼을 하다 젊은 인도계 여자가 칼에 찔려 죽는 것을 본 후로 얼어죽을 만큼 춥지 않으면 가지 않았다. 가끔 시립도서관 화장실에서 따뜻한 물로 얼굴을 씻거나, 그 물에 컵라면을 불려 먹었다. 몰래 속옷을 빨아 휴지로 꾹꾹 눌러 말렸다. 책상에 엎드려 설핏 잠이 들면 보안 요원이 어디선가 나타나 어깨를 툭툭 쳤다.

여기서 자면 안 돼요! 나가요!

책장에서 아무 책이나 뽑아와 펼쳐놓고 잠들지 않으려 애쓰며 앉아 있곤 했다. 앉아 있을 수는 있지만 잠들면 안 된다는 말은 아무리 생각해도 이상했다.

핀치는 네 다리를 분주히 움직이며 애나를 잡아끈다. 꼭 애나가 어디로 갈지 아는 것 같다. 아파트에서 북쪽 언덕으로 세 블록 올라가면 젤라토 가게 옆에 크리스티나가 좋아하는 과테말라 커피숍이 있다. 한 손으로 핀치를 안고 한 손으로 주머니를 뒤져, 몇 번이나 외우려고 시도하다가 너무 길고 복잡해서 포기한 크리스티나의 커피 주문서를 카운터 직원에게 내민다.

콜드 브루, 오트 밀크 콜드 폼, 바닐라 스위트 휘핑크림, 하프 스위트, 엑스트라 아이스.

남자는 소리 내어 주문서를 읽으며 눈빛으로 애나의 표정을 확인한다. 애나는 여느 때와 같이 잘 이해하지 못했지만 여느 때와 같이 고개를 끄덕인다.

네임?

애나.

애나는 짧게 대답하고, 입안이 보이지 않게 입술을 말아 이와 잇몸으로 살짝 깨문다.

헤이, 찰리, 문 좀 열어줘!

우유 박스를 여러 개 포개어 안고 창고 앞에 선 남자가 카운터 직원을 부른다. 찰리? 애나는 반사적으로 카운터 직원을 쳐다본다. 굽슬굽슬한 머리칼과 유난히 동그란 눈, 윤기나는 갈색 피부가 아들 찰리를 닮았다. 애나는 순식간에 정신이 아득해진다. 목이 바짝 마른다. 아이가 나를 알아볼까. 나는 아이를 알아볼까. 숨을까. 다가갈까. 찰리를 본 지 삼십칠 년이 지났다. 애나는 다가가 남자의 얼굴을 더 자세히 보고 싶다. 남자의 얼굴은 터무니없이 앳되다. 스무 살이나 되었을까. 어쩌면 십대일지도 모른다. 애나! 커피 다 됐어요. 찰리는 컵에 쓰인 이름을 보며 애나를 부른다. 애나와 눈빛이 부딪치자 희고 고른 치아를 드러내며 활짝 웃는다. 애나는 검은 커피와 하얀 오트 밀크와 더 하얀 휘핑크림이 층층이 색을 달리하는 차가운 커피를 쥐고 조금 더 적극적으로 남자를 바라본다. 그는 흑인 아시안 혼혈이 아니라 라틴계지만 확실히 찰리를 닮았다. 어쩌면 저 모습이 애나가 놓쳐버린 스무 살의 찰리일지도 모른다. 애나는 그냥 나가버리기가 아쉬워 출입문에 서서 찰리를 조금 더 바라본다.

크리스티나는 아파트 복도로 나와서 애나를 기다리고 있다. 크리스티나를 발견한 핀치는 꼬리를 빳빳이 세워 상모처럼 돌리며 크리스티나의 품으로 달려간다. 애나는 금세 가슴이 허전해진다.

왜 이렇게 늦었어요. 진료 늦겠네. 아빠는 자고 있어요. 두 시간에 한 번씩 혈압 체크 하고요. 약 드릴 시간 잊지 말아요.

크리스티나는 애나 손에 들린 커피를 낚아채듯 가져가며 쏘아붙인다. 그새 갈색으로 뒤섞인 커피를 한 모금 마신 크리스티나는 인사도 없이 돌아서서 엘리베이터로 향한다. 고맙다는 말은 떡을 사문나. 애나는 돌아서서 중얼거린다. 평생 거리에서 온갖 멸시를 받았지만 크리스티나의 냉정은 어쩐지 다른 종류의 상처를 준다.

크리스티나의 가정의 클리닉은 옆 빌딩 3층에 있다. 크리스티나는 퇴근길에 회진하는 의사처럼 오 분쯤 김교수의 상태를 살피다가 47층 자신의 집으로 올라간다. 가끔 점심시간에 들러 김교수에게 링거를 달고, 진통제를 주사한다. 그사이 애나는 강변을 걷거나 마트에 장을 보러 간다. 석 달 전부터 크리스티나는 애나에게 핀치 산책과 커피 심부름을 시켰다. 핀치가 애나를 잘 따르고 애나도 핀치를 좋아한다는 걸 크리스티나도 안다. 그렇다고 크리스티나가 애나에 대한 의심을 완전히 거둔 건 아니다. 대놓고 구박하지는 않았지만, 저울에 잰 듯 정확한 친절로 애나를 밀어낸다. 김교수에 대한 애나의 호의는 의도를 의심받는다. 왜 그러죠? 하지 마세요. 김교수에게 마사지를 해주거나, 따뜻한 수건으로 몸을 닦아줄 때 크리스티나는 싸늘해진다. 애나의 친절은 경계의 대상이다. 크리스티나의 빛나는 아름다움과 생기 넘치는 젊음과 아무것도 두려울 게 없는 지식과 견고한 삶이 부러웠지만 그런 부러움을 갖는 것조차 크리스티나에게 불쾌감을 준다는 걸 이제 애나는 안다.

애나는 김교수가 깨기를 기다리며 초록색 벨벳 의자에 앉아 공과금 고지서 봉투에 한글 연습을 한다. 매일 책 제목을 몇 번씩이나 적지만 다음날이면 대부분 잊어버린다. 그래도 애나는 글자 연습을 할 때 자신이 다른 생을 살고 있다는 만족감을 느낀다. 책을 펼쳐보거나 만져보며 그 안의 내용을 상상해보기도 한다. 모르지만 알 것 같다. 그것으로 족하다. 이제 와 한글을 안다고 해서 달라질 것도 없겠지만 상관없다. 요즘에는 공부에 요령이 생겨 한글 아래에 영어로 발음을 적어둔다. 『남한산성』에 'namhansansung'이라고 음을 적고 보니 또다른 외국어를 보는 느낌이다. 김교수가 그 책을 찾아달라고 부탁했을 때 낯선 말이라 겁을 먹었지만 의외로 찾기 쉬웠다. 제목이 네 글자인 소설은 서른일곱 권이었고, 그중 두번째 글자가 '한'인 책은 한 권이었다. '한'은 애나가 오랫동안 유일하게 쓸 수 있던 자신의 이름 한, 애, 숙 중 한 자였다. 김교수가 『검은 하늘』이라는 책을 부탁한 적도 있었다. 두 글자와 두 글자 사이 공간이 있는 책은 일곱 권뿐이었다. 일곱 권을 모두 뽑아 김교수에게 한 권씩 보여주었다. 김교수는 애나가 너무 오래 한글을 사용하지 않아 잊어버렸다고 생각하겠지만 애나는 한 번도 한글을 깨친 적이 없었다. 찰리가 유치원에 갈 즈음, 발음에 따라 뜨문뜨문 알파벳 읽는 법을 익힌 게 글공부의 전부였다.

애나가 민수와 함께 처음 이 아파트에 들어섰을 때 43층 통유리창으로 보이는 맨해튼의 경치도 입이 쩍 벌어질 만큼 놀라웠지만 그보다 더 애나를 압도한 것은 책이었다. 애나는 평생 그렇게 많은 한국 책을 본 적이 없었다. 김교수는 초록색 벨벳 의자에 앉아 책을 읽다가 그들을 맞이했다. 그 의자에서 얼마나 많은 시간을 보냈는지 엉덩이가 닿는 부분이 반들반들해져 있었다. 두 달 전, 두번째 간암 수술을 하고 김교수는 더이상 초록 의자에 앉지 않았다. 가끔 휠체어에 앉아 창 아래를 바라보긴 했지만 근래엔 그조차 뜸해졌다. 앉아 있는 시간이 줄어들자 말수도 함께 줄었다. 대부분의 시간에 그는 눈을 감고 누워 있었다. 애나가 방문을 열어도 눈을 뜨지 않을 때가 많았다.

애나는 그가 생각에 잠겼는지, 잠을 자는지, 죽은 건지 알지 못한 채로 방문을 조용히 닫고 나왔다. 그게 무엇이든 방해하고 싶지 않았다. 가끔은 애나와 이야기를 나누다가 기절하듯 잠이 들기도 했다. 여전히 손이 닿는 곳마다 책을 두고, 애나에게 책을 찾아달라 부탁했지만 그다지 읽지는 못했다. 하루 세 번, 한 주먹씩이나 먹는 약이 원인일 거라 애나는 생각했다. 깨어난 후에도 한동안 눈에 초점이 없었다. 머리가 맑지 않아. 김교수는 종종 말했다. 그럴 때면 정신이란 걸 내다버려서라도 고통을 줄이고 싶었던 거리의 시간이 떠올랐다.

오늘따라 김교수의 잠이 길다. 애나는 한글 공부를 밀쳐두고 방문에 귀를 대본다. 코 고는 소리가 엷게 들린다. 방문을 열어볼까 망설이다가, 창에 바짝 붙어서서 강 건너를 바라본다. 처음 며칠 동안은 창만 바라봐도 속이 울렁거렸지만 이젠 속이 시원하다. 애나가 이십 년 넘게 떠돌던 맨해튼이 장난감처럼 사소하고, 살과 피와 뼈를 녹였던 거리는 아예 보이지도 않는다. 유람선이 종이배처럼 이스트강을 떠내려간다. 하얀 돛을 단 범선은 바람을 만나지 못했는지 부표처럼 떠 있다. 언젠가 저런 배를 타고 이리저리 떠다녀보고 싶다고 생각하다가 문득 열망을 품는 제 모습에 깜짝 놀란다.

애나는 지난 독립기념일에 수백 대의 배가 강으로 몰려나왔던 광경을 잊을 수 없다.

뭐시 난리라도 났어예?

애나는 놀란 목소리로 물었고, 김교수는 빙그레 웃었다. 독립기념일이라 불꽃놀이를 보러 온 배들이라고 크리스티나가 알려줬다. 그날 애나는 발아래서 붉고 파란 불꽃이 춤추는 것을 보았다. 맨해튼 골목에서도 불꽃 터지는 소리를 들은 적 있지만, 잘 보이지는 않았다. 치솟은 빌딩들 틈새로 하늘은 옹색하게 열려 있었다. 애나는 빌딩 사이 계곡처럼 깊고 어두운 바닥에 누워 불꽃소리가 총소리와 닮았다고 생각했다. 빌딩은 거대한 벽이었다. 뚫고 지나갈 수 없고 타고 오를 수도 없는 벽이었다. 많은 날 그 벽에 붙어 잠들었다. 언제나 잠을 깨우는 건 발소리였다. 쩌벅쩌벅. 다닥다닥. 애나는 모로 누워 담요를 머리끝까지 올리고 출근하는 사람들의 발이 눈앞에 지나가는 것을 보았다. 그들 중 누군가는 애나가 죽었는지 흔들어보기도 했다.

손가락 두 개로 이를 잡고 이쪽저쪽으로 흔들며 당긴다. 며칠 전부터 욱신거리던 아랫니 하나가 잇몸에서 반쯤 떠오르더니 뚜둑 떨어져나온다. 애나는 양미간을 좁게 오므리고 눈을 질끈 감았다가 뜬다. 이제 이런 것쯤은 무섭지 않다. 그러나 여전히 피맛은 싫다. 너무 비려 헛구역질이 올라온다. 세면대에 침을 뱉어낸다. 피가 한 움큼 쏟아진다. 남은 이는 여덟 개다. 아랫니는 두 개가 남았다. 평생 온전한 치아를 가진 적이 있었던가. 첫 남편 조에게 맞아 앞니 네 개가 한꺼번에 부러진 것이 시작이었다. 경찰은 조에게 맞았다는 애나의 말보다 애나가 술에 취해 혼자 계단에서 굴렀을 뿐이라는 조의 말을 더 믿었다. 어쩌면 당연한 건지도 몰랐다. 저 여자는 한국에서 온 창녀이며, 돈을 뜯어내려고 거짓말을 한다고 조가 말했으니까. 목숨걸고 월남전에 참전한 군인을 이렇게 대우해도 되느냐고 소리지를 땐 애나가 봐도 그럴듯했다. 그는 그때도 근처 부대로 출근하는 현역이었으니까. 애나의 어눌한 영어로는 경찰은커녕 자신조차 설득할 수 없었으니까.

애나는 거리에서 익힌 습관대로 위스키를 조금 머금었다가 삼킨다. 그러고 나면 쏨벅거리던 통증도 메슥메슥 올라오던 구역질도 좀 나아진다. 애나는 김교수가 마시다 만 열댓 개 되는 술병이 완전히 비지 않도록 조심하며 골고루 조금씩 축을 낸다. 김교수가 이 술을 마실 날은 오지 않겠지만 바닥을 내고 싶지는 않다.

죽을 쪼매 잡사볼람미까?

뭐든 좋아요.

뭐든 맛있다는 게 아니라 뭐든 입에 달지 않다는 말 같아서 애나는 코끝을 찡그린다. 방의 한 면을 전부 차지한 커다란 통

창으로 다가가 손잡이를 돌린다. 끝까지 돌려도 창은 겨우 한 뼘쯤 벌어진다.

바람이 들어와예? 좀 시원해지심미까?

방안 공기를 바꿔주고 싶은데 그 정도 틈으로는 벌레도 들어오지 못할 것 같다. 버튼을 눌러 침대 상단을 조금 세우고 김교수 등뒤로 베개 하나를 더 받쳐준다. 그러느라 침대 끝에 둔 책이 애나의 발등에 뚝 떨어진다. 얇은 책이어서 그리 아프지는 않다.

책이 허들시리 헤껍네예. 이기 머슨 책이라예?

시를 읽고 있어요. 긴 글은 집중이 어려워서요.

애나는 티셔츠 끝자락으로 안경을 닦아 김교수의 얼굴에 끼워준다.

시라꼬예? 청산리 백계수야, 뭐 그런 시예?

애나는 김교수가 접어둔 페이지를 펼쳐 더듬거리며 읽는다.

서서하아그어

섭섭하게.

섭섭하다꼬예? 교수님 지한테 뭐 섭섭해예?

하하. 시가 그래요. 내가 아니고 시가.

김교수가 오랜만에 소리 내어 웃는다. 소리가 깃털처럼 가볍다. 소리를 따라 김교수도 날아가버릴 것 같다. 섭섭하게. 애나는 문득 그런 것이 두려워진다.

죽을 끓이는 대신 무청을 푹 고아 흐르는 물에 흔들어 씻는다. 손가락으로 눌러보니 껍질을 벗겨내기 좋게 물렀다. 뜨물에 된장을 풀고 굵은 멸치 한 줌을 넣어 뭉근하게 끓인다. 구수한 냄새가 집안을 채운다. 퀸스에 있는 한인 마트까지 가서 말린 무청을 구해오길 잘했다. 어떻게든 김교수의 입맛을 찾아주고 싶다. 암이 얼마나 흉악한 놈인지 모르지만 잘 먹으면 다 괜찮아질 것이다. 애나가 끓인 음식을 달게 먹던 김교수가 그립다.

어느 날 김교수가 셸터에 노르웨이 고등어 한 박스를 들고 왔을 때 애나는 미꾸라지 대신 고등어를 푹 삶아 체에 걸러 남원추어탕을 흉내냈다. 애나 덕분에 뉴욕에서 이런 음식을 다 먹네요. 여기서 먹을 줄은 상상도 못했어요. 산초와 들깻가루까지 듬뿍 넣은 추어탕을 보며 김교수가 감탄했다. 김교수의 고향이 남원이라는 걸 그때 알았다. 몇 개의 산을 넘으면 애나의 고향 함양이었다. 할아버지가 입맛을 잃고 누워 있을 때 아홉 살 애나는 고랑을 헤집고 미꾸라지를 잡아 추어탕을 끓였다. 일곱 살에 엄마가 죽고 애나는 집안의 유일한 여자가 되어 부엌살림을 시작했다.

아이고 징글징글헌 영감탱이! 온 동네 사내새끼들은 다 불러가꼬 글을 갈차면서 와 나는 한글도 몬 배우게 해스까.

열세 살에 집을 나왔다. 돈을 벌면 학교에 다닐 생각이었다. 구로 공단 함바집에서 설거지를 하다가 술을 따랐다. 할아버지가 죽었다는 소식을 듣고 친구가 찾아왔다. 몰락한 양반 가문의 마지막 선비였던 할아버지의 시신은 십팔 일 장례 기간 동안 마당 한쪽에 가매장되었다. 애나는 음식을 만들고 나르며 힐끗힐끗 할아버지가 묻힌 자리를 바라보았다. 할아버지는 언제라도 무덤에서 튀어나와 애나의 머리채를 쥐고 흔들 것 같았다. 불안한 밤들을 보내다 잠이 들면 어김없이 할아버지 꿈을 꾸었다. 나를 죽인 년! 천벌받을 년! 새벽닭이 울기 전에 애나는 다시 집을 뛰쳐나왔다. 장례는 일주일이나 더 남았지만, 한시도 더 버틸 수 없었다. 열여덟 살이 되었을 때 애나는 동두천 기지촌으로 흘러들어갔다. 어떤 것도 작정한 건 아니었다. 세상이 떠밀 때마다 조금씩 뒷걸음을 쳤을 뿐이었다.

냄새가 좋지예? 무청을 좀 찌지봐쓰예.

냄새 때문인가, 고향 꿈을 꾸었어요. 요즘엔 꿈이 생시보다 더 생생해요.

김교수는 헝클어진 머리카락을 손가락으로 빗어 넘기며 말한다.

교수님, 숟가락을 볼끈 지이소.

애나는 하얀 쌀밥 위에 무청을 올려준다. 된장 물이 하얀 쌀밥에 배어든다.

인자, 천천히 잡솨보이소. 씹을 것도 읍실 끼라예.

그래요. 부드러워요.

나이들마 부드러븐 기 젤로 맛이 있다 아임미까.

김교수는 천천히 입을 오물거린다. 얼굴에 엷은 미소가 번진 것도 같다. 하지만 밥그릇을 얼마 비우지 못하고 숟가락을 내려놓는다.

애나는 깨금발을 하고 의류 수거함 속으로 깊숙이 몸을 구부려 줄무늬 셔츠와 바람막이 점퍼, 파란 여름 원피스와 목에 털이 달린 모직 코트를 건져낸다. 너무 부드러워 조금만 당겨도 찢어질 것 같은 여름 원피스와 물에 젖으면 쇳덩이처럼 무거워질 코트는 도로 통 속에 던진다. 다시 팔을 휘저어 건져낸 건 베이지색 남자 바지다. 바짓단이 조금 닳은 걸 빼면 아직 쓸 만하다. 애나는 바지를 몸에 대어본다. 민수 슨상 주마 되것다. 쫍다라이 낄다란 기 딱이네. 아이고오 아까바라. 와 이리 멀쩡한 걸 버리노. 애나는 건져내지 못한 옷을 안타깝게 바라보며 혼잣말을 한다. 이 아파트 의류 수거함에는 맨해튼 거리나 셸터 부근에서는 찾기 힘든 질 좋은 물건이 많다. 마음 같아서는 셸터 식구들을 싹 다 불러서 한 벌씩 입히고 싶지만 그건 불가능하다. 아파트 현관에는 보안 요원이 다섯이나 버티고 있어 허락받지 못한 이의 출입을 막는다. 집요하고 철저

하게. 그래서 애나는 쓰레기를 버리러 나올 때마다 의류 수거함을 헤집는다. 따뜻하고 잘 마르는 옷은 크리스티나에게 들키지 않게 세탁하고 챙겨두었다가 민수에게 전해준다. 민수를 처음 만났을 때, 애나도 깨끗한 옷을 얻어 입었다. 따뜻한 물에 샤워를 하고 뽀송뽀송한 옷에 얼굴을 묻었을 때 엷은 꽃향기가 났다. 상표에 한글이 선명하게 박힌 새 팬티를 비닐에서 꺼내 입고, 거울에 서린 김을 손으로 닦아낸 다음 자신의 몸을 비춰보기도 했다.

크리스마스 연휴가 시작되는 날이었다. 달콤한 캐럴이 흘러나오는 거리에서 사람들은 분주히 오갔다. 애나는 일찍 문을 닫은 환전소 벽에 기대앉아 크리스마스 장식등 사이로 흩날리는 눈을 쳐다보고 있었다. 연말이면 으레 인심이 후해져서 거리에 앉아만 있어도 슬그머니 지폐 한두 장을 놓고 가거나 마실 걸 안겨주는 이가 드물지 않았다. 그날은 특히 운이 좋았다. 따뜻한 걸 사 드세요! 가장자리에 금박 구슬이 달린 갈색 부츠를 신은 젊은 여자가 애나 앞에 쪼그리고 앉아 오십 달러 지폐 두 장을 손에 쥐여주며 말했다. 그렇게 큰 돈을 만져본 건 오랜만이었다. 애나는 먼저 뜨끈한 만둣국을 한 그릇 사 먹기로 했다. 발끝까지 녹여줄 국물이 간절했다. 이스트 48번가에서 32번가까지 걸어내려오며 열 군데쯤 한국 식당에 들렀다. 어떤 식당에서도 애나를 들여보내주지 않았다.

내 돈은 돈이 아이가? 만둣국 한 그릇 묵것다는데! 돈 줄 끼다! 와 몬 들어가게 하노! 이 씨부랄 것들이 와 인간 차별을 하고 지랄이고! 내가 걸뱅이로 보이나!

애나는 오십 달러짜리 지폐를 흔들며 식당 출입문 앞에서 고래고래 소리질렀다. 악을 쓰다 저도 모르게 흐른 눈물이 칼바람에 금세 차갑게 말라붙었다.

어머니, 제가 만둣국 한 그릇 대접해도 되겠습니까?

누군가 애나의 어깨를 가만히 두드렸다. 돌아보니 사십대로 보이는 남자가 선하게 웃고 있었다. 애나는 남자를 따라나섰다. 남자가 데려간 곳은 스무 평 남짓한 공간에 마련된 한인 홈리스 쎌터였다. 등받이 없는 빨간 플라스틱 의자와 야외용 간이 탁자가 놓인 부엌을 제외하고는 방이건 복도건 이층 침대가 따닥따닥 붙어 있었다. 사람들은 침대에 기대거나 누워서 애나가 들어오는 걸 물끄러미 쳐다보았다.

제가 만둣국 끓이는 동안 따뜻한 물에 좀 씻으실래요? 여기 갈아입을 옷도 있어요.

애나는 젖은 흙과 거리에 뿌려진 소금으로 얼룩진 장화를 벗었다. 세 겹으로 겹쳐 신은 양말까지 벗고 서니 얼어붙었던 발이 붉게 부어올라 있었다. 겹겹이 입은 옷도 벗어 쌓아놓으니 봉긋한 무덤 같았다. 멸치 육수 냄새가 뿌연 수증기와 뒤섞였다. 애나는 오랫동안 뜨거운 물 아래 서 있었다. 만둣국에는 달걀과 파도 들어 있었고, 잘게 부순 김도 뿌려져 있었다. 그 밤 애나는 화장실에서 제일 가까운 침대 아래층에서 잠을 잤다. 얼었던 몸이 녹으며 여기저기가 가려웠다. 밤새 피가 나게 긁었다. 아침 일찍 잠이 깬 애나는 찬장을 뒤져 미역국을 끓였다. 열두 명의 셸터 식구가 걸신들린 듯 국을 퍼마셨다.

애나는 거기서 꼬박 사 년을 지냈다. 약기운이 사라지는 동안 몸에 벌레가 기어다니는 것 같았고, 심장이 시도 때도 없이 쿵쾅거렸다. 한동안은 꿈과 현실이 구별되지 않는 밤을 보냈다. 이틀을 꼬박 잠만 잔 날도 있었다. 민수는 이불을 당겨 덮어줄 뿐 아무것도 묻지 않았다. 감당할 수 없는 기억이 공격하는 밤이면 밤새 거리를 걸었다. 벼랑 끝의 짜릿했던 시간이 수시로 유혹했다. 애나는 민수와 함께 땅콩버터와 잼을 바른 샌드위치를 만들어 노숙자에게 나눠주러 다녔다. 어느 밤에는 앉은 채 얼어죽은 이를 보았다. 비닐봉지 스무 개쯤으로 담을 쌓듯 자신의 영역을 표시하고 그 속에서 반듯이 누워 죽은 이도 있었다. 주검을 볼 때마다 자신이 죽어나가는 것 같았다. 가버린 이들이 불쌍하고 부러웠다. 그런 날이면 애나는 셸터로 돌아와 더 부드러운 밥을 짓기 위해 마음을 쏟았다. 밥을 달게 먹는 이들의 못난 입을 보았다. 이가 성한 이는 아무도 없었다. 자신의 젖을 빨던 찰리의 무른 입속이 떠올랐다. 달큰한 젖내가 나던 붉은 입.

어느 새벽 5번 침대 남자는 잠자는 애나 위에 올라타 손목을 꺾고 바지춤을 내렸다. 애나는 몇 남지 않은 이로 남자의 손등을 꽉 깨물었다. 잇몸이 욱신거릴 지경이었지만 남자를 나가떨어지게 하기에는 역부족이었다. 사람들을 깨울까봐 소리를 지를 수는 없었다. 가까스로 침대를 벗어난 애나는 부엌칼을 남자의 목에 바짝 들이댔다. 당장 꺼지라! 배때기를 확 쑤씨뻐리기 전에!

다음날 민수는 애나를 셸터 앞 공원으로 불러냈다.

어제 김교수님 집에 다녀왔어요. 뭘 제대로 먹질 못해서 더 말랐더라고요. 애나가 좀 돌봐주면 어떨까요. 김교수님이 애나 음식 잘 드셨잖아요. 애나한테 부탁해보겠다 했더니 좋아하시는 눈치였어요.

민수의 말이 너무 속상해서 소란 피우지 말고 조용히 아랫도리를 대줄걸, 하고 후회했다. 그게 뭐라고 이 난리를 피웠을까 싶었다.

나가 더 조심하낀께나 그리 섭섭한 말은 하지 마이소.

셸터의 유일한 여자이기는 했지만, 나이도 들었고 음식도 거의 도맡아 했으므로 셸터를 떠나리란 생각은 하지 못했다.

언제까지 이런 곳에 사실 순 없잖아요. 제가 수고비를 드릴 형편도 못 되고. 이제라도 밝은 세상에 나가셔야죠.

민수 슨샘도 참 이상타. 이거는 나를 오데 내삐리는 기라예.

설탕 공장이 있던 자리

나가 머한다꼬 돈이 필요하거쓰예.

이빨 하고 싶다고 했잖아요. 찰리도 찾아봐야죠. 어서 저랑 유전자 센터에 가서 등록도 하고요.

언젠가는 찰리를 만나야지 소망하기도 했지만 그건 너무 염치없는 짓이었다.

길거리에서 만나도 지 자식을 못 알아보는 에미가 무슨 에밈미꺼. 나는 볼새 죽은 사람이라예. 죽은 년이 자식이 어딨어예.

조가 반지를 빼놓고 출근했던 날, 애나는 찰리의 손을 잡고 학교까지 함께 걸어갔다. 커뮤니티 센터와 편의점과 도넛 가게를 지나 운동장 가장자리 파란 철조망을 따라 걷다가 더는 미룰 수 없는 시간이 되었을 때 애나는 아이를 끌어당겨 꼭 안았다. 심장이 녹아내렸지만 맞아 죽고 싶지는 않았다. 인자 너거 엄마는 이 세상에 없다. 애나는 못을 박듯 또박또박 말했다. 혼란과 불안으로 찰리의 얼굴은 어두워졌다. 그것이 찰리의 마지막 얼굴이었다. 그나마 조가 찰리를 끔찍이 여긴다는 게 위로가 되었다. 조의 반지와 현금 칠백 달러를 훔쳐 제일 먼저 출발하는 버스를 탔다. 찰리를 데리고 나오면 조는 지구 끝까지 쫓아올 것이었다. 쫓아와서 애나를 반드시 죽일 것이었다. 애나는 애틀랜타와 시카고를 거쳐 뉴욕으로 떠돌았다. 이름도 바꾸고, 흔적도 지웠다. 그러는 사이 애나는 미국에도 없고 한국에도 없는 사람이 되었다. 세 명의 남자를 더 만났지만 상황은 갈수록 나빠졌다. 꿈이나 희망 따위를 믿는 것보다 더 지독한 바닥으로 떨어지는 것이 편하다는 걸 배웠다. 하루도 찰리를 완전히 떠나지 못했고, 매일 조에게서 도망을 쳤다. 거리에서 조와 비슷한 사람을 보면 며칠 동안 약을 먹고 숨었다. 조는 꿈에도 수시로 찾아왔다. 소스라치게 놀라 깨어보면 닭 가공 공장 기숙사이거나, 마사지 업소의 숙소였다. 한국 식당의 다락방일 때도 있었고, 낯선 남자와 나란히 누운 모텔 방일 때도 있었다.

　욕조에 더운물을 받는 동안, 애나는 세면대에 서서 평소보다 더 꼼꼼하게 양치질한다. 치과 치료의 마지막날이다. 몇 개 없는 이였지만 잇몸과 혓바닥까지 몇 번이고 칫솔을 문지른다. 시궁창처럼 검은 입속을 의사에게 보이는 것은 벌거벗은 몸을 보이는 것보다 더 부끄럽다.
　교수님이 이리 나를 쓸모없는 년 취급하모 나는 요게 더는 못 있어예.
　애나는 욕조 물을 손으로 휘저어 섞으며 마음에도 없는 엄포를 놓는다. 오늘은 어떻게든 김교수를 목욕시키고 치과에 가고 싶다. 애나는 김교수의 맨살을 만지는 게 그리 어색하지 않지만 김교수는 애나의 보살핌을 쉽게 받아들이지 못한다.

암만 그래도 어쩔 수 없어예. 크리스티나가 씻기것나, 토요일에 오는 뚱보 메건이 씻기것나. 그래도 나가 백번 낫지요. 엊그제도 혼자 씻고 나오다가 휘청 안 했심미까. 오데 뽀사지기라도 하모 우짜깜미까. 어서 들어오이소 고마. 애나는 김교수를 기다리며 거듭 말한다. 누워 있는 시간이 길어질수록 침대 시트는 더 빨리 더러워졌고 몸에서는 환자 냄새가 났다. 벗어놓은 속옷에 배설물이 묻어 있기도 했다. 애나는 얼룩을 지우기 위해 손으로 박박 비비는 것도 모자라 빨래를 들통에 삶는 수고까지 마다않았다.

오일을 사용하면 마사지가 더 쉽겠지만 너무 미끄러우면 위험할 것 같아 대신 엷게 비누 거품을 낸다. 손바닥과 손가락에 적당한 힘을 실어 김교수의 팔과 어깨와 종아리를 밀어내린다. 김교수의 헐거운 피부가 애나의 손길을 따라 이리저리 쏠린다. 피부 아래 딱딱한 뼈가 아직 완강하다.

사람들은 주무르는 기 마사지라꼬 생각하것지마는 그기 아이라예. 요래 살을 결 따라 살살 미는 기 마사지라예. 그라다가요 있지예. 요래 매듭맨키로 딱딱한 기 만져지지예. 그라모 그걸 부드럽게, 요래요래 천천히 부드럽게 밀어서 풀어야 돼예.

애나는 사십오 년 전 한쪽 팔에 찰리의 머리와 어깨를 받치고, 거즈를 하얀 비누에 문질러 거품을 내서 작은 손과 볼과 귀를 닦던 것을 기억한다. 신비롭고 아름다운 눈과 몽돌처럼 검고 부드러운 피부를 가진 찰리가, 애나의 손길에 간지러운 듯 팔다리를 바둥거리며 키득키득 웃었다. 완전히 버린 줄 알았던 기억이 물기를 머금고 수면 위로 몽글몽글 떠오른다. 주책스럽게 눈시울이 뜨거워진다.

  뼈도 뜨시고 차갑고 그런 기 있어예? 뼈가 뜨신 것도 이상코 차가븐 것도 이상해예. 그라모 우리 몸은 뭐 때매 맨날 이리 뜨뜻한 기라예?

  애나는 딱히 궁금하지도 않은 걸 묻는다. 늘 이상한 질문에 답하기를 좋아하던 김교수가 오늘은 무릎을 세우고 앉아 대답이 없다. 웃는 것 같기도 하고, 슬퍼진 것 같기도 하다. 그러거나 말거나 애나는 마치 김교수의 굽은 등을 평평하게 펴주듯 엄지손가락으로 뼈 사이를 밀고 또 민다.

  교수님. 오늘 지는 틀니를 끼우러 갈 끼라예. 아래위 다 틀니로 해넣기로 했다꼬 말씀드릿지예. 이가 몇 개 없으니까 오히려 치료가 더 쉽더라꼬예. 애나가 인자 겁나 이뻐지껌미더. 그라마 지랑 커피 한잔 잡수로 가입시다. 지가 교수님 커피 한잔 사드릴라꼬예. 요기 앞에 과테말라 커피집에 찰리라는 아가 있어예. 그아는 눈이 똥그랗고 머리가 굽슬굽슬한 기 참말로 이쁘게 생겼어예. 교수님, 와 말이 없노. 잠미까?

  곤히 잠든 김교수를 두고 애나는 치과로 향한다. 지하철 두

정거장 거리지만 걸어가기로 한다. 김교수 집의 창으로는 햇볕이 쏟아져들어왔는데, 거리엔 안개가 무겁게 내려앉아 있다. 애나는 검은 천 가방을 어깨에 메고 가방 속의 책이 움직이지 않게 겨드랑이로 꽉 누른 채 걷는다. 알록달록한 타코 가게와 할랄 푸드 노점상을 지난다. 아직 아이들이 나오지 않은 텅 빈 놀이터도 지난다. 도그 파크에는 강아지 몇 마리가 뛰어다닌다. 펀치를 괴롭히던 검은 개도 있다. 검은 개는 토이푸들의 똥꼬에 코를 박고 있다. 검은 개를 끌고 온 여자는 고개를 뒤로 젖히고 먼 곳을 보고 있다. 여자의 시선이 향하는 곳을 따라가보지만 안개 때문에 어딘지 알 수 없다. 애나는 혀로 빈 잇몸을 문지르며 산책로의 끝까지 걷다가, 북쪽으로 방향을 튼다.

치과 대기석에 앉아 책갈피에서 백 달러짜리 지폐를 하나하나 꺼낸다. 아무렇게나 끼워진 것 같지만 애나는 그 안에 얼마가 있는지 정확히 안다. 틀니값과 치료비를 지불하고 나면 몇백 달러쯤 남을 것이다. 그 돈으로 고기를 사서 셸터에서 파티를 할까. 새로 해넣은 이로 고기를 우적우적 씹는 상상을 한다. 떨리고 설렌다.

뉴욕 교민 안전 수첩? 그런 게 있었네요. 구경 좀 해도 되나요?

치과 데스크 직원이 호기심 가득한 표정으로 다가온다.

이기 뭐하는 책이라예?

책을 건넨 애나는 직원의 대답을 기다리며 빤히 쳐다본다.

어디에 노숙자가 많으니 조심하고, 지하철에서는 어떻게 해야 안전하고, 뭐 그런 건데요. 강도를 만나거나 위험한 일을 당했을 때 신고할 전화번호도 있고요. 이민자가 알아야 할 상식 같은 거군요. 2008년에 만든 거라 지금은 좀 달라졌겠지만 그래도 한 권 있으면 유용할 것 같아요.

양장본으로 된 하늘색 커버에 얇은 두께, 띄엄띄엄 적힌 글자를 보고 애나는 시집일 거라 막연히 믿고 있었다. 방에 그걸 가져다놓고 잠들기 전에 한 번씩 들춰보았다. 언젠가 글을 제대로 알게 되면 소리 내서 읽기도 하고 외우기도 해야지. 매주 금요일에 주급을 받으면 책갈피 사이사이 돈을 끼웠다. 어쩌면 이건 그리움에 대한 시일지도 모른다고, 어쩌면 자신은 한 번도 해본 적이 없는 아름다운 사랑 이야기일지도 모른다고 상상했다. 그런데 그게 아니라니. 이따위를 책이라 불러도 되나. 애나는 배신이라도 당한 듯 분한 마음이 든다.

입을 벌려 볼을 늘어뜨리고 틀니를 쩍쩍 닫으며 진료를 받았더니 턱이 얼얼하다. 애나는 턱과 볼을 어루만지며 치과의 좁은 계단을 내려온다. 상수리나무 아래를 걷는다. 안개 속에서도 상수리나무에 매달린 노란 잎이 선명하다. 마치 공중에

뜬 노랑 전구 같다. 입속에 무슨 일이 일어나고 있는 걸까. 틀니는 제대로 있는 걸까. 그새 궁금해져 피자 가게 유리에 바짝 다가가 입을 벌리고 안을 비춰본다. 미끄럽고 낯선 이물감. 처음 웃음을 배우는 사람처럼 광대뼈를 힘주어 올리고 입을 쭉 찢어 조금 벌려도 본다. 틀니 덕분에 입가의 주름이 펴져서 이십 년쯤 젊어진 것도 같고, 밥을 한가득 문 것처럼 어색하기도 하다. 이의 이쪽 끝에서 저쪽 끝으로 혀를 굴려 이를 하나하나 세어보다가 개수를 또 잊는다.

어느새 젤라토 가게 앞이다. 오늘도 그곳은 문밖까지 사람들이 줄 서 있다. 애나는 걸음을 늦추며 사람들을 지나 과테말라 커피숍 앞에 멈춰 선다. 찰리를 찾아보다가 달고 진한 커피 한잔 마셔볼 요량을 낸다. 주머니를 뒤적거리니 크리스티나의 주문서가 있다. 언제나 궁금했던 맛이었다. 오늘은 애나 자신을 위해 이 커피를 주문해야겠다고 마음먹는다. 입에 침이 고이기를 기다렸다가 문을 밀고 들어간다. 하이, 찰리! 애나는 찰리를 꼭 닮은 찰리에게 인사를 건넨다. 하이, 애나. 찰리다. 애나는 찰리에게 커피 주문서를 내민다.

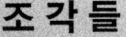
조각들

금요일 저녁 혼자 족발에 소주를 한잔 하고 있을 때 벽에 붙여둔 종이의 한쪽 모서리가 떨어진 걸 발견했다. 나는 소주잔을 입으로 가져가다 말고 벽으로 다가가 종이의 모서리를 꾹 눌렀다. 손을 떼자마자 종이는 다시 떨어져나와 글자의 반을 가렸다. 다른 모서리들도 조금씩 들떠 있었다. 접착제가 날아간 테이프는 비닐조각이 되어 바스락거렸다. 테이프를 다시 붙이려고 나머지 모서리를 조심스레 뜯어냈다.

"아빠, 나 미국에서 잡 오퍼 받았어. 샌프란시스코. 얼른 이사가야 해."

수화기 속 지나의 목소리가 약간 떨렸다. 두어 달 전 회사를 그만두었다는 건 알았지만 미국에서 직장을 구하고 있는 줄은 몰랐다. 왜 여태 말 한마디 없었을까. 내가 더이상 의논의 대상이 아닌 지는 오래되었지만 이런 식의 갑작스러운 통보는 여전히 익숙해지지 않았다. 직장을 그만둔 것도 한 달이 지나서야 알게 되었다. 멀쩡한 직장을 그만둔 것보다 내가 아무것도 모르고 있었다는 사실에 충격을 받았다. 아빠보다 네 배나 더 많이 버는데 그만둔다는 말을 어떻게 해. 서운해하는 내게 지나는 말했다. 그게 말하지 못한 이유일 거라고는 생각해보지 못했다. 지나는 꼭 내가 어떤 마음으로 세월을 건너왔는지 안다는 투로 말했는데, 그 때문에 나는 더이상 무슨 말을 얹지 못했다.

"지나야, 샌프란시스코라고 했지? 아빠가 이사 도와줄까? 그래도 되나?"

샌프란시스코는 영과 결혼하고 이 년이 지나서야 뒤늦게 신혼여행을 갔던 곳이었다. 지나는 아직 태어나지 않았고 영은 지금 지나의 나이였다. 그 생각을 하니 기분이 묘했다. 소주를 한 잔 더 따라 마시고 족발을 한 조각 입에 넣었다. 며칠 전 한인 마트에서 사 온 족발은 차갑고 딱딱해서 냉장고에서 막 꺼낸 지우개 같았다. 어차피 집에 자주 오지도 않는 녀석이니 거기나 여기나. 비행기 타면 고작 두 시간 반이라니까 뭐. 그래도 이사를 돕겠다는 제안을 지나가 단박에 받아들인 건 조금 의외였다. 지나도 두려운 걸까. 오래전 지나를 데리고 한국을 떠날 때 나도 두려웠으니까. 그래서 눈물을 훔치는 노모에게 괜히 짜증을 내기도 했으니까.

  종이를 다시 벽에 붙이고 서너 걸음 뒤로 가 수평을 확인했다. 목수가 된 후로 나는 수평이 맞지 않는 걸 잘 견디지 못했다. 삐뚤어진 액자도, 창틀도, 간판도 종종 신경을 긁었다.

  '나는 나무를 길들이려 했으나 나무가 나를 길들이고 있다.'

  종이에는 그렇게 적혀 있었다. 그걸 붙일 때 나는 뭔가 그럴듯한 일을 하고 있다고 믿고 싶었는지도 몰랐다. 그게 뭐야? 유치하게. 소파에 길게 누워 책을 보던 지나가 어이없다는 듯이 말했다. 그즈음 지나는 뭐든 일단 비웃고 보던 고등학생이었고, 나는 캐나다로 건너온 지 십 년 만에 영주권을 받고 처음으로 제대로 된 직장을 잡은 후였다. 영주권을 받기까지의 시간은 험난했다. 직장을 바꿔가며 여섯 번의 취업 비자를 신청했고, 비자를 받지 못하면 캐나다를 떠나야 했으므로 나와 지나의 인생 전체를 판돈으로 놓고 게임을 하는 기분이 되곤 했다.

  작년에 모아둔 휴가는 사 주가 남아 있었다. 6월까지는 모두 써야 할 휴가였다. 지금 작업중인 체육관 천장 타일 교체 프로젝트를 휴가 시작 전까지 마치는 건 무리였다. 꽤나 까다로운 작업이라 내가 빠지면 얼마 전에 초등학교 창틀 보수를 끝낸 피터밖에 맡을 사람이 없었다. 다른 직원들은 각자의 프로젝트가 있거나, 너무 나이가 들었거나, 초보였다. 하지만 피터는 천장을 올려다보는 작업을 극도로 싫어했고, 싫은 일을 순순히 떠맡을 위인도 아니었다. 두 달 전부터 내 조수로 일하고 있는 베리도 새로운 사수를 찾아야 할 것이었다. 그 생각을 하니 골치가 아파왔다.

"멀쩡한 남자 새끼처럼 생겨가지고 뭔 난리야. 에이 짜증나게."

지난 9월 베리가 처음 프로그램에 들어왔을 때 조수로 쓰겠다며 데려간 피터는 언제부턴가 나만 보면 불만을 터뜨렸다. 베리가 지나치게 호기심이 많고, 불필요한 질문을 늘어놓느라 일을 지연시키고, 시키는 대로 하지 않고 이상한 데 머리를 쓰며 야단을 치면 토라져 대꾸도 하지 않는다고 했다. 그러다가 그 일이 터졌다. 베리에게 테이블 톱 사용법을 가르칠 때, 베리가 안전 가드를 내리는 걸 자꾸 잊어버리자 피터가 오, 보이, 정신 차려! 하며 그의 어깨를 툭툭 쳤다. 피터는 나에게도 그럴 때가 많았다. 오, 맨! 게르만의 후예다운 튼튼한 골격에 나보다 45킬로그램이 더 나가는 그가 커다란 손으로 내 어깨를 툭툭 칠 때는 허리까지 충격이 전해졌다. 속으로야 은근히 부아가 올라와도 정색할 수는 없었다. 나는 오히려 그보다 더 크게 웃으며 그것이 농담이거나 장난이라고 서둘러 규정지었다. 그러나 베리는 상황이 달랐다. 베리는 아직 고등학생이었고 진로를 결정하기 전, 학교와 교육청의 지원을 받으며 교과과정의 일환으로 목수 일을 배우고 있었다.

"도대체 논바이너리라는 게 뭐야? 보이나 맨 같은 말 하지 말래. 그녀도 안 되고 그도 싫대. 그럼 뭐라고 불러야 하는 거야?"

그 일로 학교에서 파견된 카운슬러와 미팅이 있었던 날 피터는 씩씩거리며 직원 휴게실로 들어왔다.

"정 힘들면 슈퍼바이저에게 바꿔달라고 말해봐."

"누가 자원하기 전에 내 입으로는 먼저 말 못하지. 그랬다간 차별한다고 난리날 텐데. 가뜩이나 젠더 감수성이 어쩌고 저쩌고 시끄러운데. 아이씨 골치 아파. 저 새끼가 그리 까다로운 데는 다 이유가 있었다니까. 논바이너리가 뭐야 대체."

그건 그랬다. 계산 빠른 피터가 대놓고 차별적인 요구를 할 리가 없었다.

"내가 데리고 해볼까? 그러잖아도 조수가 하나 있었으면 했는데."

나는 피터가 유난히 내 앞에서 불만을 터뜨리는 이유를 잘 알았다.

"오, 킴! 넌 정말 나이스 가이야! 네가 나를 살렸어. 땡큐, 땡큐!"

조각들 45

필요한 대답을 얻어낸 피터는 금세 표정이 환해져 내 어깨를 감싸안았다. 나는 휘청이지 않으려고 하체에 잔뜩 힘을 주었다.

"베리한테도 틀림없이 네가 더 좋은 사수가 될 거야. 킴이 없으면 회사가 돌아가질 않잖아. 그럼 오늘 당장 슈퍼바이저에게 말할 거지?"

은밀한 우정이라도 나눈 사이처럼 윙크까지 따라왔다. 피터는 내 이름 '형국'이 부르기 어렵다는 이유로 성만 따서 킴이라고 불렀다. 엉터리로 불리는 게 싫어 어쩌면 내가 먼저 피터에게 그리 부르라고 말했는지도 모르겠다. 그때부터 다른 동료들도 나를 킴이라고 불렀다. 어떤 이는 나를 킴킴이라고도 불렀다. 이름과 성이 모두 킴이라는 농담이었다.

아빠의 평화는 정의를 포기한 대가야. 언젠가 지나가 말했다. 하지만 이번에 베리를 맡은 것은 꼭 떠밀려서만은 아니었다. 피터가 작정하고 베리를 괴롭히기 시작하면 얼마나 치밀하고 집요하게 굴지 알기 때문에 가만있기가 힘들었다. 나 또한 그런 시간을 겪었다. 피터는 직원 휴게실에 내가 들어오면 갑자기 창문을 열어 환기를 시키고, 웃는 얼굴로 어젯밤에 뭘 먹었느냐고 물었다. 어떤 경로로 이 회사에 취업했느냐고 의심스러운 눈초리를 보내기도 했다. 동양인이 목수로 들어온 건 처음이라는 말은 아무리 들어도 칭찬 같지 않았다. 어떤 날은 아주 가까운 동료처럼 대하다가, 다른 날은 표정을 싹 바꾸고 투명 인간 취급을 했다. 그렇게 잘게 쪼개진 차별은 너무 사소해서 눈치챘다는 사실조차 자존심이 상했다. 한동안 파트너가 없었으므로 대부분 혼자 하는 허드렛일이 배당되었다. 어느 학교에서 문고리를 고치고, 삼십 분 거리의 다른 학교에 가서 헐거워진 의자의 나사를 조였다. 누구도 작정하고 나를 고립시키지 않았다고 해서 혼자 남겨졌다는 사실이 바뀌지는 않았다. 어떤 때는 선생들의 요구대로 각자의 키와 취향에 맞게 발판을 만들었다. 꽤나 까다로운 일이었지만, 눈에 보이는 성과는 사소했다. 혼자 이 학교 저 학교로 옮겨다니며 안전판을 세우고 장비를 설치했다가 다시 차에 싣느라 일의 진도가 늦어졌고, 피터는 그것을 거듭 무능으로 몰았다.

지나는 이사 전날에야 살던 집을 모두 비웠다. 이사를 결정한 날부터 정리를 시작했지만 좀처럼 일이 진척되지 않았다. 옮기는 이사보다 버리는 이사가 더 어렵다고 지나는 툴툴거렸다. 도저히 버릴 수 없었던 물건은 내 집으로 가져왔다. 오랫동안 간직했던 다이어리나 어린 시절 그림들, 조잡하지만 직접 만든 도자기들, 친구 여럿이 함께 메시지와 사인을 넣어 만들어준 액자와 한국에서부터 안고 자던 토끼 인형. 그렇다고 샌프란시스코까지 짊어지고 갈 수도 없는 것들이었다. 내게도

시골집에 그렇게 남겨둔 물건이 있었다. 버릴 수는 없지만 가지고 올 수 없는 것들. 이제는 기억조차 나지 않는 것들. 버린 이는 없는데 저절로 사라진 것들. 나는 지나의 물건을 차곡차곡 박스에 담아 옷장 안쪽에 쌓았다.

새벽 두시에 밴쿠버 집을 나섰다. 비가 추적추적 내리고 있었다. 언제나 대기 줄이 길었던 국경에는 차가 한 대도 없었다. 가로등이 없는 검은 산을 몇 개나 넘었다. 다섯시가 되었을 때 시애틀을 지났다. 아직 어두운 도로에 출근 차량이 모여들기 시작했다. 고속도로를 벗어나 올림피아의 어느 주유소에 차를 세웠다. 화장실에 다녀오고, 주유소에 딸린 편의점에서 커피와 도넛을 사고, 기름을 가득 채우느라 차문을 여러 번 열었다 닫은 후 출발했지만 지나는 여전히 깊이 잠들어 있었다. 블루투스로 연결된 차의 오디오에서 1993년 가을에 방송된 〈FM영화음악 정은임입니다〉가 재생되고 있었다. 얼마 전 친구가 다운로드 링크를 보내주며 기억나, 이 목소리? 네가 좋아했잖아, 했을 때 잘 기억나지 않았다. 하지만 방송을 듣자마자 또렷이 기억났다. 그 목소리는 그 시절의 장면들을 맥락 없이 불러냈다. 안산 현장 근처에서 회식을 끝내고 상계동 집까지 밤을 달려오던 기억. 술에 취한 현장 소장이 옆 테이블 청년들에게 시비를 걸었던 광경. 영이 기다리는 집으로 빨리 돌아가고 싶어 자꾸 시계를 보았지만 총무과 파견 직원으로 법인 카드를 들고 있었기에 먼저 일어나지 못하고 애태우던 마음. 소파에 모로 누워 잠든 영을 깨우지 않으려고 조심조심 발을 내딛던 시간. 영의 어깨를 안고 고개를 묻었을 때의 온기. 병원 침대에 앉아 하염없이 해 지는 창밖을 바라보던 영. 석 달 만에 팔십 노인이 되어가던 영. 삼십 년 전의 저쪽에서 갑자기 뛰어든 기억들이 어둠을 뚫고 마주 오는 차의 불빛에 아스라이 엉켰다. 정면을 주시하고 운전대를 잡은 손에 바짝 힘을 주었지만 마음은 기억에 따라 차오르기도 하고 바닥으로 곤두박질치기도 했다. 안산의 그 늦은 밤길이 미국 서부 5번 고속도로까지 한 번도 끊어진 적이 없었던 것 같았다. 나는 멈추고 있던 숨을 크게 뱉어냈다.

"아빠 여긴 어디야?"

지나가 목을 이리저리 돌리며 일어났다. 국경을 넘자마자 잠들었던 지나는 500킬로미터를 달려 워싱턴주를 모두 통과하는 동안 한 번도 깨지 않았다.

"포틀랜드 지나고 있어. 잘 잤어?"

"와, 저기 동쪽 하늘 무슨 일?"

해가 떠오르니 눈 덮인 하얀 산의 꼭대기가 금빛으로 물들었다.

"이게 무슨 방송이야? 자장가 같아. 도무지 잠이 깨질 않네."

"너 원래 차에서 잘 잤어. 최고 기록이 열 시간이었지 아마. 그랜드캐니언 갈 때."

"생각나. 고2 때 중간고사 끝나자마자 출발했잖아. 시험 치느라 며칠 잠도 못 자고. 차 안에서 푹 자고 나니 깜깜한 밤이라 다시 또 자버리기도 했어. 그땐 우리 로드 트립 정말 많이 했다, 그치."

지나가 어쩐 일로 옛이야기를 꺼냈다.

상점도 하나 없이 화장실만 덩그러니 있는 고속도로 휴게소에 다시 차를 세웠다. 지나는 컵라면에 뜨거운 물을 붓고 나무 젓가락을 벌려 열기가 빠져나가지 않도록 능숙하게 입구를 집어놓더니, 정확하게 시간을 잰 후 컵라면 뚜껑을 뜯어냈다. 라면에서 빠져나온 수증기로 차 유리가 뿌예졌다.

"이거지 이거. 나는 로드 트립만 하면 그렇게 컵라면이 먹고 싶더라. 평소엔 먹지도 않는 걸 말이야."

캐나다로 온 그 이듬해였으니 이십 년이 지났다. 극장 공사를 하다 나무를 어깨에 짊어진 채로 넘어지면서 다리에 철근이 박혔다. 뼈를 다치지는 않았지만 상처가 아물 때까지 억지로 쉬어야 했다. 마침 지나의 봄방학이어서 다리에 붕대를 감은 채 한국에서 온 투어 팀에 섞여 로키산맥에 갔다. 삼박 사일이었나? 하루에 열 시간씩 버스를 타는 여행이었다. 나는 약기운 때문에 시도 때도 없이 졸았고 혼자 창밖을 보던 아이는 자주 나를 흔들어 깨웠다. 3월의 호수는 모두 얼어 있었다. 눈 덮인 거대한 바위산은 신비로웠지만 아이의 관심을 끌지는 못했다. 사람들은 어린 딸과 젊은 아버지를 측은한 눈으로 바라보았다. 아이에게 사과나 비스킷을 나눠주며, 엄마는 어디 있어? 왜 아빠하고만 왔어? 하고 노골적으로 물었다. 사흘째 되는 날 아이는 차에서 두어 번 토했다. 사람들은 눈살을 찌푸렸다. 그후, 방학이면 둘이서만 자동차 여행을 했다. 지나는 차 안에서도 바쁜 아이였다. 끝도 없이 끝말잇기를 했고, 기억나는 모든 사람에게 편지를 썼고, 그걸 하나하나 읽어주었다. 달리는 차 안에서도 아이는 자랐다. 점점 더 두꺼운 책을 읽었고, 평소에는 듣기 힘든 친구들 이야기를 해주곤 했다. 고개를 푹 숙이고 다이어리에 무언가를 썼지만 더이상 읽어주지는 않았다. 어느 해 여름방학에는 미국 동부의 대학을 구경하러 왕복 일만여 킬로미터를 달렸고, 그 여행에서 돌아온 지나는 돈을 벌고 싶다며 소프트웨어 개발자가 되겠다고 선언했다.

 대학생이 된 지나는 더이상 함께 여행하고 싶지 않다고 못을 박았다. 왠지 충분히 했다는 생각이 들어. 날카롭게 날을 세워 나를 경계하는 게 어떤 선전포고 같았다. 자신의 영역을 지키려는 몸부림 같기도 해서, 내가 무엇을 침범했는지 거듭 되돌아보았다. 지나는 지난 시간 내내 둘뿐이었던 세계를 완강히 부정했고, 때론 그것을 부끄러워하는 것처럼 보여 명치끝이 따끔거렸다. 나는 딸이 변했다고 생각했다. 지나는 자신이 너무 늦게 성장했다고 말했다. 그 말속에서 살얼음 같은 원망을 느꼈다. 속이야 어쨌든 지나가 성장을 겪으며 겉으로 드러내는 모습은 적응하기 어려운데다 위험해 보이기까지 했다. 팔목에 작은 하트로 시작한 문신이 하나둘씩 늘어나 어깨까지 닿았다. 커튼 고리처럼 귓불 가장자리에 쭈르르 끼운 귀걸이도 모자라 콧구멍 사이 링을 매달았다. 일하러 간 학교에서 그런 아이들을 보며, 지나가 저렇게 자라지 않아 다행이라 여겼던 적도 있었다. 지나의 변한 모습은 엉망이 된 지나의 속 같았고, 혼자 애면글면 키워온 세월의 얼굴 같았다. 타이르기도 하고 소리도 질러보았지만 소용없었다. 두 번 다시 안 볼 것처럼 크게 싸웠다. 지나는 혹 내게 채권자의 마음이 있는 건 아닌가 눈을 부릅떴고, 그때마다 나는 부정하며 뒷걸음질쳤다. 내가 살고 있는 이곳은 살수록 알 수 없었지만, 그래도 단 하나 안다고 믿었던 건 내 아이였다. 하지만 내가 알지 못하는 세상에서 자라는 아이를 알 리가 없었다.

대학 3학년이 되었을 때, 지나는 학교가 너무 멀어 통학이 힘들다며 독립을 통보했다. 말릴 새도 없이 집을 구한 후였다. 그릇 몇 개와 매트리스를 싣고 가보니 방 세 개짜리 집에 열두 명이 빽빽이 살고 있었다. 지나는 그중 손바닥만한 거실을 커튼으로 나눈 공간에 세를 들었다. 고작 이런 곳엘 오겠다고 집을 떠나다니. 안쓰러운 마음보다 서운한 마음이 앞섰다. 어쩌면 멀다는 건 핑계일지 모른다는 생각이 그제야 들었다.

샌프란시스코에 도착했을 때 날은 다시 어두워졌다. 길은 대도시의 퇴근길답게 복잡했다. 아따 징그럽게 멀다. 나는 뻑뻑한 눈을 껌뻑거리며 말했다. 휴게소에 차를 세우고 한 시간 남짓 잔 걸 빼면 쉬지 않고 달렸다. 차에서 내릴 때는 비명이 절로 터져나왔다. 나는 접혀 있던 관절 인형을 펴듯 몸의 관절을 하나하나 폈다. 꼬박 열여덟 시간이 걸렸다. 노랑, 파랑, 오렌지 색깔로 외벽을 꾸민, 호텔 '델 솔'은 멕시코 사막을 떠올리게 하는 오래된 호텔이었지만, 샌프란시스코 시내와도 바닷가와도 그리 멀지 않은 곳에 있었다. 사각형의 둘레를 따라 방들이 배치되어 있고 가운데에 수영장과 하얀 플라스틱 선베드와 알록달록 버섯 모양의 조잡한 조명이 군데군데 늘어서 있었다.

나는 호텔 로비에 앉아 지나가 체크인하는 것을 바라보았다. 너무 오래 차를 타서인지 바닥이 조금 울렁거렸다. 지나는 프런트에 상체를 살짝 기댄 채로 나이든 남자 직원과 꽤 오래 이야기를 했다. 예약에 문제가 있는지 모퉁이 방에서 젊은 여자 매니저까지 나왔다. 매니저는 한 손으로 자판을 두드리더니 지나에게 뭔가를 설명했다. 남자 직원의 얼굴이 붉게 상기

되며 굳어졌다. 왜 그래, 지나? 나는 소파에서 일어나 다가갔다. 괜찮아 아빠. 앉아 있어. 지나는 빠르게 한국말로 답했다. 나는 조금 무안해져 소파로 돌아왔다.

"침대 두 개를 예약했는데, 큰 침대 하나로 준다잖아. 예약 사이트에서 온 메일을 보여주니 자기들이 받은 것과 다르다고 하고. 말이 안 되잖아? 정식으로 예약 사이트에 컴플레인하겠다고 했더니 금세 태도가 바뀌었어. 만만한 동양인 관광객으로 본 건지. 나 왜 이젠 이런 걸 잘 못 참겠는지 몰라."

"걸핏하면 울고 보던 애가 참 많이 컸다."

"서른이 코앞인데 애라니, 땡큐."

지나는 씻는다며 욕실로 들어가고 나는 수영장 옆 재떨이로 다가가 담배에 불을 붙였다. 가까이서 보니 수영장은 공사중인지 바닥 콘크리트가 파헤쳐져 구리관이 드러나 있었다. 마무리짓지 못하고 떠나온 현장 생각이 절로 났다. 결국 체육관 천장 공사는 피터가 맡기로 했다. 내가 있었으면 절대로 피터가 맡지 않을 일이었다. 피터는 리프트 위에서 작업하는 환경이 학생에게 안전하지 못하다는 이유를 대며 베리를 조수로 쓰지 않겠다고 슈퍼바이저에게 말했다. 피터다운 전략이었다. 덕분에 베리는 다시 혼자가 되었다. 누구도 선뜻 베리와 한 팀이 되겠다고 나서지 않았다. 표면적이나마 각자의 이유가 있으니 슈퍼바이저도 억지로 떠맡기지 못하는 분위기였다.

처음 봤을 때 베리는 청바지에 회색 집업 후드를 입고 있었다. 그 모습이 너무 평범해 보여 오히려 당혹스러웠다. 굳이 특징을 꼽자면 구레나룻이 무성해 나이보다 훨씬 성숙해 보인다는 것, 갈색 머리를 길러 묶었다는 것 정도였다. 벽 작업을 하느라 내 옆에서 하얀 석고보드를 받치고 있는 베리의 손을 자세히 보게 되었을 때에야 양쪽 손톱 가득 조잡하게 칠한 보랏빛 매니큐어가 눈에 들어왔다. 구레나룻으로 반쯤 가려진 귀에는 가운데가 별 모양으로 장식된 은색 링 귀걸이가 달려 있었다. 여자가 되고 싶은 거구나, 나는 짐작했다.

"베리를 다 좋아해요. 스트로베리, 블루베리, 라즈베리, 블랙베리, 아사이베리."

베리는 손가락으로 베리 종류를 하나하나 꼽으며 말했다. 원래의 이름은 야곱의 영어식 발음인 제이컵이었으나, 성별 이분법으로부터 자유로운 이름을 갖고 싶어 공식적으로 이름을 바꾸었다고 했다.

"용감하구나, 베리."

나는 겨우 무리 없는 말을 골라 대답했다.

"내 이름을 내가 선택하는 건 너무 당연한 일이잖아요. 태어난 건 내 선택이 아니었지만 누구로 사는 건 내가 선택할 수 있으니까요."

베리의 말은 섬세한 것 같기도 하고 까다로운 것 같기도 했다. 의문과 이견이 없지 않았지만 입 밖으로 내지 않았다. 그러니까 너는 여자가 되고 싶은 거냐는 질문도 꾹 참았다. 여자나 남자가 아닌 어떤 지대를 아무리 상상하려 해도 오랫동안 길들여진 두 개의 선택지로 생각이 자꾸만 미끄러져들어갔다.

퇴근 시간 직원 휴게실로 돌아가면 동료들이 물었다.

"그러니까 베리는 여자야, 남자야?"

"베리는 여자를 좋아해, 남자를 좋아해?"

"킴, 베리가 화장실 가는 거 봤어?"

"당연히 남자 화장실에 가겠지. 여자애들이 가만있겠어?"

"저기 더힐초등학교 교장은 성전환 수술하고 가슴이 빵빵해져서 학교로 돌아왔는데, 여자 화장실엘 갔다가 여선생들이 항의하고 난리였잖아. 하긴 엊그제까지 남자였던 사람이 머리 길러서 여자 화장실에 간다니 싫을 만도 하지. 장난도 아니고 말이야."

"누가 베리 화장실 가는 거 본 사람 있으면 말 좀 해봐."

여기저기서 한마디씩 거들었다. 학교에서 화장실은 예민한 문제였다. 나도 교육청 취업 초기에 생각지도 못한 곤란을 겪었다. 과학실에서 일어난 작은 폭발로 망가진 수납장을 수리하던 날이었다. 차에서 혼자 점심을 먹고, 오후 일을 시작하기 전 과학실 옆의 남자 화장실에 갔다. 점심시간이라 화장실이 조금 붐볐다. 몇은 서서 볼일을 보고, 몇은 손을 씻거나 손에 남은 물기를 뿌리며 장난을 치고 있었다. 한 학생은 샌드위치를 입에 문 채 소변을 보고 있었다. 힐끗 쳐다보고 조금 웃었다. 옆 칸에 서서 소변을 보고 돌아섰을 때 아이들의 싸늘한 시선을 느꼈다.

"애들 화장실에 성인이 들어가는 건 안 됩니다. 무슨 의도인지 모르겠지만, 다음부터는 꼭 직원 화장실을 이용하세요!"

그날 나는 교장실에 불려가 강력한 주의를 받았다. 교장은 재발시 교육청에 보고하겠다고 엄포를 놓았다. 정식 채용을 앞두고, 언제라도 해고가 가능한 삼 개월의 수습 기간이었으므로 심장이 쪼그라들었다. 의도라니요. 정말 몰랐어요. 죄송합니다. 어렵게 얻은 안전한 일자리를 그런 식으로 잃고 싶지 않았다. 교장이 더이상 문제삼지 않겠다고 말할 때까지 나는 몇 번이고 고개를 숙였다. 남자가 남자 화장실에 가는 것이 문제가 되리라곤 생각해본 적이 없었다. 아무도 내게 미리 주의를 주거나 당부하지 않았다. 잠재적인 아동 성추행범 취급을 받다가 집으로 돌아와서야 억울한 마음이 고개를 들었다. 아무리 마누라 없이 사는 놈이지만 나 그리 엉망은 아니다! 혼자 소주 두 병을 연달아 마시고 조금 취해 중얼거렸다. 아빠 벌써 잘렸어? 방에서 숙제를 하던 지나가 놀라 뛰어나왔다.

"아무래도 섹스하는 것 같지?"

조각들 57

막 잠이 들려고 할 때 책상 앞에서 책을 보던 지나가 말했다. 위층 티브이 소리가 거슬릴 정도로 커진다 싶더니 규칙적으로 침대가 삐걱거렸다. 곧이어 명백한 신음소리와 불분명한 말소리가 들렸다.

"귀마개 줘? 어디 있을 텐데."

나는 이불을 걷어차고 침대에서 일어났다.

"귀마개가 있어 아빠한테?"

"목수한테 귀마개는 필수야."

연장 가방에서 두 개씩 소포장된 귀마개를 꺼냈다.

"세상에, 기어이 연장 가방을 가져왔어? 그런 거 가지고 국경 넘으면 불법 노동자 취급 당한다는 말 못 들었어? 미국에 눌러앉을까봐 입국 안 시켜준다고. 국경 넘을 때 가져가면 안 되는 목록 내가 보내줬잖아. 뭐야? 저 나뭇조각은. 나뭇조각이 미국에 없을까봐?"

"수평 맞출 때 꼭 있어야 해. 저런 게 사소해 보여도 없으면 일이 안 된다고."

"암튼 아빠, 딸 말 좀 듣자. 늙었나봐, 진짜. 불안해 죽겠어."

"집을 구하면 침대도 조립해야 하고 못 박을 일도 많을 거 아냐. 아무리 목수라도 손으로 못을 박을 순 없잖아. 쓸데없는 소리 하지 말고 자자. 졸리다."

나는 하품을 섞어가며 말했다.

"쟤들 일 다 끝났나보다. 먼저 자요."

지나는 처리해야 할 일이 있다며 보던 책을 덮고 노트북을 열었다. 노란 조명 아래 벽을 보고 돌아앉은 지나는 타닥타닥 자판을 두드렸고, 나는 그 소리를 자장가 삼아 잠들었다. 나락으로 떨어지듯 깊이 잠들었는데, 누가 흔들어 깨운 것처럼 갑자기 눈이 떠졌다. 낯선 호텔방에 누워 있는 현실을 감지하는 데 얼마간 시간이 필요했다. 책상 위 스탠드는 여전히 켜져 있었다. 아, 지나. 지나가 보이지 않았다. 휴대폰을 보니 두시였다. 이 새벽에 어디로 간 거지. 불안한 생각이 들어 벌떡 일어나 앉았다. 화장실은 불이 꺼진 채 열려 있었다. 방문을 열고 나가보니 지나가 수영장 선베드에 등을 보이고 앉아 있었다. 그 모습이 어찌나 아슬아슬한지 가슴이 서늘해졌다. 나는 조용히 문을 닫았다. 잠시 후 돌아온 지나의 몸에서 마리화나 냄새가 났다. 얘가 저걸 하는구나. 아무리 합법이라지만. 나는 두려웠다. 지금이라도 알은척을 하고 말려봐야 할까. 하지만 나는 어떤 식으로든 지나를 설득할 수 없을 것이다.

아침에 일어나보니 안개가 잔뜩 끼었다. 지나는 첫 출근을 하고, 나는 호텔을 나와 금문교를 향해 걸었다. 언덕 아래로 이십 분쯤 걸어내려오니 바다가 보였다. 거기서부터 해변 공원이 시작되었다. 공원 벤치에는 홈리스 몇이 여태 잠들어 있었다. 홈리스들은 평지에만 산다던 누군가의 농담이 떠올랐다. 입구 쪽 푸드 트럭에서 열대과일 주스와 샌드위치를 팔았고 그 앞으로 관광객 몇이 줄 서 있었다. 금문교를 조망하는 아치형 뷰 포인트를 지나 조금 더 걸어오니 길은 갑자기 한적해졌다. 에어팟을 끼고 조깅을 하는 이들이 나를 앞질러 뛰어갔다. 오리 가족 한 무리가 바다 반대편 작은 늪에서 줄지어 올라와 느리게 길을 건넜다. 어느새 안개가 걷혔다. 적갈색 금문교는 푸른 바다와 구름 한 점 없는 하늘 사이에서 막 씻어낸 듯 서 있었다. 1월이었지만 춥지도 덥지도 않았다. 바람이 쉴새없이 나를 훑고 지나갔다. 파도에 떠밀려온 나무둥치가 해안에 길게 누워 있었고, 그 위에 갈매기 다섯 마리가 바다를 향해 줄 맞춰 내려앉아 있었다. 갈매기 앞으로 동성 커플이 앉아 있었는데 모래에 박힌 조각같이 견고해 보였다. 상의를 벗은 남자의 등에 맺힌 물방울이 햇살에 반짝거렸다. 금방 물에서 나온 모양이었다. 그의 어깨에 다른 남자가 고개를 기대고 있었다.

"그건 자유에 관한 거야. 내게 어마어마한 자유로움을 준다고."

왜 몸을 학대하느냐고 물었을 때 지나는 그렇게 대답했다. 내가 뭘 그리 잘못했느냐는 말을 참으려 입술을 깨물었다. 너의 문신이 늘어날 때마다 내가 벌받는 기분이 든다는 말은 끝내 참지 못했다.

"자유가 아니라 너는, 사람들의 눈에 구속되는 거야. 네가 얼마나 공격적으로 보일지 생각해봤어?"

"상관없어. 어차피 사람들은 약자가 남의 시선을 의식하지 않으면, 그걸 공격이라고 여기니까."

"네가 이상한 애로 보일까봐 너무 걱정돼."

"아빠가 그러니까 내가 남의 눈치나 보는 사람으로 자랐어. 그게 너무 싫다고."

집을 떠난 후 지나는 좀처럼 먼저 연락하지 않았다. 어떤 때는 일주일, 열흘도 소식이 없었다. 마치 영문도 모르는 채 연인에게 결별 통보를 당한 사람처럼 혼란스러웠다. 가끔은 미친듯이 걱정이 되어 전화를 걸었지만 지나는 거의 받지 않았다. 대학 내에 사이비 종교와 다단계 영업이 성행한다는 뉴스를 봤다. 혹시 말 못할 사랑을 하나. 협박을 당했을까. 납치된 건 아닐까? 딸을 온전히 보호하기 위해 온몸의 신경을 곤두세웠던 지난 세월이 허망했다. 온갖 나쁜 상상 끝에 긴 메시지를 썼다 지우고, '아 유 오케이?' 하고 문자를 보냈다. '아이 엠 오케이!' 지나의 짧은 메시지에 수만 가지 걱정이 간단히 녹곤 했다. 그 한마디면 충분해 보였다. 그러나 '아 유 오케이?'와 '아이 엠 오케이'만 줄줄이 쌓인 대화창을 보면, 꼭 접근 금지를 알리는 노란 줄 같아 마음이 착잡해졌다.

그런 시절을 지나가며 지나의 팔목에는 알 수 없는 글자들이 새겨졌고, 종국에 지나는 내가 상상할 수도 알 수도 없는 세상으로 가버렸다. 그곳은 내가 한 번도 살아보지 못한 세상이었다. 언젠가 살아보고 싶었던 세상인 듯도 했다. 어쩌면 애당초 지나가 살아줬으면 했던 세상일 수도 있었다. 하지만 모른다는 것은 불안한 일이었고, 멀어지는 건 두려운 일이었다.

금문교가 어느새 머리 위에 있었다. 고개를 뒤로 젖히고 올려다보니 다리를 지나가는 사람들이 콩알만큼 작아 보였다. 삼십 년 전처럼 인부들은 여전히 다리에 매달려 보수공사를 하고 있었다. 마모되는 속도와 보수하는 속도가 일치해서 언제나 그 상태가 유지되는 건가. 다리는 하나도 변하지 않았다. 그때 우리는 공항에서 빌려온 차를 입구 쪽 주차장에 세우고 우리와 같은 커플 관광객에게 부탁해 사진을 찍었다. 그때도 바람이 몹시 불었다. 바람 때문에 영의 원피스가 자꾸만 몸에 달라붙어 임신 오 개월의 볼록한 배가 드러났다. 영은 몸에서 옷을 떼어내느라 카메라를 제대로 보지 못했지만, 입가엔 시종 미소가 떠나지 않았다.

지나가 한 살이 되기도 전에 영이 죽었다. 지나가 엄마의 부재를 본격적으로 느끼기 시작한 것은 초등학교 입학 후였다. 학부모가 돌아가면서 맡는 급식과 교실 청소, 교통 지도 당번이 생기면서, 그럴 때마다 할머니가 엄마 대신 참석하면서, 아이는 자신이 남과 다르다는 것을 알게 되었다. 아이가 밥을 잘 먹지 않는 것과 구구단을 제때 외우지 못한 것과 남자아이와 다투다 정글짐에서 떨어진 것이 엄마의 부재 때문이라고 사람들은 수군거렸다. 지나는 차츰 말을 잃고 울음이 많아졌다. 엄마가 있어도 그런 문제는 있을 수 있지 않느냐고 나는 담임에게 말했다.

"아이들이 지나를 싫어하진 않아요. 단지 어떻게 대해야 할지 몰라서 그러는 거지요."

담임은 대답했다. 엄마 이야기를 할 때마다 지나 눈치를 봐야 하는 게 짜증나서 같이 놀고 싶지 않다는 아이도 있었다. 그즈음 현장 목수들 사이에서 캐나다에서 한국인 목수를 구한다는 소문이 돌았다. 소장에게 사정해 목수 이력서를 만들었다. 건축 현장이 일터였지만 그때까지 나는 못 하나 박아본 적이 없었다. 하지만 지나가 우는 꼴은 더이상 보고 싶지 않았다.

지나가 일을 마치고 오면 우리는 짐이 가득 실린 내 차 대신 우버를 불러 타고 매일 두어 군데씩 아파트를 보러 다녔다. 지나가 집을 체크하고 중개인과 대화하는 방식은 매번 놀라웠다. 친절하면서도 그 속에서 치열한 계산이 오갔다. 웃음 아래 존재하는 균열. 그 균열을 정확히 알아차렸지만 알아차린 것

조각들 63

을 드러내는 방식은 저열하지 않았다. 나는 지나가 중개인과 대화하는 동안 출입문이 단단한지, 창문이 안전한지, 욕실에 곰팡이는 없는지 살펴보았다. 열 군데가 넘는 집을 보고 그중 마음에 드는 세 군데에 입주 지원서를 냈지만 모두 탈락했다. 샌프란시스코에 연고가 없으니 신원보증을 서줄 이가 없었고, 미국에 쌓아놓은 신용이 없으니 신용점수도 전무했다. 캐나다와 미국은 붙어 있고 많은 것을 공유하는 나라라 이질감이 없을 줄 알았던 우리는 당황했다. 이곳에서 지나는 영락없는 이방인이었다. 지나는 신경이 날카로워져 몇 시간씩 침묵하거나 혼자 밖으로 나가기도 했다. 어느 날에는 술냄새를 풍기며 돌아와 씻지도 않고 침대로 들어가더니 훌쩍였다. 나는 지나가 잠들 때까지 말없이 등을 훑어내렸다.

지나가 출근하고 나면, 대부분의 시간에 나는 정처 없이 걸었다. 휴가를 받은 삼 주 중 이 주가 지났을 때는 조금 초조해졌다. 차에 가득 실린 짐을 내려놓기 전에 떠날 수는 없었다. 하지만 아무것도 하지 않고 지내는 것도 고역이었다. 아무것도 하지 않는다는 불안감을 피하기 위해 걷고 또 걸었다. 한국 식당이 보이면 국밥에 소주 한잔 하고 얼큰해져서 걸었다. 샌프란시스코 언덕길을 20, 30킬로미터씩 걷다보면 밤에는 종아리가 아렸고 무릎이 시큰거렸다.

두번째 토요일에는 지나가 예약한 다운타운 식당에 갔다.

차가 텐더로인 지역을 통과할 때, 인도를 점령하고 있는 홈리스와 마약 중독자들을 보았다. 좀비처럼 걷다가 제 발에 걸려 넘어지는 남자도 보았다. 많은 사람이 죽은 것처럼 바닥에 널브러져 있었다. 지나야, 여긴 절대로 걸어다니면 안 되겠다. 여자 혼자 다니기엔 너무 위험한 길이야. 나는 또 괜한 소리를 했다. 거기서 두어 번 모퉁이를 도니 거리 분위기가 확연히 달라졌다. 지나가 나를 이끌고 간 식당에는 수수해 보이나 값나가는 옷을 입고, 부드러운 미소로 천천히 밥을 먹는 이들이 가득 앉아 있었다. 조명은 어두웠고 식탁마다 작은 촛불이 적당히 흔들렸다. 한 번도 가본 적이 없는 고급 식당이었다.

"어깨 좀 펴, 아빠."

입구에서부터 뭉그적대는 나를 보며 지나가 말했다. 나는 말을 잘 듣는 아이처럼 등을 쭉 폈다. 웨이터가 다가와 인사를 건넸다. 지나는 태국식 모히토를 주문하고, 나에게 무엇을 마시고 싶은지 물었다. 나는 잠시 고민하는 시늉을 했지만 아무것도 떠오르지 않았다. 캐나다에서도 끈질기게 소주만 마셔댔는데. 무엇보다 손에 들고 있던 메뉴판은 돋보기 없이는 한 글자도 보이지 않았다. 물 마실게, 나는 마치 그것이 숙고 끝의 선택인 듯 말했다. 지나는 내 몫으로 물과 IPA 생맥주를 주문하고는 음료를 가져온 웨이터와 이런저런 대화를 하며 본격적으로 메뉴를 골랐다. 가끔 이 음식이 괜찮겠냐고 내게 동의를 구했고, 나는 익숙한 듯 웃으며 고개를 끄덕였다. 지나는 나와 둘만 있을 때의 아이가 아니었고, 직장에 나갈 때의 긴장된 모습도 아니었다. 촛불이 일렁이는 테이블에 팔꿈치를 올리고, 한 손으로 가볍게 턱을 괴고, 막 영화에서 튀어나온 듯 수려한 외모의 웨이터와 농담을 섞어가며 주문을 하는 딸이 그 어느 때보다 낯설었다.

음식은 하나도 익숙한 것이 없었다. 세라믹 숟가락에 동전만한 음식이 담겨 나오기도 하고, 떡처럼 뭉친 검은 찰밥에 고수와 마늘 편 튀김과 말린 통고추와 이름 모를 채소가 재료인 듯 요리인 듯 펼쳐져 있기도 했다. 그것을 내 접시에 옮겨 담다가 하얀 테이블에 흘렸고 나는 손으로 부스러기를 쓸어 접시 옆에 보이지 않게 모았다. 낯선 것은 어려웠지만 지나의 기대에 부응하고 싶었으므로 자주 감탄사를 내뱉었다. 그러다가 그날이 떠올랐다. 학생 화장실을 썼다고 곤란을 겪은 지 얼마 지나지 않았을 때였다. 혼자 체육관 바닥 공사를 하다가 연장 가방 옆에 떨어진 검은색 땡땡이 팬티를 보았다. 아무도 없는 체육관이었다. 팬티가 내게서 나온 건 아니었지만 누군가 본다면 오해를 사기에 충분했다. 나는 그것을 얼른 주워서 호주머니에 쑤셔넣었다. 논리에도 맞지 않고 스스로 부당한 대우를 하고 있다는 걸 모르지 않았다. 하지만 언제 세상이 내게 그토록 논리적이었던가. 나는 그처럼 설명할 수 없는 지점을 만날 때마다 설명할 필요가 없는 방식을 선택했다. 주워온 땡땡이 팬티는 버릴 데도 마땅치 않았다. 집에서 버리자니 지나가 볼까 두려웠다. 길에 버리는 건 더 이상했다. 세상 모든 곳에 나를 감시하는 눈이라도 있는 듯 조심스러워졌다. 도시락을 싸온 검은 봉지에 팬티를 넣고 꽁꽁 싸맸다. 버리기에 안전한 곳이 나올 때까지 아무도 찾지 못할 곳에 숨겼다.

열일곱번째 집을 보고서야 집을 얻을 수 있었다. 지나는 계약을 하고 열쇠를 받아오고도 집이 정리될 때까지 이틀쯤 더 호텔에 머물자고 했다.
"쓸데없이 돈을 왜 써? 우리 예전에는 텐트에서도 자고 차에서도 잤잖아. 이불도 있고. 참, 차에 싣고 다니는 에어 매트리스도 있어. 아빠가 공기 빵빵하게 넣어줄게."
나는 고집을 부렸다. 얼른 짐을 내리고, 침대를 조립하고 내 자리로 돌아가야 할 것 같았다. 더이상 아이를 위해 해줄 것도 없는데 옆에서 빙빙 돌기는 싫었다. 어제 통화한 동료는 지난 일주일 동안 베리가 학교 수업에도 일터에도 오지 않았다고 했다. 나는 왠지 그게 꼭 나 때문인 것 같아 마음이 편치 않았다.
지나가 새로 얻은 집은 언덕 꼭대기에 있었다. 지은 지 백십년이 된 빅토리아 양식의 원 베드룸 아파트였다. 세월의 흔적이 역력한 외부와 달리 새로 칠한 내부는 깔끔했다. 손때가 묻어 맨질맨질해진 기둥은 여전히 건재했고, 손으로 깎아 만든 크라운 몰딩과 웨인스코트는 품위 있었다. 그러나 세월 따라 고스란히 낡은 것도 있었다. 줄이 달린 오르내리창은 열어두면 조금씩 저절로 닫혔고, 바닥은 수평이 맞지 않아 캐리어가 드르륵 굴러가다 멈췄다. 무엇보다 나사가 풀려 헐거워진 출입문은 여간 신경 쓰이는 게 아니었다. 중개인에게 알려야 하지 않겠느냐고 지나에게 말했더니, 아빠가 고치면 되지, 라며 예사로 넘겼다.

두 개의 에어 매트리스를 깔고 어둠 속에 나란히 누웠다.

"밤에도 밝네. 커튼을 달아야겠다."

지나가 말했다. 삼면이 밖으로 돌출된 베이 창에 달빛이 가득했다. 커다란 상수리나무가 창밖으로 손을 내밀면 만져질 만큼 가까이서 흔들렸다.

"내일 퇴근할 때 사와. 아빠가 달아주고 가게."

아침에 배달될 거라는 침대와 소파의 조립이 끝나면 내일 밤에라도 밴쿠버로 출발할 생각이었다.

"방금 커튼 주문했어. 내일 세시 전에 온대."

어둠 속에서 손끝으로 몇 번의 터치를 하던 지나가 말했다. 이사를 하면서 가구점도 마트도 갈 일이 없는 세상이 신기했다. 나는 이 이상한 세상에서 효율적으로 살아가는 법을 익히지 못했으나 지나는 달랐다. 그게 조금 안심이 되었다. 어쩌면 겁에 질린 내가 견고한 껍질을 만들고 그 안에서 움츠려 살아가는 동안 지나는 흔들리며 뿌리내리는 법을 터득했는지도 몰랐다. 지나의 세상을 한 번쯤 믿어보고 싶어졌다.

"지나야. 아빠가 부탁 하나 해도 돼?"

내일이라도 떠날 생각을 하니 마리화나 이야기를 해두고 싶었다.

"뭐? 무슨 말씀 하시려고?"

"지나야, 울지 말고 잘 지내. 너 안 울리려고 여기까지 데려왔는데……"

말을 하려는 순간 확신이 사라져버려 딴소리를 했다. 나는 지나의 마리화나에 대해 아는 게 없었다. 차라리 고맙다거나, 미안하다처럼 내가 아는 말을 하는 게 더 나을지도 몰랐다.

"용감해지려고 우는 거야, 아빠. 울다보면 무서운 게 좀 사라지거든."

"우리 지나, 세상이 아직 많이 무서워?"

"아니 그런 건 아니고. 근데 아빠, 내가 해보니 이민 이거 쉽지 않네. 우리 아빠 고생했네."

지나가 돌아누우며 말했다. 나는 상수리나무를 흔들고 지나가는 바람을 바라보았다.

침대를 조립하고 나뭇조각으로 흔들지 않게 수평을 맞추

었다. 침대 위에 누워서 이리저리 몸을 뒤척여봤다. 냉장고도, 소파도, 식탁도 수평을 맞추려니 조각이 꽤 필요했다. 차의 트렁크를 샅샅이 뒤져가며 굴러다니는 나뭇조각을 모았다. 차에 장착된 비상 공구 박스까지 열어 혹시 자투리 조각이 있나 뒤듬었다. 그러다 검은 봉지 하나를 발견했다. 열어보니 오래전에 두고 잊었던 땡땡이 팬티였다. 피식, 웃음이 났다. 여기라면 남도, 나도 못 찾을 곳이었다. 차의 트렁크에서 걷어낸 다른 쓰레기와 함께 봉지를 아파트 휴지통에 던졌다.

 출입문 나사는 조일수록 헛돌았다. 나사를 단단히 물고 있어야 할 나무가 썩어 부스러기가 떨어져나왔다. 이 상태라면 금세 나사가 헐거워져 문이 저절로 열리거나, 정작 열려야 할 때 열리지 않을 것이었다. 고민을 하다가 썩은 부분을 도려내기로 했다. 문의 좁은 폭 안에서 외형이 망가지지 않게 속을 파내느라 온 신경을 집중했다. 도려낸 크기만큼 나무를 잘라 강력 접착제를 발랐다. 빈 공간에 조각을 넣고 손가락으로 꾹 누른 후, 두어 시간 말렸다. 조각이 제 몸처럼 문에 붙었을 때 나사를 조심스레 조였다. 손끝으로 적당히 조여지는 느낌이 전해졌다. 여기서 더 들어가면 나사가 망가지거나 문이 부서질 것이었다.

 샌프란시스코를 벗어날 때 등뒤로 해가 지고 있었다. 다리를 몇 개나 건너 퇴근길의 복잡한 도로를 빠져나오자 하늘은 금세 어두워졌다. 베리에게 내가 돌아가고 있다는 걸 어떻게 알려야 할까. 어쩌면 베리가 학교에도 일터에도 나오지 않는 건 나와는 무관한 일인지도 몰랐다. 하지만 내가 서둘러 일터로 돌아가는 건 베리와 무관하지 않다는 걸 말해주고 싶었다. 베리를 만나서 무엇을 어떻게 해보겠다는 작정 같은 건 없었다. 다만 알지 못하는 것들을 위해 공간을 한 뼘쯤 벌려두고 싶었다. 언젠가 어느 날 그것들을 조금 알게 될 때 너무 무안하지 않을 만큼의 공간은 필요했다. 그나저나 지나는 집에 돌아갔을까. 출입문이 말끔히 고쳐진 걸 알아차렸을까. 출입문의 나사를 조일 때 손으로 전해지던 그 맞춤한 느낌이 되살아나는 것 같아 주먹을 쥐었다 폈다.

파트타임
여행자

사막의 평원은 풀도 땅도 연갈색으로 바짝 말라 있었다. 그 위에 쭉 뻗은 직선도로는 자로 그은 듯 반듯했다. 사방이 평평하니 원근감은 희미해졌다. 멀리 흐릿하게 보이는 언덕은 한 시간을 달려도 여전히 저만치 먼 곳에 있었다. 이상하리만치 차가 없었다. 텅 빈 도로에 찢어진 타이어와 동물 사체가 도드라졌다. 납작하게 말라붙은 동물 사체는 누군가 잠들기 전 단정히 벗어둔 외투 같아서 한때 살아 있었다는 사실이 실감나지 않았다. 찢어진 타이어 옆으로 물웅덩이가 빛을 받아 반짝였다. 다가가니 멀어졌다. 멀어지다가 사라졌다. 빛과 열과 수증기가 엉켜 빚어낸 신기루. 하루종일 뙤약볕이 내리쬐는 뜨거운 사막의 도로에 물웅덩이가 있을 리 만무하다는 걸 알면서도 민은 또 깜빡 속고 말았다.

  길이 지루하니 졸음이 몰려왔다. 이대로 잠들고 싶기도 하고 잠이 들까 두렵기도 했다. 손톱으로 허벅지를 꾹꾹 누르고 입술을 깨물었다. 좀체 잠은 달아나지 않았다. 조수석의 바구니에서 새콤한 맛이 나는 젤리를 더듬어 찾았다. 졸릴 때 먹으라며 제이크가 챙겨준 젤리였다. 젤리는 턱이 뻐근할 정도로 시었다. 순식간에 입안 가득 침이 고였다. 눈이 번쩍 떠졌다. 짧은 신맛이 지나니 순한 단맛이 났다. 단물이 끝날 즈음엔 잠시 반짝이던 신경이 다시 무디어졌다. 삭은 고무줄처럼 집중력이 툭 끊겼다. 끊긴 집중력 사이로 다시 졸음이 몰려왔다. 좀비처럼 고개를 옆으로 기울이다 더이상 버틸 수 없을 즈음에야 민은 몽롱한 눈으로 갓길에 차를 세웠다. 시동을 켜둔 채 깊은 잠에 빠졌다. 조금도 표류하지 않고 곧장 잠 속으로 빨려 들어가는 순간은 달콤했다. 입가엔 달짝지근한 침이 흘렀다. 민은 날아올랐다. 하늘 높이 직선으로 날아올라 거대한 사막 한가운데서 점처럼 작아진 자신을 내려다보았다. 얼마나 지났을까. 쌔애앵, 하는 소리에 놀라 눈을 떴다. 대형 컨테이너를 실은 트레일러 트럭이 민을 흔들고 지나갔다. 달릴 때는 내내 보이지 않더니. 그런데 여기는 어디일까. 민은 눈을 끔뻑이며 주변을 둘러보았다.

"8월은 넘기지 않는 것이 좋아. 9월이 되면 다시 얼어붙을 테니까."

보름 전 민이 집에서 겨우 일곱 시간 떨어진 자이언캐니언에서 제이크에게 전화했을 때, 그는 돌아오라는 말 대신 캐나다 국경 근처 글레이셔국립공원의 보랏빛 야생화에 대해 말했다. 열 달을 눈을 이고 얼어 있던 풀들이 화려한 색으로 피어나는 걸 보면, 눈이 녹아 꽃이 피는 것이 아니라 꽃이 눈을 녹이는 것 같다고 제이크는 덧붙였다. 그런 말은 무시하기가 힘들었다. 머릿속 가득 펼쳐진 눈밭 위로 보랏빛 야생화가 피어올랐다. 평생 기다려온 것이 바로 그것인 양 갈급해졌다. 민은 요세미티로 내려가려던 계획을 수정해서 글레이셔국립공원으로 향했다.

그즈음 민은 캠핑장에서 혼자 차박을 하는 것에 얼마간 익숙해져 있었다. 그러나 여전히 트레일을 걷는 시간이 남들보다 두 배는 더 걸렸으므로 어둡기 전에 산에서 내려오려면 동이 트기도 전에 출발해야 했다. 8월이었지만 호수로 오르는 길은 군데군데 잔설이 덮여 있었다. 반쯤 녹은 눈에 몇 번이나 미끄러져 엉덩방아를 찧었고 그때마다 심장이 먼저 땅으로 떨어지는 것 같았다. 한쪽이 절벽인 경사진 눈길 앞에서 발을 뗄 엄두가 나지 않아 오도 가도 못하고 삼십 분이나 멍하니 서서 눈 비탈을 바라보고만 있기도 했다. 여행을 떠나오기 전 반년쯤 다리 힘을 키우기 위해 책과 생수로 무게를 채운 배낭을 메고 동네를 걸었다. 하지만 산을 오르는 건 다른 종류의 힘이 필요했다. 오르막을 오를 때는 쉽게 숨이 가빠왔고, 어지럼증과 헛구역질이 났다. 내리막도 쉽지는 않았다. 굴러떨어지지 않으려 용쓰느라 온몸이 땀으로 젖었다. 땅 위로 올라온 나무뿌리에 발끝이 턱턱 걸렸고 바닥에 굴러다니는 잔돌을 잘못 밟으면 발이 쭉 미끄러졌다. 한시도 등산로에서 눈을 뗄 수가 없었으므로 다른 생각이 끼어들 틈이 없었는데 그게 어떤 보상으로 느껴지기도 했다.

마침내 제이크가 말했던 호수에 다다랐을 때는 막 해가 떠오르고 있었다. 날카롭게 치솟은 바위산 아래로 눈 덮인 경사면이 완만하게 이어졌고 거기엔 정말로 보랏빛 야생화가 만발했다. 호수에 그 반영反映이 고스란히 떠 있었다. 하늘은 푸르렀고 바위산의 골에는 강물처럼 흘러내린 눈얼음이 단단히 붙박여 있었다. 와! 와! 민은 탄성을 내질렀다. 듣는 사람 없는 감탄사가 야단스럽게 울렸다. 민은 호숫가에 쪼그려앉아 사진을 찍고 또 찍었다. 캠핑장에 돌아와서 보니 미세한 차이조차 알 수 없는 똑같은 사진이었다.

글레이셔국립공원에서 열흘을 보내고 다시 남쪽으로 향했다. 미국의 국립공원을 모두 가보려고 마음먹었을 뿐 구체적인 일정은 잡지 않았다. 그러는 편이 더 많은 자유를 줄 것이라고 믿었지만, 석 달을 여행하는 동안 민은 자신이 즉흥적이고 발랄한 선택을 내리는 것에 익숙하지 않은 사람이라는 걸 깨달아가고 있었다. 예측 불가능한 시간이 주는 자유로움보다 불안을 더 쉽게 느꼈고, 불안은 종종 여행을 방해했다. 허둥대느라 효율적으로 움직이지도 못했고 많은 걸 놓쳤다. 미국 서부 내륙을 오르내리며 고작 여덟 군데의 국립공원에 들렀다. 간혹 그것을 보기 이전으로 돌아갈 수 없을 만큼 압도적인 풍경을 만나기도 했다. 모뉴먼트밸리에서 엄지장갑 모양의 거대한 바위들 사이로 보랏빛 해가 넘어갈 때는 눈물이 왈칵 쏟아졌다. 살아남아 이걸 보는구나 싶었다. 하지만 거대한 풍경 앞에서 혼자가 되면 지나간 시간의 회한에 빠지기가 쉬웠고 머리가 어지러울 때가 많았다. 아직도 가야 할 곳이 오십 군데가 넘게 남아 있다는 사실이 밀린 숙제처럼 막막해지기도 했다.

내륙의 험악한 산악지대를 하루종일 달렸던 날은 얼마나 지쳤는지 월마트 주차장에서 밤새 꿈도 없이 깊은 잠을 잤다. 식당을 찾기 위해 고속도로를 벗어나는 게 귀찮아 종종 휴게소 화장실 앞에서 컵라면으로 끼니를 때웠다. 아이들이 떠난 후 집의 8인용 식탁은 거의 비워져 있었다. 티브이 앞 소파에 앉아 혼자 접시를 들고 밥을 먹곤 하던 민에게 식탁이 없는 식사는 익숙했다. 그러나 무릎 위에 식빵 봉지를 올리고 한 입씩 뜯어먹으며 온종일 운전하다보면 여행이 힘겨운 노동처럼 느꺼졌다. 그럴 땐 평생 애태우던 열망이란 기억 속에서나 온전한 것이었나 의심이 들곤 했다. 민은 오랫동안 여행이 일상의 반대말이라 믿었고, 노동은 일상에 속하는 언어였으므로 그런 생각이 들 때마다 약간은 쓴맛이 입에 돌았다.

낡은 플라스틱통과 폐타이어, 누군가 버린 등산화와 자전거 바구니에까지 꽃을 심어 만든 조잡한 정원을 한동안 쳐다보다가 성조기가 휘날리는 낡은 모텔로 들어섰다. 두어 시간 만에 만난 마을이었고 이 마을을 지나면 어디에 또 마을이 있을지 몰랐다. 그리 내키진 않지만 민은 이곳에서 하루를 보내기로 했다. 카운터에 노트북을 올려놓고 한국 드라마를 보던 부부가 민을 보고 자리에서 일어났다. 혼자 잔대? 주인 여자는 민이 자살이라도 하러 온 줄 아는지 잔뜩 경계하는 목소리로 말했다. 그들은 민이 한국인이라는 사실을 모르는 게 틀림없었다. 못마땅한 기색을 숨기지도 않고 한국말로 대화를 나눴다. 민은 그들의 입에서 더 심한 말이 나올까봐 조마조마했다. 여행 기분을 내느라 세 번씩이나 탈색을 한 후, 그 위에 요란하게 물들인 보라색은 이 주가 지나고부터 색이 빠져서 흰색도 보라색도 아닌 채 희끄무레해졌다. 여름의 트레일을 걷느라 얼굴은 검게 그을렸다. 민은 자신이 봐도 한국인보다는 사막에 터 잡고 사는 나바호 원주민의 모습 같다고 생각했다. 주인 남자는 열쇠를 탁 소리 나게 카운터에 올리고 턱으로 민이 묵을 방을 가리켰다. 민은 불행하지 않은 얼굴을 만들어 보이려 활짝 웃으며 땡큐, 라고 말했다.

방문에는 'NO SMOKING'이라 적힌 아크릴 판이 붙어 있었지만, 방 구석구석 찌든 담배 냄새가 지독하게 배어 있었다. 환기를 시키려 창을 열고 침대 위에 벌렁 드러누웠다. 온갖 색이 어지럽게 들어간 이불에서도 담배 냄새가 났다. 민은 하루 종일 굽어 있던 다리를 쭉 펴고 발을 앞뒤로 까딱거려보았다. 묵직한 통증이 퍼졌다. 오늘은 865킬로미터를 달렸다. 주 경계를 지났고 타임 존도 지났다. 종종 규정 속도를 어겼고, 어긴 줄도 모르고 달렸다. 쉬엄쉬엄 가야지 다짐해도 소용없었다. 달리다보면 멈추는 게 달리는 것보다 더 힘들게 느껴지기도 했다. 연초록의 완만한 동산 사이를 반나절 달린 후 다시 광활한 사막평원으로 들어섰다. 집에서 멀지 않은 곳이라 생각하니 여행을 견디기가 싫어졌다. 집을 떠나 제일 많이 한 생각이 고작 집으로 돌아가고 싶다라니. 가까워지던 집이 다시 멀어지자 마음이 조금 가라앉았다.

욕조를 대강 헹궈내고 물을 채웠다. 옷을 벗고 거울 앞에 섰다. 종일 몸을 접고 있었더니 벨트 자국이 몸에 새겨진 듯 선명했다. 손으로 물을 휘저어 섞고 욕조에 발을 담갔다. 붉게 변한 벨트 자국을 지우려고 허리를 문질렀다. 물휴지로 얼굴과 손을 대강 닦고 누워서 마치 아무에게도 들키지 않으려는 듯 차 안에서 조심스레 별을 훔쳐보던 숲의 시간을 떠올렸다. 그런 시간이 자신에게 남긴 의미가 무엇인지 생각하다 뜨거운 물에 얼굴을 담갔다. 발바닥을 손으로 쓸어보았다. 물집이 잡혔던 엄지발가락에서 딱딱하게 말랐던 피부가 뜨거운 물에 하얗게 불어 떨어져나왔다. 발가락 사이를 비벼 씻어냈다. 사막에서는 그 사이에 모래가 끼어 있곤 했다. 여름이면 방에서도 모래가 서걱거렸다. 침대 속에도, 머리카락 속에도, 브래지어와 팬티 속에도 모래가 있었다. 입천장에 혀를 대면 돌기처럼 모래가 꺼끌거렸다. 그런 날이면 하루종일 침을 뱉어냈다. 모래를 씻어내기 위해 눈에 식염수를 들이붓기도 했다. 민에게만 유난히 모래가 느껴졌던 걸까. 빨갛게 충혈된 민의 눈을 빤히 쳐다보던 동료는 민에게 심리 상담을 받아보라 조언했다.

민은 욕조 속에서 무릎을 세우고 앉아 양팔로 몸을 감싸안았다. 물의 온도가 맞춤했다. 온몸으로 전해지는 따뜻한 감촉이 제이크와 알몸으로 엉켜 있던 시간을 불러냈다. 머릿속에 떠오르는 이미지는 늘 공중에서 내려다보는 각도였다. 그러니 도발적이고 열정적인 남녀의 모습은 상상의 산물일지도 몰랐다. 하지만 그의 체온은 진짜였다. 늘 민의 것보다 조금 더 더운 제이크의 온도가 좋았다. 삽입에 실패할 때마다 쿡쿡 웃으며 어색한 섹스를 견딜 수 있게 한 것도 그의 체온이었다. 그는 두 팔로 민의 등을 쓸어내리다가, 마치 개수라도 세듯이 등뼈 마디마디를 하나씩 어루만지곤 했다. 그의 손길에 닿은 등뼈가 너무 견고하게 느껴져 민은 자신의 뼈가 남의 것처럼 낯설었다. 벽을 보고 돌아누운 제이크의 등을 안을 때, 알맹이가 빠져 축 처진 민의 가슴이 그의 체온으로 조금씩 채워져 빵빵하게 부푸는 느낌이 들곤 했다. 어쩌면 그런 순간들이 이 여행을 가능하게 했는지도 모른다고 민은 지금에야 생각했다.

아이들이 떠나고, 오드리가 죽고, 십오 년을 키우던 고양이 지루마저 죽어버렸다. 더이상 돌볼 것이 없었고 머뭇거릴 핑계도 없어졌지만 민은 떠날 용기를 내지 못했다. 은퇴하면 자동차로 긴 여행을 하고 싶었던 오랜 꿈은 막상 꺼내 풀어보니 말라비틀어져 있었다. 어느새 민은 늙어버렸고, 그사이 도망치고 싶었던 현실조차 사라져버렸다. 어떤 것도 오랜 갈망들을 다시 살려낼 수 없을 거라 자조했고, 가끔은 그래서 다행이라 느껴졌다. 적당히 죽은듯 엎드려 사는 건 딱 견딜 수 있을 만큼만 불행했으니까. 어느 날 제이크는 특별한 요리를 해주겠다며 민의 냉장고를 뒤지다가 고추장과 된장 사이에서 외할아버지의 가래 항아리를 찾아냈다. 한식 양념이 들어 있겠거니 생각하고 뚜껑을 열었던 제이크는 눈이 휘둥그레져서 항아리 속을 들여다보다 크게 웃음을 터뜨렸다. 은행원이 집에다 저축을 하는 거야? 민은 항아리를 거꾸로 쏟아냈다. 둘은 놀이를 하는 아이들처럼 흥에 겨워 지폐를 세기 시작했다. 무려 삼백십 장이었다. 떠나고 싶을 때마다 오십 달러, 백 달러짜리 지폐를 하나씩 던져둔 게 그리 많을 줄은 민조차 몰랐다. 그러니까 삼백십 번이나 집을 떠나고 싶었다는 거잖아. 제이크가 흥분한 목소리로 말했다. 제이크는 무릎 통증으로 다리를 절뚝거리면서도, 민을 위해 차의 내부를 숙식이 가능한 공간으로 개조했다. 두꺼운 합판으로 평평하게 프레임을 만들고, 그 위에 차의 굴곡까지 본떠 12센티미터 메모리폼을 깔아 침대를 완성했다. 민은 자신이 떠나면 혼자 사막의 도시에 남겨질 제이크가 걱정되었다. 하지만 제이크는 이제야말로 열망에 화답해야 할 시간이라며 민을 떠밀었다.

미끄러지지 않으려고 다리에 힘을 주고 서서 몸의 물기를 닦아냈다. 모텔에 비치된 로션을 온몸에 꼼꼼히 발랐다. 숲에서 지내다 모텔로 오면 건조해서인지 밤새 몸을 긁어대느라 잠을 설쳤다. 가려워서 잠들지 못하는 게 아니라 잠들지 못해서 더 긁어대는 건지도 몰랐다. 가방을 헤집어 시폰 원피스를 찾아냈다. 빨간 리본이 달린 검은색 구두도 꺼냈다. 그날은 민의 예순일곱번째 생일이었으므로 근사한 식당을 찾아볼 작정이었다. 다리미를 꺼내 낮은 온도로 원피스를 다렸다. 옅은 하늘색 바탕에 노랑 장미가 강렬했다. 민의 작년 생일에 제이크가 선물한 원피스였다. 민은 평생 그런 강렬한 색채의 옷을 입어본 적이 없었지만 그 원피스는 보자마자 마음에 들었다. 민은 옷에 코를 묻고 제이크의 냄새를 찾았다. 민이 벗어놓은 원피스를 돌돌 말기도 하고 차라락 펼치기도 하며 모래가 굳어 바위가 되고 바위가 허물어져 모래가 되는 시간을 설명하던 제이크가 그리웠다. 모래가 바위가 된다고요? 민이 놀라 물었을 때 제이크는 모래가 바위가 되는 소리를 정말로 들었다고 했다. 협곡의 푸른 밤하늘을 보며 극단적인 적요 속에 누워 있을 때 바위가 쩍쩍 갈라지고, 골 안에 갇힌 바람이 모퉁이를 돌고, 모래가 사르르르 몰려다니며 바위가 만들어지고 있었다고 했다.

 이십 년 전 제이크는 35킬로미터의 좁고 긴 협곡을 가이드의 안내를 받아 사흘 동안 걷기로 했다. 높은 경쟁을 뚫고 운 좋게 추첨된 스무 명과 함께였다. 트레일의 규정은 엄격했다. 사흘 치의 먹거리와 물은 물론 자신이 남긴 쓰레기와 똥까지 짊어지고 걸어야 했다. 건조한 바위와 모래를 상상하며 시작한 트레일에는 뜻밖에 스무 군데가 넘는 물웅덩이가 있었다. 어떤 곳은 가슴팍까지 물이 차올랐다. 웅덩이의 바닥은 물컹하고 끈적해서 끝이 느껴지지 않았다.

 "등산화 속으로 썩은 동물 사체가 걸쭉하게 스며드는 것 같았어. 도저히 견딜 수가 없었지."

제이크는 신발을 벗고 마실 물로 발을 씻었다. 그렇게라도 해야 할 만큼 지독한 냄새였다고 했다. 고작 오 분쯤 지났을까. 고개를 들었을 때 아무도 보이지 않았다. 모두 감쪽같이 사라져버린 협곡은 이전과는 전혀 다른 풍경이었다. 그는 협곡을 이리저리 뛰며 일행을 찾았다.

"애당초 입구로 되돌아갔으면 그리 헤매지는 않았을 텐데 일행들을 찾느라 더 깊이 들어가버렸어. 오른쪽으로 뛰어가다가, 길이 막히면 왼쪽으로 뛰었고. 그렇게 한참을 뛰어다녔는데 다시 제자리에 돌아온 것 같았어."

그 말을 듣는 순간 민도 그 악몽 속으로 끌려들어간 것처럼 가슴이 답답해졌다. 나선형으로 솟아오른 붉은 사암 사이 좁은 틈으로 하늘이 오솔길처럼 열렸다가, 어느 순간 동굴에 들어온 것처럼 빛이 희미해졌다. 둥글게 말린 바위가 교차되어 막다른 길처럼 보였지만 다가가면 겨우 몸이 빠져나갈 만큼의 공간이 나오기도 했고, 도저히 빠져나갈 수 없이 꽉 막혀 돌아나와야 하기도 했다. 한나절을 헤매다보니 모든 길이 낯설어졌고, 모든 길이 똑같아졌다. 죽을 수도 있겠다는 두려움을 지나 어떤 노력도 소용없을 거라는 체념에 닿자 불가해한 평온이 찾아오더라는 제이크의 말은 쉽게 수긍이 됐다. 사흘째 되던 밤 제이크는 몸통보다 꼬리가 더 큰 사막여우를 만났다. 뭔가에 홀린 듯 여우가 빠져나가는 길을 따라간 후로는 기억이 없다고 했다. 그는 칠 일째가 되던 날 한 무리의 등산객에게 발견되었다. 그가 기적처럼 구조된 사건은 지역 방송에도 나왔다고 했다. 사람들은 살아 돌아온 제이크가 운이 좋다고 했다. 제이크는 그 기억을 되돌아보며 이상하리만치 아무런 아픔이 없다고 말했다. 아니 그후로 협곡에 대한 그의 사랑은 더 깊어졌고 은퇴한 후에는 유타로 이사를 오기까지 했다. 유타에 좁고 깊고 긴 슬롯 캐니언이 천 개가 넘게 있다는 게 이유였다.

원피스가 멋져요. 메뉴판을 가슴에 안고 자리를 안내하던 웨이트리스가 민에게 말했다. 민은 웨이트리스가 권하는 대로 내파밸리 진판델을 주문했다. 필레 미뇽 스테이크와 감자, 그리고 야채도 주문했다. 고기는 미디엄 레어로, 감자는 구워서 사워크림과 베이컨과 쪽파를 얹고, 양송이에 후추는 뿌리지 말고 버터와 마늘만 넣어달라고 했다. 마치 양보할 수 없는 취향이라도 있는 듯 까다롭게 주문했지만 어쩌면 만만해 보이지 않으려는 건지도 몰랐다. 웨이트리스는 와인을 잔에 조금 따라주며 맛을 보라고 했다. 민은 잔을 크게 돌린 후 한 모금 마셨다. 신맛이 강해 그리 마음에 들진 않지만 친절한 웨이트리스의 마음을 상하게 만들고 싶지 않았으므로 좋군요, 라고 말했다. 아직도 좋은 식당에서 혼자 밥을 먹는 시간은 조금 어색했다. 어색함을 견디기 위해 음식이 나오기도 전에 와인을 두 잔이나 마셨더니 얼굴이 화끈 달아올랐다. 이십칠 년을 다녔던 은행에서 퇴직했을 때도, 퇴직 후 마트 캐셔로 이 년을 더 일하고 정말로 은퇴했을 때도, 한국에서 큰딸이 쌍둥이 자매를 낳았을 때도, 둘째가 서울의 한 대학에 전임강사가 되었을 때도 민은 어색하고 번거로운 마음을 누르면서 혼자 좋은 식당에 가서 값나가는 음식을 먹고 와인을 마셨다. 뭐라도 하지 않으면 그런 일들이 진짜 자신의 것이 되지 않을 것 같았다. 좋은 일이 진짜 좋은 일이 되기 위해서는 뭐라도 해야 했다.

한 무리의 등산객이 커다란 배낭과 스틱을 입구 쪽에 모아놓고 웃으며 걸어들어왔다. 대각선 테이블에는 똑같이 짙은 갈색 카우보이모자를 쓴 노인들이 맥주와 햄버거를 앞에 놓고 곰 사냥에 적합한 총이 무엇인지 토론했다. 곧 사냥을 하러 산으로 들어갈 모양이었다. 사냥한 곰은 내장을 버리고 살코기를 챙겨 내려오면 정육점에서 스테이크용과 스튜용 고기로 만들어 진공포장을 해주거나, 소시지로 가공해준다고 말했다. 고기의 맛을 망가뜨리지 않으면서 즉시 보내버리려면 곰의 어디를 쏘아야 할지 논하기도 했다.

"쓸개는 꼭 챙겨야 해. 보드카에 담근 쓸개를 동양인들이 환장하게 좋아하지. 그게 여기에 그렇게 좋다더라고."

아랫도리를 흔들며 농담하는 노인과 민의 눈이 부딪치고 말

앉다. 둘러앉은 노인들이 민에게 한꺼번에 눈길을 주며 왁자하게 웃었다. 민은 시선을 피하지 않고 빙그레 웃어 보이려 애쓰다가 버티지 못하고 고개를 돌렸다. 얼굴이 다시 붉게 달아올랐다.

다운타운이라고는 해도 끝에서 끝까지 500미터도 안 되는 작은 마을이었지만 관광객과 등산객이 꽤 보였다. 민은 먹다 남은 와인 병을 가슴에 안고 천천히 걸었다. 손을 잡고 걷는 노부부와 벤치에 앉아 아이스크림을 먹는 가족을 지나갔다. 노천 테이블에서 의자에 배낭을 내려놓고 피자를 먹던 젊은 여자가 하이, 하고 인사했다. 검게 그을린 얼굴에 꽃무늬 두건을 쓴 그녀의 모습이 아름다웠다. 민은 한 번도 경험해보지 못한 찬란함이 있었다.
"근처에 트레일이 있나요?"
민은 그녀에게 괜스레 친밀감을 느끼며 말을 걸었다.
"PCT 트레일 헤드가 근처예요. 존 뮤어 트레일과 겹치는 구간이기도 하고요."
언젠가 제이크에게 들었던 트레일의 이름을 그녀가 상냥하게 말했다.
"이 마을을 지나면 한동안 마을이 없어서요. 내일은 여기서 쉬면서 사나흘 먹을 음식도 마련하고 재정비를 해서 산으로 돌아갈 겁니다."

"아, 제로 데이?"

당신 혼자 걷고 있느냐고 나도 혼자 여행을 한다고 말하고 싶은 걸 참고 민은 다른 말을 했다.

"맞아요! 뜨거운 물에 샤워도 하고, 밀린 빨래도 하는 날이죠."

트레일을 걷지 않고 쉬는 날을 제로 데이, 트레일 길목에서 먹을 것과 마실 것을 나눠주고 때론 운전을 해주거나 텐트를 칠 수 있게 뒷마당을 내어주며 걷는 이를 돕는 사람을 트레일 엔젤이라고 한다는 것도 제이크에게 들었다. 캐나다 국경에서 멕시코 국경까지 4270킬로미터로 이어지는 PCT를 제이크는 쉰여섯 안식년에 육 개월 동안 걸었다고 했다. 캘리포니아 남부의 사막이 너무 뜨겁지 않고, 시에라산맥의 포레스터 패스가 너무 춥지 않은 시기를 골라서 출발했지만 빙벽과 눈이 뒤덮인 산맥을 넘는 동안 몇 번이나 죽을 고비를 만났다고 그는 말했다. 하지만 그게 그 길에서 가장 어려웠던 건 아니라고도 했다. 아무 일도 일어날 것 같지 않은 지루한 길을, 한 시간 전에도 두 시간 전에도 똑같았던 길을 혼자 걷는 동안 시간은 너무 느리게 흘렀고 그렇게 한없이 늘어진 시간이 깨어날 수 없는 꿈처럼 두려웠다고 제이크는 말했다. 그렇게 걷기를 좋아하던 제이크가 주저앉은 것이 안쓰러워 민은 종종 제이크의 무릎을 어루만졌다. 나는 충분히 걸었어. 제이크는 덤덤하게 말했다. 세월의 힘으로 건너갈 수 없는 것은 두 다리로 걸어서 지나가는 거라며, 걷기를 신앙처럼 떠받들던 그가 말했다. 충분했다고.

제이크는 평생 기하학을 가르쳤던 뉴욕의 한 대학에서 은퇴한 후 오드리를 설득해 아무런 연고도 없는 유타의 사막 도시에 자리잡았다. 그는 많은 시간 배낭을 짊어지고 협곡으로 들어가 별을 보며 잠들었다. 가끔 오드리와 민을 데리고 가기도 했다. 아일랜드 흑맥주 두 캔을 마시면 오드리는 자정을 넘기지 못하고 잠들었고, 제이크와 민은 잠든 오드리를 사이에 두고 누워 밤새 이야기 나누곤 했다. 제이크가 한국전쟁 고아였고, 폭격이 지나간 자리의 사쳇더미에서 발견되었다고 말했을 때 민은 너무 놀라 벌떡 일어나 앉았다.

"한국에 살았던 기억은 하나도 없어. 다 들은 이야기지."

제이크는 어째서 떠오르는 기억은 하나도 없는데 슬픔만은 끈질기게 남았는지 알 수 없다고도 했다. 기억하지 못하는 슬픔이라는 말에 민은 자신의 두 딸을 떠올렸다.

제이크와 오드리가 민의 앞집으로 이사를 온 건 십오 년 전이었다. 오드리가 죽기 전까지 그들은 많은 것을 함께했다. 어쩌면 당신과 민은 전쟁통에 헤어진 남매일지도 몰라. 오드리가 종종 농담을 할 정도였다. 계절이 바뀔 때마다 함께 트레일을 걸었고, 오드리가 좋아하는 오페라 공연을 보기 위해 서너 시간 차를 타고 큰 도시로 나가기도 했다. 크리스마스 마켓엘 가자며 빨간 산타 모자를 쓴 오드리가 현관을 두드리던 날을 민은 기억했다. 사막에 크리스마스 마켓이 있다는 걸 처음 들었다. 민은 한국에 있는 두 딸에게 보낼 스테인드글라스로 만든 촛대를 샀다. 오드리는 나무로 만든 사슴 오너먼트를 샀다. 제이크는 수백 킬로미터나 떨어진 곳에서 베어온 키 큰 나무를 사서 차의 지붕에 밧줄로 묶어 집으로 가져왔다. 오드리와 제이크는 함께 오너먼트와 등을 매달았고, 민은 그들의 창을 통해 트리의 등에 환한 불이 들어오는 것을 보았다. 그날은 오드리가 참 부러웠다. 제이크는 완성된 트리를 창에 바짝 붙이고 밤새 커튼을 열어두었다. 민은 자신의 침대에 누워 밤늦게까지 그들의 트리를 보았다. 크리스마스 날 민은 그들의 식탁에 초대되었다. 제이크는 칠면조를 씻고 키친타월로 물기를 닦아낸 다음 칠면조 껍질과 살 사이를 살살 벌려 버터를 펴 발랐다. 이탈리아 빵과 소시지로 칠면조에 넣을 속을 만드는 건 오드리의 일이었다. 민은 감자 껍질을 벗기고 당근을 썰었다. 세 사람은 캐럴을 틀어놓고 오븐에서 칠면조가 갈색으로 익을 때까지 함께 포도주를 마셨다. 민은 그 시간이 너무 달콤해서 마치 창밖에 눈이 내리고 있는 듯한 착각이 들었다.

어느 날 민은 제이크의 집 앞에서 앰뷸런스를 보았다. 놀라 뛰어나갔다. 이동용 침대에 누운 오드리의 얼굴은 고통으로 일그러졌다. 민은 오드리의 손을 조용히 꼭 잡았다. 오드리와 제이크가 함께 타고 떠난 앰뷸런스가 완전히 사라질 때까지 민은 길 한가운데 망연히 서 있었다. 욕조에서 미끄러져 실려 간 오드리의 병명은 파킨슨이었다. 오드리는 삼 년 동안 집으로 돌아오지 못했다. 아니 영영 돌아오지 못했다.

민은 커다란 검은 비닐봉지를 어깨에 메고 옐로스톤 서쪽 입구의 캠핑장 세탁실로 향했다. 거기서 두어 시간 떨어진 그랜드티턴국립공원 캠핑장에서 열흘이나 머무는 동안 가지고 있던 옷이 모두 더러워졌다. 땀에 찌든 등산복과 젖은 수건은 동물 사체가 썩는 냄새를 풍겼다. 뻣뻣해진 빨래와 침낭과 베갯잇을 세탁기 가득 채우고 동전을 주입구에 넣었다. 윙윙 소리를 내며 돌아가는 빨래를 멍하니 바라보고 서 있었다. 민은 여행을 출발하기도 전에 이곳 캠핑장 속 작은 오두막을 예약했다. 제이크에게 이곳에서 만나자고 말했다. 그 정도의 희망은 민에게도 제이크에게도 필요하다고 생각했다. 제이크는 대답 없이 빙그레 웃었지만 민은 그가 꼭 올 거라 믿었다.
"몸에 세균이 너무 많대요. 원인은 아직 모르고요."
제이크와 일주일째 연락이 닿지 않아 민이 제이크의 딸 헬렌에게 전화했을 때 헬렌은 한숨을 푹푹 쉬며 말했다. 뉴욕의 병원에 누워 있는 제이크를 떠올리자 민은 숨이 가빠왔다. 중환자실에서 사흘을 보낸 후 제이크의 상태는 많이 안정되었지만 가족이 아니면 면회는 불가능하다고 헬렌은 말했다. 민은 그 말에 그만 풀이 죽어, 세균이 많다는 게 무슨 뜻인지 잘 이해가 되지 않았지만 전화를 끊어야 했다.

오드리가 병원과 요양병원과 호스피스 병동을 오가던 삼 년 동안 제이크는 매일 아침 고속도로를 삼십 분쯤 달려 오드리를 보러 갔다. 일주일에 두 번쯤 민도 함께 갔다. 가망 없는 몸에 갇혀 느리게 죽어가는 오드리를 보는 일은 고통스러웠다. 스스로 밥을 떠먹는 것조차 불가능해지자, 오드리는 품위 있고 자의식이 강했던 평소 성격대로 존엄사를 원했다. 존엄사가 법적으로 가능한 오리건주의 바닷가 마을로 가 스스로 생의 고통에서 벗어나려 했다. 그러나 그런 결정을 내리기도 힘들 만큼 오드리의 건강이 나빠지는 바람에 절차는 중단되었다. 오드리가 마침내 죽었을 때 민은 안도했다. 오드리를 위해서도, 제이크를 위해서도 그게 옳다고 생각했다.

장례 이틀 전, 시내 호텔의 연회장에서 오드리를 추억하는 '셀리브레이션 오브 라이프'를 열었다. 대형 스크린에는 육십칠 년 전 오드리의 유치원 입학 사진부터 석양빛을 등지고 바위산을 오르던 몇 년 전의 사진들이 천천히 지나갔다. 영상을 만든 헬렌이 선택한 배경음악은 〈시 유 어게인〉이었다. 그 노래를 듣고 있으니 정말로 우리는 다시 만날 수 있을 것 같았다. 뉴욕에서 온 오드리의 오랜 친구와 제이크의 추도사는 특히 근사했다. 1974년 가을, 제이크는 지역 신문에 여자친구를 구한다는 광고를 냈다고 했다. 친구들끼리 객기로 시작한 일이었는데 그걸 보고 대학생이던 아일랜드계 오드리가 정말로 전화를 했다. 그때는 그런 식의 만남이 드물지 않았다고 말했을 때 사람들은 아련한 표정으로 고개를 끄덕였다. 매일 전화로 이야기를 나누며 만나기도 전에 사랑에 빠져버렸다. 제이크는 자신이 동양인이라는 사실을 말할 수 없어 괴로워하다가 만나기 몇 시간 전에야 그 사실을 털어놨다. 약속을 취소하기에는 너무 늦어서 참으로 절묘한 타이밍이었다는 말에 사람들은 한바탕 소리 내어 웃었다. 장례식장에서 장지까지 경찰차 두 대와 오토바이 다섯 대가 리무진을 호위했는데, 비용이 많이 들었을 거라고, 제이크가 정말 오드리를 사랑했던 게 틀림없다고 이웃들은 수군거렸다. 오랜 투병으로 오드리의 모습이 너무 상해서 관뚜껑을 열어 마지막 모습을 보여주는 것은 하지 않기로 했지만, 수백 송이 장미로 관과 주변을 화려하고 품위 있게 장식했다. 내가 죽으면 누가 나를 이토록 정성스레 보내줄까, 민은 생각했다. 사막에서도 사시사철 꽃이 피는 언덕 위 메모리얼 가든에 오드리를 묻고 돌아온 제이크는 모든 임무가 끝난 사람처럼 문을 닫아걸었다.

제이크의 집에 배달되었던 신문과 마트 광고지가 바람에 날려 이웃집 앞마당에 어지럽게 나뒹굴었다. 민은 그것들을 가지런히 접어 현관의 발 매트 아래 끼워두었다. 그래도 제이크는 밖을 내다보지 않았다. 커튼은 굳게 닫혀 있었다. 전화도 받지 않았다. 문자를 보내면 하루나 이틀 후에 짧은 답이 왔다. 조금만 더 쉬게. 민은 휴대폰을 만지작거리며 그 짧은 말의 진의를 가늠했다. 쉽게 문을 열 수도 없었다. 오드리가 병원에 누워 있을 때와 죽었을 때가 달랐다. 동네 사람들의 눈을 의식해서만은 아니었다. 무엇을 보게 될까 두려웠다. 무엇을 떠안게 될까 두려웠을 수도 있다. 밤이 되면 민은 창가에 앉아 제이크의 방에 조도가 낮은 등이 켜졌다가 꺼지는 것을 보았다.

그렇게 한 달이 지났을 때 민의 앞마당에 사과가 빨갛게 익었다. 사과 몇 알을 따서 현관문을 두드렸다. 대답이 없었다. 뒷마당을 통과해 덱을 밟고 서서 유리문을 옆으로 밀어보았다. 문은 잠겨 있지 않았다. 그릇이 엉망으로 포개져 쌓여 있는 싱크대를 보자 마음이 급속도로 불안해졌다. 고였던 공기가 일렁이며 마른 풀 냄새가 났다. 꼭 죽음의 냄새 같았다. 제이크! 제이크! 민은 그의 이름을 부르며 2층 계단을 뛰어올라갔다.

제이크는 검은 안대로 눈을 가리고 마치 관 속인 듯 반듯하고 고요하게 누워 있었다.

"아아! 어떡해! 제이크! 오, 제이크!"

민은 안대를 이마 위로 올리고 제이크의 뺨을 어루만졌다. 퀭한 얼굴의 그가 눈을 껌뻑거리며 민을 올려다봤다. 오드리 따라가려고 이러는 거야? 민은 제이크의 머리를 가슴에 안고 울며 소리쳤다. 커튼을 걷고 창을 열었다. 제이크는 눈이 부신 듯 얼굴을 찡그렸지만, 민을 말리지는 않았다. 민은 설거지를 하고 먼지를 떨어냈다. 제이크는 겨우 식탁에 앉아 민이 끓인 흰죽을 몇 숟갈 떴다. 민은 매일 무언가를 만들어 제이크에게 갔다. 제이크는 빚낸 에너지를 되갚듯 먹고 자고 먹고 잤다. 민은 제이크 옆에 누워 이런저런 말을 시켜보다가 깜빡 잠이 들기도 했다. 어느 날에는 그렇게 아침이 밝아왔다.

빨래를 마친 세탁물을 건조기에 넣어놓고 자동차의 짐을 모두 오두막으로 옮겼다. 여행을 시작한 지 백십 일이 지났지만 자동차의 짐을 모두 빼낸 건 처음이었다. 여기서 사흘을 묵는 동안 짐을 다시 정비하기로 했다. 짐은 출발 때보다 더 늘었다. 여름이지만 밤이 되면 영하로 기온이 떨어지니 뜨거운 물을 채워 안고 잘 고무주머니와 담요를 사야 했다. 빗길을 걷느라 젖은 등산화가 마르지 않아 여분의 등산화를 샀다. 먹다 남은 음식물도 쌓여갔다. 짐은 자꾸만 늘어나 민의 공간은 좁아져갔다. 민은 짐에 치여 웅크리고 누운 채, 가진 것을 반 이상

없애며 시작한 여행이 왜 이렇게 되었는지 생각하곤 했다.

버릴 짐을 모아 캠핑장 사무실 옆 셰어 박스로 향했다. 한 번도 사용하지 않았던 휴대용 손 선풍기, 창을 열고 자는 게 불안해서 쓸 일이 없었던 차량용 방충망, 너무 커서 씻기도 말리기도 힘들었던 큰 타월 두 장, 번거로워서 쓰지 않는 모카 포트, 다 읽은 한국 소설 세 권, 여행 짐에서 내내 겉돌던 잠옷, 혹시나 해서 챙겼던 굽이 있는 구두, 구두약, 여러 개의 플라스틱통. 그것들을 셰어 박스에 넣고, 누군가 놓고 간 샴푸와 바셀린을 챙겼다. 민은 제이크가 오지 않는 옐로스톤이 무의미하게 느껴질까봐 자꾸만 몸을 움직였다. 인사말처럼 헐렁한 약속이었다고, 제이크가 아픈 건 어쩔 수 없는 일이라고, 이건 누구의 잘못도 아니라고 생각하기 위해 민은 신발을 꼼꼼히 씻어 햇살 아래 두고, 캠핑 식기를 모두 꺼내 다시 씻어 말렸다. 더이상 할일이 남아 있지 않자 아이스박스에서 맥주를 하나 찾아내 오두막 앞 흔들의자에 앉았다.

아직 밤이 멀었지만, 옆 오두막의 딸들은 마시멜로를 먹겠다며 불을 피워달라 아빠를 채근했다. 남자는 장작을 아무렇게나 쌓아놓고 종이에 불을 붙이더니, 그 위로 석유를 끼얹었다. 불은 무서우리만치 활활 타올랐다가 장작의 몸통으로 옮겨붙지 못하고 나무의 겉면만 태우다 사그라들었다. 남자는 이런 일에 경험이 없어 보였다. 설익은 연기는 독했다. 남자는 종이 접시로 부채질을 시작했다. 종이의 재가 어지럽게 흩날렸다. 부채질을 멈추는 순간 불은 다시 쪼그라들었다. 남자는 또 석유를 부었지만 여전히 나무의 속살을 태우기에는 충분하지 않았다. 큰 장작은 적당히 쪼개고 불쏘시개를 많이 넣어줘야 하는데. 손도끼를 가져다줄까. 스타터가 어디 있을 텐데. 민은 의자에 앉아 삼십 분째 남자를 애먹이는 불을 바라보며 생각했다. 그러나 그들을 내내 보고 있었다는 사실을 들키고 싶지 않아 다가가지는 않았다.

"아빠, 불 언제 붙냐고오."

아이는 마시멜로가 꽂힌 쇠막대기를 들고 아빠와 불을 번갈아 바라보며 소리쳤다. 아이의 목소리에는 실망과 짜증이 가득했다. 아이는 두 발로 땅을 탁탁 찼다. 시끄러워! 조용히 해! 남자가 돌연 아이의 멱살을 잡았다. 민은 놀라 자리에서 일어났다. 아이는 울음을 터뜨렸다. 남자와 민의 눈이 부딪쳤다. 남자는 아이에게서 손을 떼고, 남아 있던 불씨에 물을 쏟아버렸다. 민은 눈을 질끈 감았다. 우는 아이를 달래며 남편의 눈치를 살피는 엄마의 초조함이 민에게 고스란히 전해져왔다.

젖먹이 두 아이를 데리고 미국으로 온 것은 민의 남편이 새로운 곳에서 살아보고 싶어했기 때문이었다. 배관공이 된 남편은 미국 생활을 좋아하지 않았다. 돈이 생기면 차를 몰고 라스베이거스로 가 며칠이고 숨어버리곤 했다. 돈을 잃고 돌아온 남편은 충혈된 눈으로 집안의 돈을 모조리 빼앗아 다시 떠났고, 그 돈마저 잃고 돌아오면 죄책감을 폭력으로 풀었다. 민은 외할아버지의 가래 항아리에 돈을 넣어 냉장고에 숨겼다. 아이들을 키워야 했으니까. 민은 두 딸을 동네 교회의 데이케어 센터에 맡기고 하루도 결근하지 않고 일했다. 남편은 아이들에게까지 손찌검을 했다. 떠밀린 큰아이가 책상 모서리에 부딪혀 눈가가 찢어진 적도 있었다. 민은 아이를 차에 태우고 울면서 병원으로 달렸다. 상처를 이상하게 생각한 간호사가 경찰에 신고를 했고 남편이 잡혀갔다. 민은 사막 도시로 아이들을 데리고 들어왔다. 몇 달 후 남편은 한국으로 돌아갔다며 아이들을 잘 키우라고 이메일을 보내왔다. 처음에는 찾아올까 두려웠지만 나중에는 기다려도 오지 않았다. 혼자 십사 년을 키웠던 아이들은 고등학교를 졸업하고 도시의 대학으로 갔다가 차례로 한국의 아버지에게 가버렸다. 아이들은 아버지의 폭력과 부재를 다 잊어버린 걸까. 애당초 그런 일들은 일어나지 않은 게 아닐까. 민은 혼란스러웠다. 아이들이 떠나버린 빈방에 우두커니 앉아 자신의 기억을 의심했다. 아이들은 몇 년에 한 번쯤 민을 보러 오곤 했지만 그 시절에 대한 이야기는 한 번도 하지 않았다.

조슈아트리국립공원 근처의 수도도, 화장실도, 사용료도 없는 노지 차박지에서 이틀을 보냈을 때 키가 작고 피부가 유난히 검은 동양인 여자가 찾아왔다. 당신이 민입니까? 나는 클로디아입니다. 여자는 떠듬떠듬 글을 읽듯 한국말을 했다. 같은 한국 여자가 있다는 소문을 들었다는 말을 영어로 덧붙였다. 민과 클로디아는 커피를 만들어 차 앞에 의자를 내어놓고 앉아 이야기를 나누었다. 길 위의 시간이 벌써 오 년이 되었다는 클로디아는 아는 게 많았다. 무슨 일이 생기면 언제든 차를 움직일 수 있게 열쇠를 몸에 지니고 자야 한다거나, 전기 충격기를 너무 심장 가까이 대면 정말로 사람을 죽일 수도 있다거나, 운전석 등받이와 침상 사이로 냄새 없는 휴대용 용변기를 설치하는 법이나, 노지 차박 페이스북 그룹은 어디가 물이 좋다거나 하는 걸 알려줬고, 민은 아 그렇군요! 라며 연신 감탄사를 뱉었다.

그날 저녁 클로디아는 자신의 차로 민을 초대해 마지막 남은 김치로 찌개를 끓였다.

"한국에 대한 기억은 하나도 남아 있지 않은데, 한식 맛은 뼈에 새겨져 있나봐요. 난 아직도 한국 음식이 제일 맛있어."

클로디아는 찌개를 퍼주며 말했다. 그들은 작은 식탁에 앉아 와인 한 병을 다 마셨다. 클로디아는 이제 그 사실을 아는 사람은 모두 죽었지만, 자신의 한국 이름은 숙자라고 했다. 나는 민자야, 라고 민이 화답했다. 그들은 숙자야, 민자야, 서로의 이름을 부르며 차가 떠나갈 듯 깔깔거렸다. 네 살 때 미국으로 왔다는 클로디아는 민보다 두 살이 어렸다. 그녀가 직접 나무를 자르고 붙여 개조했다는 9인승 밴의 실내는 아늑했다. 차에 붙어 있는 지도에는 지금까지 다녔던 곳이 실핏줄처럼 그어져 있었다. 플로리다주의 키웨스트부터 워싱턴주의 올림픽국립공원까지 수백 군데의 마을에 붉은 점이 찍혀 있었다. 난 풀타임 여행자야. 집이 따로 없어. 여기가 집이란 뜻이지. 어딜 가든 이혼한 남편이 찾아와 괴롭히는 바람에 도망가기 좋은 집이 필요했다고 클로디아는 말했다. 집을 남겨두고 떠나온 사람은 아무리 오래 여행해도 파트타임 여행자라 부른다는 것을 민은 처음 알게 되었다. 파트타임 여행자라니 왠지 불완전한 여행자 같기도 했다. 클로디아는 화이트샌즈에서 남자친구를 만나기로 했다며 떠났다. 민은 다시 혼자 남겨졌다는 불안을 달래기 위해 그녀와 함께 찍은 사진을 삼 주 전에 사막으로 돌아온 제이크에게 보냈다. 제이크는 사과나무 사진을 찍어 보내왔다. 돌아오라는 말인지 걱정 말라는 말인지 민은 알 수 없었다.

10월 초순인데도 캐나다 로키에는 벌써 눈이 내리기 시작했다. 호수가 얼기 전까지 시간이 많지 않았다. 민은 매일 빙하 호수를 향해 걸었다. 오랫동안 민의 침실에 걸려 있던 액자 속 호수, 모레인에도 갔다. 제이크는 모레인의 물빛이 10월의 맑은 하늘빛을 닮았다고 말했다. 호수를 직접 보니 제이크의 말이 단박에 이해가 되었다. 로키에는 호수가 수없이 많았다. 대부분의 호수는 길고 거친 등산로를 걸어가야 볼 수 있었다. 어쩌면 길이 멀고 거칠어 더 아름답게 보이는지도 몰랐다. 몽골의 초원을 연상케 하는 드넓은 들판과 압도적으로 웅장한 산을 보며 여섯 시간쯤 걸어올라갔을 때 낮은 바위에 둘러싸인 헬렌호수가 나타났다. 호수 주변에는 몇몇 등산객이 앉아 뭔가를 먹거나 사진을 찍고 있었다. 호수 위 산 정상을 향해 걷는 이들이 줄지어 기어가는 개미처럼 작게 보였다. 햇살이 따뜻했고, 연두와 초록을 솜씨 좋게 섞어놓은 듯한 물빛도 좋았다. 민은 호수 옆 평평한 바위에 앉아 양말을 벗고 발을 말렸다. 엄지발가락에 새로 잡힌 물집은 조금 더 커졌다. 크래커와 육포와 말린 과일로 점심을 먹었다. 누군가 옆에 있으면 좋겠다는 생각이 민을 조금 고통스럽게 했다. 이어폰을 끼고 차이콥스키의 피아노협주곡을 들었다. 바위 위에서 호수를 향해 모로 누웠다. 몸을 훑어내리는 바람이 시원하기 그지없었다. 이런 바람 속에서라면 영영 사라지는 것도 좋겠다. 이렇게 완벽한 순간에 민은 왜 늘 죽음을 떠올리는지 알 수 없었다. 얼핏 잠이 들었다. 깨어보니 주위에 아무도 없었다. 빛의 각도가 확연히 낮아져 있었다. 민은 놀라 시계를 봤다. 세시가 지나고 있었다. 서둘러 배낭을 짊어졌다. 여섯시면 해가 질 것이었다.

서두르느라 바닥에 어지럽게 얽힌 나무뿌리를 미처 피하지 못하고 몇 미터를 굴렀다. 아아악. 아악. 민은 공포 속에서 비명을 질렀다. 민의 비명이 산속에 쩌렁쩌렁 울렸다. 엎어진 채로 한동안 바닥에 누워 있었다. 손바닥에 진득한 피가 만져졌다. 허벅지 아래로 돌부리가 느껴졌다. 어디 부러져버린 걸까. 그렇다면 이 산속에서 밤을 보내게 될 텐데. 이렇게 죽고 싶지는 않았다. 땅에서 올라오는 냉기에 몸이 차가워질 때까지 민은 그대로 누워 있었다. 날이 어둑해지고 있었다. 팔과 다리를 조심스레 움직여봤다. 등에 배낭이 매달려 있어 그나마 다행이었을까. 무거워 버리고 싶었던 배낭 덕분에 살았을까. 민은 일어나 앉았다. 헤드 랜턴을 꺼내 머리에 쓰고, 생수로 손바닥의 피를 대충 씻었다. 떨어진 스틱을 주워 고리에 팔목을 단단히 걸었다. 스틱에 피가 묻어났다. 어떻게 이 산길을 내려가야 할지 막막했다. 어떻게든 내려가야 했다. 힘들 땐 발아래를 봐. 호흡에 귀를 기울여. 보폭은 짧게. 경사는 비스듬히 쪼개서 걸어. 트레일을 오를 때 제이크가 했던 말이 떠올랐다. 두려움에서 벗어나야 위험에 대비할 수 있어. 벅스킨걸치에서 길을 잃고 헤매던 제이크가 되뇌었다는 말을 민도 되뇌었다. 이 지역에 곰이 많다는 것과 곰은 시끄러운 걸 싫어한다는 것을 민은 기억했다. 스틱에 딸랑거리는 종을 달았다. 배낭에 매달린 곰 스프레이를 확인했다. 발아래를 비추는 랜턴의 불빛에 집중하고 떠오르는 대로 아무 노래나 부르며 한 걸음 한 걸음 걸었다. 걸을 때마다 종이 딸랑거리며 마치 박자를 맞추는 듯했다. 민은 온몸의 세포 하나하나가 이 길을 밀고 간다는 걸 느꼈다. 도무지 끝날 것 같지 않은 길이었지만 걷는 것 말고는 다른 수가 없었다. 밤 열한시. 멀리 주차장의 불빛이 헛것처럼 보였다. 주차장에는 민의 차만 덩그러니 있었다. 사막에서도 이미 너무 오래 혼자였는데, 모두 떠나버린 빈집을 두고 나는 왜 떠나왔을까. 민은 운전대에 머리를 박았다. 그제야 뜨거운 눈물이 흘렀다.

집을 떠나온 지 다섯 달이 되었을 때 민은 오리건주 포트스티븐스 해안의 거대한 철골만 남은 난파선 앞에 섰다. 배는 컬럼비아강이 태평양을 만나는 이곳에 가라앉은 지 백 년이 넘었다고 언젠가 오드리는 말했다. 선수의 뼈대만 남은 배는 꼭 모래에 몸을 파묻고 누운 고래의 뼈 같았다. 녹으로 붉게 변한 철골이 석양빛에 반짝여 뜻밖에 찬란했다. 하얀 포말을 매단 파도가 철골 사이로 드나들며 끊임없이 배를 녹여냈다. 오드리가 와서 죽고 싶어했던 동네가 여기 어디쯤 같았다.

하얀 레인지로버 한 대가 파도에 부딪히며 모래사장을 질주했다. 갈매기가 놀라 푸드덕 날아올랐다. 민은 신발을 벗고 모래 위를 걸었다. 모래는 부드럽고 단단했다. 파도가 끝없이 밀려와 모래에 제 몸의 무늬를 새겼다. 바다는 태초의 그것처럼 아름다웠고, 아름다운 것을 혼자 보는 일은 익숙해지지 않는 외로움이었다. 물이 빠져나간 모래사장 여기저기 물웅덩이가 생겼다. 민은 쪼그려앉아 웅덩이에 비친 얼굴을 내려다보았다. 한 번도 본 적이 없는 낯선 얼굴이었다. 허여멀건 머리카락 아래로 새로 올라온 검은 머리카락이 꽤 풍성했다. 그을린 얼굴엔 주름이 자글자글했지만 눈빛이 제법 형형해 보여 마음에 들었다. 민은 웅덩이 속 얼굴에게 화해의 손길을 내밀듯 빙그레 웃어 보였다. 웅덩이 속의 얼굴도 웃었다. 집을 떠나온 후에야 뒤늦게 민은 왜 자신이 그토록 떠나고 싶었는지에 대해 오래 생각했다. 현실을 견디고 싶어 꾀를 낸 건가 싶기도 했지만 뚜렷한 답은 얻어지지 않았다. 민은 아름답고 강한 혼자가 되고 싶었다는 걸 기억했다. 그에 이르지 못했다는 것도 알았다. 늙는다는 건 두려운 일이었고, 죽는다는 건 알 수 없는 일이었지만, 산다는 건 애가 타는 일이었다. 민은 그 길을 살아남아 여기에 이르렀다. 민은 자신이 대견했다. 오늘은 부서진 것이 부서진 채로 조금씩 사라지고 있는 이 해안에 차를 세우고 밤새 파도 소리를 들어볼까 했다.

춤을 취도
　　　　　될까요

깜빡 잠이 드는 순간이면 정신이 외투처럼 몸에서 분리된다. 잠으로 끌려가지 않으려는 마음과 잠 속으로 영영 빠지고 싶은 마음이 짧게 부딪치고 어쩔 도리가 없다는 체념이 뒤따른다. 죽음이 이럴까. 수만 겹의 이미지가 나를 스쳐지나간다. 되돌아온다. 원심분리기처럼 소용돌이친다. 그 속에 빨려들어간 몸이 어마어마한 속도로 추락한다. 어지러울 뿐 고통스럽지는 않다. 그러다 누군가 전원 스위치를 올린 듯 퍼뜩 정신이 몸으로 돌아온다. 고작 오 분쯤 지났다. 나는 손에 책을 컨 채로 로비 구석 소파에 기대앉아 있다. 오후 세시 십오분의 로비는 밤보다 더 적막하다. 나는 그게 의아하다. 방문은 모두 굳게 닫혀 있다. 모두 자신의 방으로 들어가 낮잠이라도 자는 건가.

적막을 깨는 바쁜 걸음소리가 들린다. 은주다. 은주의 발걸음이 믿을 수 없이 경쾌하다. 나는 눈으로 은주를 따라간다. 은주는 서여사의 방 앞에 멈춰 서서 잠시 숨을 고르더니 문을 두드린다. 똑, 똑, 똑. 언제나처럼 딱 세 번. 무방비 속에서도 놀라지 않을 만큼의 적당한 크기. 은주의 노크 소리에는 지문이 새겨져 있다. 방 주인의 응답을 기다리지 않고 문고리를 돌리는 것도 은주의 습관이다.

엄마, 뭐해요? 울 엄마 호수 보고 있었구나. 나와서 저랑 고구마 먹어요. 엄마랑 먹으려고 하나 숨겨왔지요.

은주의 과장된 다정함이 어쩐지 가짜 같아서 묘하게 신경을 긁는다. 하지만 서여사의 대답은 천진난만하다.

아이고 우리 딸 왔나. 어서 들어와.

나는 고개를 쭉 빼고 은주가 열어놓은 문 너머로 안을 흘깃 들여다본다. 은주는 어느새 서여사의 어깨에 팔을 둘렀다. 하얀 침대 위에는 여느 때처럼 사진이 한가득 펼쳐져 있다. 서여사는 오늘도 오래된 사진과 대화를 나누며 한나절을 보냈을 것이다. 이내 은주가 서여사의 팔짱을 끼고 문밖으로 나온다. 그것도 외출이라고 서여사는 그새 스카프를 목에 둘렀다. 나는 고개를 숙여 책을 읽는 척한다. 저 화냥년! 서여사가 불길한 것이라도 본 듯 내뱉는다. 작지만 독기가 가득한 목소리다. 나를 두고 하는 소리라는 걸 알지만 못 들은 척한다. 은주가 이해해달라는 듯 눈을 찡긋해서만은 아니다. 아직 내 머릿속이 서여사의 그것처럼 엉겨붙지는 않았으니까. 그걸 증명하기 위해서라도 나는 미소 머금은 표정을 유지한다. 평생 훈련되었으니 그쯤은 어렵지 않다.

 서여사가 막 빠져나온 방으로 청소 담당과 매니저가 들어간다. 오늘 그들이 찾는 건 젓가락일 것이다. 점심시간에 쇠젓가락이 모자라 몇몇은 나무젓가락을 사용해야 했다. 정목수가 나무젓가락을 반으로 갈라서 내 접시 위에 올려주는 동안 나는 서너 테이블 건너에서 손가락을 쪽쪽 빨며 밥을 먹는 서여사를 흘깃 쳐다보았다. 젓가락은 그 방 서랍 어딘가에 숨겨져 있을 것이었다. 언젠가 서여사의 방에서 찌든 때가 눌어붙은 수십 개의 컵을 본 적이 있었다. 서랍 가득 모아둔 냅킨 사이에서 벌레가 슬기 시작한 바나나를 꺼내 내게 내밀었을 때는 비위가 상해서 구역질이 났다. 언제 숨겨두었는지 알 수 없는 머핀을 거절하지 못하고 먹었던 날에는 탈이 나서 밤새 화장실을 들락거렸다. 서여사는 원래도 뭐든 먹이려 드는 성정이 있었다. 아프고 난 후에는 더욱 집요해졌다. 먹으라며 어르고 달래다가 결국 삐졌다. 토라져서 며칠이고 말하지 않을 때도 있었다. 그 때문에 서여사 방 나들이가 슬슬 부담스러워졌다.

 이전에 나는 서여사의 방에서 자주 시간을 보냈다. 그 방이 양로원에서 제일 전망이 좋았다. 사시사철 눈 덮인 후드산 아래 물빛이 좋은 호수가 있었고 호수 북쪽으로 자작나무숲이 있었다. 여름의 끝자락에는 숲이 노랗게 변해 초록일 때보다 더 화려해졌다. 바람이 불면 노랑 나뭇잎이 하늘로 푸르르 날아올랐다. 나비 같아! 아니, 꽃잎 같은데! 서여사와 나는 나란히 창에 붙어 아이처럼 탄성을 지르곤 했다. 후드산 너머로 해가 넘어갈 때면 반영이 고스란히 호수에 떠 있었다. 호수는 하늘 따라 보라색이었다가 붉어졌다. 어떨 땐 하늘보다 호수의 반영이 더 선명했다. 서여사는 그게 꼭 우리 인생을 닮았다며 맥락을 알 수 없는 말을 했다. 보이는 거라곤 들고 나는 차가 전부인 삭막한 시멘트 주차장 뷰를 가진 내 방과 서여사의 방은 천지 차이였다. 처음 입주했을 때 한밤중 불빛과 엔진 소음에 잠을 설치고는 호수 쪽으로 방을 바꿔달라 매니저를 찾아갔다. 그제야 그 방이 내 방보다 한 달에 천 달러나 더 비싸다는 걸 알게 되었다. 방은 옮기지 않기로 했다. 언제 죽을지, 언제까지 양로원 생활을 하게 될지 알 수 없으니 돈을 펑펑 쓸 수는 없었다.

뭐해, 혼자?

외출에서 돌아온 정목수가 봉지를 흔들며 다가온다. 친구들이 슬슬 나를 피한다는 걸 정목수도 눈치챘는지 목소리에 걱정이 잔뜩 묻어 있다.

책 읽지. 연애소설. 연애소설 읽기 좋은 시절이잖아.

나는 제목만으로도 내용을 짐작할 수 있는 책 표지를 보여준다.

연애하기도 좋은 시절 아닌가?

정목수가 너스레를 떤다. 이제 그런 실없는 소리가 싫지 않다. 연애소설을 너무 읽어서 가슴이 말랑말랑해졌나. 요즘은 소설 읽기가 큰 낙이다. 그나마 눈이 아직 쓸 만한 게 고맙다. 소설을 읽다보면 이것저것 잊고 있던 기억이 떠오른다. 그 기억을 따라가며 한참을 공상에 잠긴다. 이렇게 되고 보니 기억만한 재산이 없다. 이 소설을 읽는 동안에도 많은 것이 기억났다. 좋아했지만 한 번도 말을 걸어보지 못했던 골목 끝 푸른 대문 집의 대학생 오빠가 떠올랐고, 고등학교 시절 테이프에 팝송 녹음을 맡기러 들르던 레코드 가게 콧수염 사장과 늙고 깡마른 몸으로 노를 저어 강을 건너게 해주던 나룻배 할아버지도 기억났다. 그 할아버지가 지금 나보다 더 어렸을 거야. 내가 말했을 때 정목수는 이제 우리 기억 속의 사람들 중 우리보다 늙은 이는 별로 없다고 대답했다. 가만히 떠올려보니 그 말이 맞았다. 꼬꼬 할머니라 불렀던 증조할머니도 나보다 젊었을 때 돌아가셨으니까. 그때 조문객들 사이에서 호상이라는 말을 처음 들었다. 할머니 방에 만화책을 숨겨두고 읽었던 것도 기억난다. 여고 시절부터는 만화 대신 소설을 읽었다. 뭐든 쓰는 것도 좋아했다. 남편이 군대에 있을 때는 수백 통의 편지를 썼다. 아무리 생각해도 그 편지 꾸러미를 어쨌는지는 기억나지 않는다. 이민을 와 남편이 목사가 된 후에는 기독교 관련 서적이나 남편 설교에 도움이 될 만한 자기 계발서, 설교집을 읽었다. 남편이 바쁠 때면 남편 대신 설교문을 쓰거나, 교민신문에 남편 이름으로 신문 칼럼을 쓰기도 했다. 돌이켜 생각하면 참 마음에도 없는 일이었다.

당신 이거 좋아하지?

정목수가 비닐에 싸인 단팥빵을 꺼낸다.

팥이 든 건 다 좋아하지.

정목수는 빵을 잡기 좋게 비닐을 반쯤만 벗겨 내 손에 쥐여 준다. 그러고는 봉지에서 자두 주스를 꺼내들고 팩에 붙은 빨대를 뜯어 구멍에 꽂아보려 하는데 자꾸만 손이 어긋난다. 외출이 힘들었는지 정목수의 손이 오늘따라 유난히 떨린다. 점처럼 작은 구멍에 빨대를 꽂는 건 내게도 이제 쉬운 일이 아니다. 눈이 밝은 것만으로 안 되고, 손이 정확한 것만으로도 안 된다.

변비엔 자두 주스가 그리 좋다더만.

그는 몇 번의 실패 끝에 주스에 빨대를 꽂아 내 앞에 놓는다.

점심은? 어떻게, 맛있게 잡쉈어?

나는 묻는다. 정목수는 아들이 한인 타운으로 데리고 나가 갈비에 냉면을 사줬다고 한다. 식당 근처 한국 빵집에서 단팥빵을 사온 모양이다. 나는 단팥빵을 반으로 잘라 그에게 건넨다. 그는 배가 부르다면서도 받아든다.

아내가 서양 여자였나봐. 아들이 혼혈로 뵈더라.

한국 여자였어. 내 깜냥에 서양 여자가 웬 말이야. 녀석이 여덟 살일 때부터 내가 키우긴 했지만 내가 낳진 않았어. 아내의 엑스가 백인이었거든.

단팥빵은 달고 부드러웠지만 잘 넘어가지 않는다. 요즘엔 목구멍을 주먹으로 막고 있는 것처럼 뭐든 삼키기가 힘들다.

이뻤어? 그 여자.

왜 이 말이 불쑥 나와버렸을까. 딸 앨런의 말대로 내가 정상이 아닌 걸까. 민망해서 얼굴이 확 달아오른다.

누님보다 이쁜 여자는 없어.

정목수가 내 어깨를 살짝 잡았다가 놓는다. 그의 손이 닿은 곳이 뜨끈해진다. 평생 누님 같은 미녀를 만나는 게 소원이었어. 그는 천연덕스럽게 그런 말을 한다. 이제는 쭈글쭈글 구제불능으로 늙어 거울 속 모습에 내가 놀랄 정도지만, 예쁘다는 말은 기분좋다. 젊었을 적엔 예쁘다는 말을 자주 들었다. 남편은 그런 말을 칭찬이나 미덕으로 여기지 않았다. 조금만 화려해 보이면 목회자의 아내로서 본분을 지키라며 가라앉은 목소리로 충고했다. 남편의 말은 내게 어떤 불온한 욕망이 있나 되돌아보게 했고, 이유가 불분명한 죄책감을 자극했다.

하이, 미스터 정! 하이, 수전!

복도 끝 방에서 아일랜드계 미셸이 나오며 손을 흔든다. 나도 손을 흔들어 인사한다. 미셸 옆에는 패트릭도 함께 있다. 둘은 곧 결혼할 거라는 소문이 자자하다. 푸른 바탕에 노란 꽃이 만발한 원피스 차림의 미셸이 오늘은 바다를 헤엄치는 싱싱한 물고기같이 화사하다. 미셸의 화사함은 종종 사람들의 거부감을 사지만 나는 그녀의 화사함도, 그녀도 싫지 않다.

날씨가 너무 좋아 정원에서라도 조금 걸으려고요. 패트릭은 운동이 필요해요.

미셸은 패트릭의 보행기가 미끄러지지 않게 한 손으로 잡고 서서 몇 마디 더 말을 잇는다. 옆에서 미소를 짓고 있는 패트릭은 가만히 서 있어도 고개가 앞뒤로 저절로 흔들린다. 은주는 언제부턴가 미셸을 팜므파탈이라 부른다. 한 달 내내 붙어다니던 존을 내팽개치고 패트릭과 나란히 식사 테이블에 앉기 시작하자, 벌써 네번째 남자라며 은주는 흥분했다. 미셸은 저녁식사 시간에 늘 옷을 차려입고 테이블에 앉는다. 마치 고급 레스토랑에 온 손님처럼 서빙하는 직원에게 이런저런 걸 까다롭게 요구해 눈총을 받기도 한다. 몸을 지나치게 흔들며 웃느라 자주 상체를 앞으로 기울이는데, 그럴 때마다 쪼그라들지 않은 매끈한 가슴골이 드러난다. 가볍게 턱을 괴고 붉은 립스틱을 바른 입술의 양끝을 바짝 올리고 웃는다. 딱 조커 같지 않아요? 어느 날엔 양식 담당 미숙이 고개를 절레절레 흔들며 말했다. 귀걸이에서 신발까지 색을 맞춰 입는 걸 좋아하는 미셸을 김교수는 강박적인 나르시시스트라고 깎아내렸다. 에고 저 요사스러운 여편네 좀 보게. 미셸이 못 알아듣는다고 대놓고 한국말로 욕하는 이도 있었다. 풍기 문란이라며 양로원에서 쫓아내야 한다고 황당한 주장을 하는 이도 있었다. 여기가 무슨 여고생 기숙사인가. 그런 말들 사이에 앉아 있으면 평생 말로 짓눌리던 시간들이 떠올라 답답해졌다. 양로원을 감옥이라 여기는 이보다 리조트쯤으로 여기는 미셸이 더 현명한 거지. 나는 정목수 앞에서 겨우 속마음을 드러냈다.

여사님, 제발 이러지 좀 마요! 이거 뭐예요?

청소 담당이 한 뭉치의 젓가락을 들어 보이며 서여사에게 눈을 흘긴다. 서여사는 순해진 눈빛으로 창밖을 바라보며 딴청을 피운다. 그렇게 악착같이 모았으면 빼앗긴 게 억울할 만도 한데 너무 시시한 항복이다. 언젠가 왜 이런 것들을 모으느냐고 서여사에게 물은 적이 있다. 사모님도 해봐요. 되게 재밌어. 서여사가 쿡쿡 웃으며 대답했다. 그럴 때면 서여사는 그냥 멍청이 연기를 하며 지루함을 견디고 있는지도 모른다는 생각이 들었다.

서여사는 우리 교회 권사였다. 교인과 목사 사모로 만났지만 나이도 같고 말도 곧잘 통해 나중에는 친구처럼 가까워졌다. 남편이 은퇴한 후엔 그들 부부의 초대로 국제 대회가 열린다는 이름난 골프장에서 같이 골프도 쳤고, 함께 하와이로 여행도 갔다. 대형 한인 마트를 세 개나 운영하던 서여사의 남편은 살아생전 서여사를 끔찍이 여겼다. 어딜 가나 운전기사를 자처하며 함께 움직였고, 은행이나 관공서를 오가야 하는 성가신 일들도 야무지게 챙겼다. 서여사는 그저 살림만 하면 되었다. 서여사의 두 아들은 차례로 동부 명문 대학에 입학했는데 그때마다 집으로 호텔 요리사를 불러 조금 과하다 싶은 파티를 열었다. 내 남편은 상석에 앉아 길게 축복기도를 했다. 서여사의 아들들은 대학을 졸업하고도 돌아오지 않고 뉴욕에 터전을 마련했다. 일 년에 두어 번 고향을 방문했지만 오래 머물지는 않았다. 서여사는 손주 사진을 보여주며 보고 싶어 죽겠다고 슬픈 표정을 지었다. 그래도 자주 아들 집에 가지는 않았다. 칠 년 전 서여사의 남편이 잠결에 심장마비로 죽었다. 사람들은 죽음 복까지 타고났다고 위로했다.

할 수 있는 게 없어요. 영어도 못 배웠고 운전도 못하잖아요. 외출이 다 뭐예요. 교회 가는 것도 힘든데. 남편이 죽어버리니까 나는 입도 없고 다리도 없는 사람이 되었어요.

일흔다섯의 서여사는 좀 이른 나이에 양로원으로 들어갔다.

나는 서여사의 처지가 딱해서 자주 양로원에 들러 말동무가 되어주었다.

어제는 손발톱 케어하는 이가 왔어요. 나는 혼자 발톱 못 깎아. 남편이랑 살았을 적엔 늘 그이가 발톱을 잘라줬지.

서여사는 내가 가지고 간 꼬리곰탕을 앞에 두고, 붉게 반짝이는 손톱을 흔들어댔다.

어쩐지. 엘리베이터에서 만난 할머니들이 죄다 빨간 매니큐어를 칠했더라고요.

사모님은 아직 혼자 발톱 자르시나? 하긴 날씬해서 허리가 착착 접히겠네. 여기는 자기 발톱 못 깎는 늙은이들 꽉 찼어요. 손은 떨리지, 눈은 안 보이지, 발톱은 두꺼워졌지.

식겠어요, 곰탕 좀 드시면서 말씀하셔.

온종일 기름을 걷어내며 고아 만든 꼬리곰탕이 맥없이 식어가는 게 신경이 쓰였다.

요즘 통 입맛이 없어요. 그래도 엊그제 복날엔 삼계탕이 나와서 한 그릇 다 먹었어요. 음식은 아주 괜찮아. 한식 먹으려고 미국 전역에서 이 양로원에 모여든다는군요. 이제 여긴 한국 사람이 얼추 반이 넘었을걸요.

서여사는 신이 나서 양로원 자랑을 하다가도, 아무리 그래도 자식이 그리 원하지 않았으면 왔겠어요? 다 지들 편하자고 나를 여기로 밀어넣은 거지 뭐, 하며 갑자기 샐쭉해지기도 했

춤을 춰도 될까요

다. 그래도 제철 김치며 나물이며, 송편에 만두까지 직접 빚어서 상을 봐준다니, 그때까지 매 끼니 남편의 까다로운 식성에 맞춰가며 요리를 해야 했던 나는 서여사의 팔자가 은근히 부럽기도 했다.

이 년 전, 병원과 집을 번갈아 드나들며 열 달을 꼬박 앓던 남편이 죽었다. 남편 간병도 힘들었지만, 끊이지 않는 병문안 손님을 치르는 건 더 신경 쓰이는 일이었다. 애쓴다며 내 손을 잡고 위로하던 교인들은 집을 나서는 순간 목사님만 불쌍하게 되었다며 뼈 있는 말을 하고 다녔다. 장례식에서 돌아오자마자 나는 오래 마음먹은 대로 주변 정리를 했다. 정리라고 해봤자 버리는 게 대부분이었지만 꼬박 석 달이 걸렸다. 앨런은 어릴 적 가지고 놀던 장난감이나, 어린 시절의 사진을 보고 마치 잃어버린 기억을 되찾은 듯 흥분하며 휴대폰으로 찍어댔지만 그 물건들을 챙겨가지는 않았다. 그러면서도 물건들이 버려진다는 사실에는 노골적으로 서운한 기색을 드러냈다. 마침내 여행가방 두 개로 짐이 정리되었을 때 나는 말할 수 없이 홀가분했다. 여행 준비를 끝낸 사람처럼 살짝 기분좋게 설레어서 이래도 되나 싶었다. 양로원은 서여사가 있어 낯설 것도 없었다. 백오십 명이 한 건물에 살았지만, 방문만 닫아걸면 남 간섭 받을 일 없는 혼자의 세상이었다. 젊었을 적, 사는 게 너무 힘겨울 때는 자고 일어나면 세월이 한꺼번에 가버려서 확 늙어 있으면 좋겠다고 생각하곤 했다. 절대 일어날 리 없었으므로 맘껏 상상하던 일이었다. 그런데 진짜 늙고 보니 평생 내 목을 지그시 누르던 책무도 강제도 사라진 시간이 마침내 왔다.

초기 치매 진단을 받은 서여사가 가끔 이상한 집착을 보이긴 해도 나랑은 그럭저럭 잘 지냈다. 석 달 전 그 일이 벌어지기 전까지 우리는 매일 같은 식탁에서 밥을 먹었다. 그날 서여사는 자기 입에서 튀어나온 밥알이 남의 접시에 들어가도 신경쓰지 않았다. 도토리묵이 미끄럽다며 손으로 집어먹기도 했다. 옆에 앉은 백선생이 얼굴을 찌푸리며 접시를 들고 자리를 옮겼다. 서여사의 입가에 도토리묵 간장이 꺼뭇하게 묻었다. 나는 냅킨을 건네며 한마디했다.

입 좀 닦아요. 나이들수록 지나치다 싶게. 알죠?

서여사는 냅킨을 받는 대신 들고 있던 수저를 식탁에 내동댕이쳤다.

네가 아직도 목사 마누라인 줄 아니? 어디서 설교질이야! 평생 남편 덕에 대접받고 살더니, 이젠 딴 놈에게 발정이 나서는!

그 소리에 누군가 쿡쿡 웃었다. 어떤 이는 눈이 동그래져 이게 무슨 말이냐고 물었다. 이 시커먼 놈이랑 그러고 다니는 거 다 알아. 안다고! 서여사는 뜻밖에 정목수를 가리켰다. 그래서 내 방에 발길을 딱 끊었지! 내가 여태껏 네년 입에 처넣은 게 얼마야! 서여사는 어디서 그런 기운이 났는지 길길이 날뛰었다. 저게 진짜 속마음인가. 나는 멍해져서 서여사를 바라보았다. 치매가 사람을 비틀어버린 거라고 정목수는 내 등을 쓸어주며 위로했지만, 나는 어쩐지 서여사가 비틀어진 게 아니라 투명해진 것만 같았다.

오늘 저녁 일곱시에 미셸과 패트릭의 웨딩 파티가 있을 예정이니 레크리에이션룸에 모여주시기를 바랍니다.
무슨 파티라고?
스피커로 흘러나오는 소리를 듣던 정목수가 묻는다.
보청기 뺐어?
아니. 울려서 잘 안 들려.
미셸이 드디어 결혼식을 한대. 우리도 구경 갑시다.
나는 양팔을 흔들며 춤추는 시늉을 한다. 양로원에 들어온 후 파티를 좋아하게 되었다. 매달 세번째 금요일 저녁에 열리는 '이달의 생일' 파티도 좋고, 크리스마스 파티도, 명절 파티도 좋다. 몸을 흔들며 춤추고, 목청껏 트로트를 따라 부른다. 파트너와 껴안고 풍선을 터뜨리다가 웃고, 퀴즈에 엉터리 답을 하면서 또 웃는다. 손뼉을 치며 웃는다. 왜 그리 웃음이 나는지 모르겠다. 어떨 땐 남편이 어디선가 그런 나를 노려보는 것 같아 움찔한다. 지난겨울, 서여사 생일엔 뉴욕에서 두 아들이 와서 호화로운 음식을 넘치게 대접했다. 엘비스 프레슬리

복장을 한 버스 기사가 파티 버스에 노인들을 태우고 크리스마스 장식이 화려한 공원으로 데려갔다. 날씨가 너무 춥고 길도 얼어 차에서 내리진 못했지만, 버스 안에서 계피 향이 짙은 따뜻한 뱅쇼를 마셨다. 애들 어릴 때 크리스마스 전등을 구경하러 여기로 종종 왔어. 몇몇 노인이 약속이라도 한 듯 똑같은 말을 했다.

내 생일은 다음달이지만 앨런에게 생일 파티 이야기는 하지 못했다. 생일을 맞이한 이의 자식이 떡을 돌리는 건 의무 사항이 아니었지만, 매달 누군가는 꼭 했으므로 모르는 척할 수도 없었다. 나는 며칠 전 은주에게 오백 달러를 떡값이라고 건네며 딸이 줬다고 거짓말을 했다. 사모님은 참 복이 많아요. 따님이 자주 오시잖아요. 일 년에 한 번도 안 들여다보는 자식도 얼마나 많은데. 하긴 나도 그렇지만. 은주는 한국에 있는 엄마 생각이 났는지 눈시울을 붉혔다. 내가 복이 많다는 은주 말은 맞을 것이다. 앨런은 서너 시간을 혼자 운전해서 한 달에 한두 번은 꼭 나를 보러 왔다. 그럼에도 나는 딸이 가깝다고는 느끼지 못했다. 딸이 손님처럼 어렵다는 말이 사랑하지 않는다는 말로 들릴까봐 입 밖에 내본 적은 없다. 내가 영어를 좀더 잘했으면 나았을까 생각도 해보지만, 꼭 그 때문은 아닌 것 같다. 딸과 나는 너무 오래 서로 다른 세상에서 살았다. 그러니 경험과 가치와 그리움이 다른 건 당연할지도 모른다. 나는 앨런보다 은주나 미숙이 편하다. 그래서 불쑥 속엣말이 주책맞게 튀어나오기도 한다.

레크리에이션룸은 진짜 예식장같이 버진 로드 양쪽으로 의자가 배치되어 있다. 한국 노인들은 언제나처럼 모두 뒷자리를, 서양 노인들은 앞자리를 차지하고 앉는다. 결혼식 미리 연습이라도 하러 왔나. 누군가가 나를 빗대서 말하고, 누군가는 소리 내어 웃는다. 나는 못 들은 척 정목수를 지나 은주와 미숙 옆에 앉는다. 한때 친절했던 친구들의 외면은 가슴 아프다. 그들의 분노를 나는 잘 이해할 수가 없다. 삼각관계라느니, 내가 대놓고 유혹했다느니, 남편이 살아 있을 때부터 바람기가 있었다느니, 목사 마누라가 그럴 수가 있느냐느니. 등뒤에서 수군거린다는 건 알았지만 내 앞에서까지 이럴 줄은 몰랐다. 은주가 내 손을 꼭 잡는다.

아이고야. 내가 해석이 불가하다.

미숙은 결혼식이 시작도 되기 전에 중얼거린다.

해석이 뭐가 어렵니. 다 돈이지.

은주가 작은 소리로 덧붙인다. 죽을 날 받아놓고 돈은 뭣 땜에 필요할까. 미숙이 기어이 한마디 더 한다. 피아노 반주에 맞춰 짙은 푸른색 양복에 빨간 나비넥타이를 맨 패트릭이 보행기를 밀며 젊은 백인 목사 앞으로 걸어나간다. 하얀 시폰 블라우스에 하얀 공단 치마를 입고 머리에 장미 화관을 쓴 미셸이 환하게 웃으며 다가간다. 여든이 넘었지만, 미셸은 걸음걸이도 몸놀림도 유연하다. 패트릭이 머리를 흔들지 않으려 애쓰며 미셸의 볼에 입을 맞춘다.

참 나, 숭악해서. 나지막한 한국말이 들린다. 그 말을 알아들은 몇은 웃음을 참느라 픽, 소리를 낸다. 축하객이 아니라 구경꾼들 같다.

사모님 결혼식 때 정말 이뻤을 것 같아요.

은주의 말에 급히 치른 나의 결혼식을 떠올린다. 기계공학을 전공하던 남편이 국비 유학생에 선발되어 미국으로 건너가기로 했다. 그때 나는 성악을 전공하는 대학생이었다. 프리마돈나가 되겠다는 꿈을 꾼 것도 같다. 하지만 나는 동반 비자를 받기 위해 학교를 자퇴하고 종로에서 빌린 드레스를 입고 졸속으로 결혼사진을 찍었다. 남편만 보내면 영영 만나지 못할 것만 같아 조바심이 났다. 미국으로 건너온 남편은 돌연 신학으로 방향을 바꾸었다. 나는 몹시 당황했지만 내 의견은 중요하지 않았다. 수년의 공부와 수련 후에 남편은 목사가 되었고 나는 목사의 아내가 되었다. 예배 시간에 피아노 반주를 할 때면 그거라도 할 수 있어 다행이라는 생각이 들기도 했지만, 대부분의 시간에는 단조롭고 온화한 표정을 짓기 위해 복잡한 마음을 삼키느라 에너지를 다 썼다. 나는 남편의 그림자로 살며 내 존재를 잃었다고 생각했지만, 남편은 내가 언제든 강력하고 유해한 무엇이 될 수 있다고 믿었다. 교회를 일으키는 것은 목사지만 교회를 망가뜨리는 건 사모야. 남편은 자주 그런 말을 했다. 남편이 끌어당기는 쪽으로 무작정 끌려가지 않으려 다리에 힘을 주고 버텨보기도 했다. 그럴 때마다 남편과 나 사이엔 팽팽한 긴장이 흘렀다. 그런 긴장을 내내 안고 살 수는 없었다. 나는 그게 내 운명이라고 수긍함으로써 조금 편안해지는 쪽을 택했다.

댄스 타임이 시작되자 미셸은 움직임이 편치 않은 패트릭 주변을 빙글빙글 돌며 춤을 춘다. 서양 노인 몇이 나가 함께 춤추지만, 패트릭은 피곤해 보이고 몇몇 노인은 벌써 하품을 해댄다. 케이크를 먹기도 전에 보행기를 끌고 방으로 돌아가는 이도 있다. 웨딩 파티는 조금 시시하게 끝난다. 미셸과 패트릭은 리무진을 타고 시내 호텔로 첫날밤을 보내러 떠난다.

패트릭! 신부 살살 다뤄!

누군가의 농담에 나는 둘의 알몸을 상상하다가 흠칫 놀란다. 미셸과 나란히 리무진에 앉은 패트릭이 주름진 얼굴을 더 주름지게 웃으며 손을 흔든다. 정목수가 내 손을 슬그머니 잡는다.

다음날 미셸과 패트릭이 도넛 수십 박스를 선물로 싣고 신혼여행에서 돌아온다. 식사시간이면 패트릭이 보행기에 의지

한 채 미셸의 의자를 빼주는 걸 나는 놓치지 않는다. 지상의 마지막 과제를 수행하는 듯 패트릭의 표정이 결연하다. 식사를 마치면 그들은 소파에 나란히 앉아 어깨에 머리를 기대고 영화를 본다. 둘이 마주보고 무언가 이야기하다가 불현듯 입을 맞춘다. 밤이 되면 그들은 이별을 앞둔 연인처럼 애절하게 포옹한다. 굿나잇 키스를 하고 각자의 방으로 돌아간다.

그러려면 결혼은 왜 한 거죠?

속이 편치 않아 점심을 걸렀더니, 은주가 내 방으로 죽을 가져다주며 말한다. 은주는 이해할 수 없다는 표정을 짓는다.

왜 결혼하면 안 돼?

나는 불쑥 말한다.

어휴 사모님, 웬일로 농담을 다 하시고.

은주가 소리 내서 웃는다.

썬 오브 비치!

앨런이 소리친다. 따귀를 맞은 정목수는 아무 대꾸도 없이 붉게 변한 뺨을 만지며 고개를 숙인다. 나는 숨을 쉴 수가 없다. 눈을 감아버린다. 내 딸 앨런이 그럴 수 있으리라고 생각해본 적이 없다. 네가 어떻게 이런 무도한 짓을 할 수가 있니. 말이 심장에서 끓어오른다. 발화되지 못한 말이 목구멍을 찔러댄다. 그가 가엽다. 정목수가 이런 모욕을 당할 이유가 없다. 고개 숙인 그의 목덜미에 염색약이 얼룩져 남아 있다. 밤 사이 흰 머리카락이 검게 변했지만 아무도 그런 것에는 관심이 없다. 나는 허공에 손을 내저으며 운다. 이게 무슨 일이래요 정말. 은주가 뛰어와 나를 안는다.

그만하시죠. 여기서 폭력은 안 됩니다.

매니저가 앨런을 막아서고 말한다.

치매 노인을 이렇게 방치해도 되나요? 어머니가 울고 있잖아요!

앨런이 매니저에게 소리친다. 내가 치매라고? 앨런의 확신에 나는 혼란스럽다. 사람들이 한심하다는 듯 혀를 끌끌 찬다.

내 그럴 줄 알았다. 딸 앞에 창피한 줄 알아야지! 목사님이 천국에서 다 보고 계셔!

서여사가 눈에 쌍심지를 켜고 소리친다. 왜 이들은 내게 이렇게까지 하는 걸까.

서여사와 실랑이가 있던 그즈음이었다. 기운 없이 침대에 누워 있는 나를 보고 앨런은 장미가 한창이라며 나가자 부추겼다. 내가 입을 옷을 골라보겠다고 옷장을 뒤지던 앨런은 구겨진 채 구석에 처박힌 실크 블라우스를 들어내며 얼굴을 구겼다.

이거 내가 이탈리아에서 사다준 거 아니에요? 그리 아끼시더니 웬일이야. 아무래도 엄마가 좀 이상해. 나랑 가서 검사 좀 받아봐요. 이렇게 우울하게 누워 있는 것도 전형적인 초기 증상이라고요. 엊그제는 아빠 기일도 잊더니.

이젠 좀 헐렁하게 살고 싶다. 세상 편하고 좋다.

그때까지도 나는 앨런의 말을 대수롭지 않게 생각했다.

병원 가요. 약이 굉장히 좋아졌어.

앨런은 진지했다.

말했잖아. 이제 병원에는 안 가, 앨런.

나는 웃으며 말했다. 남편의 병간호가 길어졌을 때 극심한 두통에 시달리다가 MRI 검사를 받은 적이 있었다. 의사는 내게 뇌 지주막 낭종이 있다고 했다. 그게 꼭 두통의 정확한 원인이라고 말할 수는 없지만, 연관성이 없다고도 볼 수 없으며, 낭종은 시한폭탄 같은 거라 언제든 터질 수 있고, 터지는 날에는 사망할 수도 있지만, 환자의 나이가 있으니 수술도 약물 치료도 권유하지 않는다고 말했다. 갑작스러운 진단이었고 혼란스러운 처방이었다. 모르고 살았으면 훨씬 나을 뻔했다. 앨런은 관련 논문을 찾아보더니 유전적 요인이 있을 수도 있다며 자신의 MRI 검사를 예약했다. 나는 다시는 병원에 가지 않으리라 마음먹었다.

그럼, 시시티브이라도 달아요. 그래야 마음이 놓일 것 같아.

실랑이 끝에 나는 동의했다. 더이상 젊은 몸이 아니라는 건 나도 알았다. 오른쪽 갈비뼈 안쪽으로 때론 뭉근하게, 때론 날카롭게 통증이 올라와 이리저리 몸을 움직이며 잠들고, 가끔은 겨우 잠들었다가도 통증 때문에 깨어나 멍하니 어둠을 바라보며 누워 있기도 했지만, 앨런이 걱정하는 종류의 병은 아니었다. 속이 편치 않아 제산제와 소화제를 평생 달고 살았지만 여지껏 그래왔듯 살살 달래며 살면 되었다. 별다른 이유 없이 기운이 빠져 침대에서 일어나지 못할 때도 있었지만 한나절 지나면 또 견딜 만해졌다. 노인의 몸은 매일 낯설었지만 나는 자연스럽게 늙어가는 중이라 믿었다. 통증에 지나치게 귀 기울이는 대신 쓸 수 있는 에너지에 집중할 것. 그게 애써 도달한 지금의 내 삶이었다.

앨런이 잠들기 전에 본 시시티브이 화면에는 매일 일정한 시간에 침대에 눕는 내가 없었다. 십 분, 이십 분 내가 돌아오기를 기다리던 앨런은 혹시 침대 아래로 떨어져서 시시티브이의 사각지대로 굴렀나, 어디 낯선 곳을 배회하고 있나, 상상했다. 그 상상 끝에 나쁜 일이 일어난 게 틀림없다고 확신했을 것이다. 앨런은 열한시 사십팔분에 울먹이며 사무실에 전화했다.

야간 당직이 무릎을 꿇고 침대 아래까지 훑으며 나를 찾았다. 나는 거실에도 식당에도 없었다. 현관문에 알람이 설치되어 몰래 나가는 건 불가능에 가까웠지만 현관문과 복도 시시티브이를 확인했다. 그러다가 정목수의 방에 들어가는 나를 봤을 것이다. 당직이 노크했다지만 나는 정목수와 욕실에 있었으므로 듣지 못했다. 안전을 걱정한 당직이 마스터키로 문을 열었다고 한다. 소파에 벗어둔 우리 옷을 보았을까. 욕실에서 흘러나오는 웃음소리를 들었을까. 그는 앨런에게 어디까지 이야기한 걸까.

말해봐요, 엄마. 내가 해결할게. 저 늙은이가 엄마에게 무슨 짓을 한 건지 말을 좀 해봐요.

내 딸이 나를 다그친다. 나는 말하고 싶지 않다. 얼마나 억울했으면 말도 못하고 울고만 있는 거냐고, 앨런은 발을 동동거린다. 무슨 상상을 한 걸까. 내 발로 그 방에 찾아들어가는 시시티브이 화면을 보고는 이것이야말로 치매의 강력한 증거라고도 한다. 딸의 태도는 평생 심리학을 공부했던 학자답지 못하다. 앨런은 열여덟 살부터 제 아빠의 경직된 사고에 대항하며 통제받지도 통제하지도 않아야 할 개인의 존엄을 제법 어른스럽게 주장했다. 나는 그런 딸이 대견했다. 부럽기도 했다. 그랬던 앨런이 이제 내 삶을 멋대로 휘저어버린다. 이건 폭력이야. 내 목소리는 지나치게 떨린다. 아무도 귀기울이지 않는다. 나는 이해받지 않겠다고 이를 앙다문다. 그것이 내가 할 수 있는 유일한 저항이라고, 지켜내야 할 존엄이라고, 나는 내게 거듭 말한다.

엄마, 병원 가자. 간병인이 필요한 시설로 옮겨야 하면 옮기자. 엄마가 안전해야지. 나 정말 속 썩어서 못 살겠어. 엄마가 이러지 않아도 나 사는 게 너무 힘들어.

방에 둘만 남았을 때 앨런은 묘하게 협박을 섞어 나를 달랜다. 늙은 나도 생경하지만, 늙은 나를 대하는 딸의 방식은 더 낯설다.

병원 안 간다고 몇 번을 말해. 나는 아무 문제가 없어.

엄마, 노인의 성에 대한 집착은 치매의 한 증상일 수 있어. 그 영감 파킨슨이지? 파킨슨 약물 부작용이야, 그거.

약물 부작용? 어떻게 그렇게 말을 함부로 해!

혹시 그걸 사랑이라고 착각하는 건 아니지? 그건 그냥 노망이라고. 혹시 돈도 뜯어갔어요? 그 사기꾼이!

내 집에서 나가! 나가라고!

엄마 진짜 미쳤어? 여기가 집이야? 어떻게 내 엄마가 나한테 이래? 내가 엄마 딸이라는 건 알고 있어요?

앨런은 마치 자신이 부정당한 듯 나를 노려보더니 휑하니 나간다. 부정당한 것은 나다. 나는 네가 원하는 대로 적당히 안전하게, 적당히 숨죽이며, 엎드려 있다가 죽지는 않을 것이다. 그건 네가 원하는 내 삶이지, 나의 열망이 아니다. 나는 나대로 살다가 나로 죽을 것이다.

저 짜증나 죽겠어요, 사모님.

휴식 시간에 은주가 커피믹스를 들고 내 방문을 두드린다.

엄마가 버스에서 넘어져 고관절 골절로 병원에 입원했다지 뭐예요.

은주의 눈에 금세 눈물이 차오른다.

에고, 속상해서 어쩌누.

나는 은주에게 다가가 안아준다.

잘 걷지도 못하면서 왜 가만히 집에 못 있는지 모르겠어요. 자식 고생을 얼마나 시키려고 그러는지. 전화할 때마다 내가 제발 집에 가만히 있으라고 신신당부하거든요. 아니, 편안하게 집에 있는 게 뭐 그리 힘들다고 그러시는지. 나는 하루라도 그리 좀 쉬었으면 좋겠구먼.

서른일곱에 남편이 죽고 과부가 된 은주의 엄마는 화장품 외판원 일을 시작했다가, 쉰 살부터 보험설계사로 살았다고 한다.

평생 그리 나돌아다니던 게 인이 박였는지, 나돌아다니는 걸 좋아해서 그런 일을 했던 건지. 집에 있으면 답답하다고 난리예요. 정 외출할 일이 없으면 대문 앞에 의자를 내놓고 앉아라도 있어야 속이 시원하대요. 이제 다치면 요양병원밖에 갈 데가 없다고 협박해도 소용이 없어요.

나는 누구에게나 다정한 은주의 짜증을 낯설게 바라본다.

대문 앞에 의자를 내어놓고 앉아 있는 은주의 진짜 엄마를 상상하니 안쓰럽다. 멀리서 어쩌지 못하고 속만 태우는 은주도 안쓰럽다.

미숙이 아직 내게 화가 나 있니? 왜 같이 안 왔어?

얼마 전 앨런이 소동을 피운 후 미숙이 내게 냉랭해졌다.

신경쓰지 마세요, 사모님. 전 사모님이 정목수님이랑 정답게 지내는 게 참 보기 좋아요. 그나저나 패트릭이 중증 시설로 옮긴다는 소식 들으셨어요?

미셸은 어쩌고?

미셸이 따라 들어가겠어요?

패트릭이 곧 떠난다는 소리에 로비로 나가본다. 창밖의 노랑 자작나무숲에 10월의 눈이 흩날린다. 패트릭은 이동용 침대에 누운 채 사람들에게 둘러싸여 작별인사를 나눈다. 놀러들 와. 술이나 한잔하자고. 패트릭의 농담에 아무도 웃지 못한다. 눈물을 글썽이는 이도 있다. 누구도 말하지 않지만 다시는 살아서 보지 못하리란 걸 모두 안다. 미셸이 패트릭의 머리카락을 손가락으로 몇 번 쓸어넘기더니 입을 맞춘다. 내 눈에 눈물이 고인다.

며칠 있다가 갈게. 택시 타고 가면 돼. 그때까지 잘 지내고 있어. 내 사랑. 사랑해, 허니.

그렇게 애틋하면 따라가든가.

미숙이 한국말로 말한다. 은주가 팔꿈치로 미숙을 찌른다. 패트릭을 중증 환자 시설로 옮기기 위해 샌프란시스코에서 온 그의 아들은 창에 기대서서 이 소란이 끝나기를 지루한 표정으로 기다리다가, 이젠 그만 가야 한다며 구급차 기사를 재촉한다. 나는 그에게 말로 표현할 수 없는 적의를 느낀다.

패트릭을 보내고 방으로 돌아와 창의 커튼을 모두 열어젖힌다. 침대에 누워 주차장으로 들고 나는 이들을 바라본다. 말소리도 듣는다. 앨런이 발길을 딱 끊은 지 두 달이 지났다. 앨런이 보고 싶다. 문자라도 보내볼까 하다가 그만둔다. 대신 평생 딸을 이해하려 애썼던 시간을 떠올린다. 딸이 시카고에서 대학에 다닐 때, 근처 부흥 집회를 마치고 앨런의 아파트를 불시에 방문한 적이 있었다. 문을 열어준 남자는 딸보다 열 살은 많아 보였다. 집안에 남자 물건이 여기저기 널려 있어 누가 봐도 둘이 함께 산다는 걸 알 수 있었다. 나는 길길이 날뛰는 남편을 진정시키고, 왜 연락도 없이 불쑥 오느냐며 도리어 화내는 앨런을 달랬다. 나도 모든 것이 이해되어서 그런 것은 아니었다. 그 남자와의 불꽃같은 연애가 끝나고, 피부색도 종교도 다른 남자와 결혼해서 그 남자의 아이까지 거둬 키울 때도 하늘이 무너지는 것 같았다. 그럴 때마다 내가 딸에게 무엇을 채워주지 못했을까 자책했고, 나의 비좁은 속을 들키지 않으려 이를 악물었다. 하지만 그 모든 혼란의 끝에서는 앨런이 나처럼 끌려다니는 인생을 살지 않아 다행이라고 생각했다. 자신의 의지로 가득한 선택은 실패마저 화사해 보였다. 그런데 딸 앞에서 내 삶은 왜 이토록 납작해진 걸까. 평생을 거쳐 도달한 이 지점이 왜 앨런에게는 도무지 이해되지 않는 광기거나 치료를 요하는 병증이 된 걸까.

내게 그리 긴 시간이 남지 않았다는 걸 나는 본능적으로 안다. 살이 빠지고 입맛을 잃는다는 게 어떤 징조인지 잘 안다. 양로원에서는 멀쩡히 잠들고도 아침이면 깨어나지 못하는 친구들이 한 달에 한 명쯤은 있다. 그러니 나는 그 불확실성 속에서도 죽을 때까지 산 사람이 할 법한 것들을 하고 싶다. 춤추고, 노래 부르고, 사랑하는 이의 얼굴을 만지며 살고 싶다. 연애소설을 읽으며 불온한 상상을 하고, 지나갔으나 지나가지 않은 시간을 떠나보내고, 떠나보내며 울어도 보고 싶다. 욕망했으나 저절로 말라비틀어져버린 것들을 한 번쯤은 매만지고 싶다. 그게 도대체 누구에게 해를 가하는 일인가.

양로원 내 최고령인 백 세 노인의 생일 파티가 열리는 날이다. 한국인들만 초대된 파티다. 시내 호텔에서 요리사와 서빙 직원들이 온장고 여러 대에 음식을 싣고 왔다. 식탁엔 하얀 천을 깔고 의자에는 황금색 리본을 묶어, 호텔 레스토랑 같다. 은주도, 미숙도, 다른 직원들도 오늘은 초대된 손님이다. 낮은 온도에서 푹 익힌 갈비와 선명하게 색을 살려 조리한 채소, 부드럽게 으깬 감자가 은은한 은빛 테두리의 접시에 담겨 차려진다. 샴페인과 적포도주와 그에 맞는 잔들이 테이블마다 놓인다. 서여사는 접시를 받자마자 갈비를 손에 들고 뜯는다. 오늘은 서여사의 왕성한 식욕이 부럽다. 나는 속이 메슥거려 음식에 손댈 수가 없다. 노인이 된 노인의 아들이 무대에서 노래를 부르고, 고깔모자를 쓴 백 세 노인은 함박웃음을 지으며 케이크를 자른다. 한인 정치인 몇 명이 테이블마다 돌며 인사한다. 노인들이 춤을 추러 나간다. 정목수가 손을 잡아끈다. 나는 주의를 돌아보며 망설이다가 그의 손을 마주잡는다. 왠지 오늘이 아니면 영영 춤을 출 수 없을 것 같다. 나는 몸을 흔든다. 팔을 흔들고, 어깨를 움직인다. 정목수는 몸이 마음처럼 움직여주지 않는지 고개를 크게 까닥까닥 흔든다. 춤을 추다 보니 기분이 좀 나아진다.

나는 화장실에 다녀오겠다며 자리를 뜬다. 좀 누워야겠다. 방으로 돌아와 진통제를 한 알 삼킨다. 시시티브이에 아직도 전원 램프가 깜빡이는 걸 발견한다. 코드를 뽑는다. 욕실 거울 앞에 서서 누런 얼굴을 양손으로 감싼다. 립스틱을 바르고 입꼬리를 올리며 웃어본다. 조금 전 춤추던 내 모습이 어땠는지 궁금해서 팔을 흔들고 어깨를 움직여본다. 한숨 푹 자고 나면 괜찮을 거야. 오른쪽 배 위에 손을 올리고 기도 같은 혼잣말을 한다. 나는 캐시미어 코트 주머니에 숨겨둔 현금을 봉투에 담고 은주의 이름을 쓴다. 이 정도면 은주가 엄마를 보러 갔다 올 수 있을 거다. 봉투를 베개 아래 넣고 눈을 감는다. 얼마나 잤을까. 배 위에 묵직하고 따뜻한 게 느껴진다. 정목수가 소파에서 일어나 다가온다.

핫팩 좀더 데워다줄까?

여태 여기 있었던 거야? 나 때문에 파티도 못했어?

정목수가 이불 속으로 손을 넣어 핫팩의 온도를 가늠한다.

은주가 죽 끓여온다고 하네.

나는 정목수의 손을 잡는다.

데워올게.

정목수가 손을 빼내며 말한다.

그러지 말고 옆에 좀 누워봐.

왜 이래? 불안하게.

정목수가 다리를 하나씩 느리게 침대에 올리고 이불 속으로 들어온다. 나는 그의 뺨을 만진다. 주름지고 늘어지고 못난 얼굴. 나는 그의 볼에 입을 맞춘다.

우리 염색할까?

어느새 희끗희끗 올라온 머리카락을 보고 내가 말한다. 정목수가 지난 욕실 소동이 생각났는지 소리 내서 웃는다.

하하하…… 또…… 또?

무서워? 이번에는 잘해볼게. ㅎㅎㅎㅎ.

똑, 똑, 똑.

노크 소리에 놀라 웃음을 멈춘다. 정목수가 엉거주춤 몸을 일으키려 애쓰는 사이 죽그릇을 든 은주는 이미 방으로 들어와 있다.

프 레 살 레

이른 아침이었지만 공항은 번잡했다. 홍은 미로처럼 이어진 길을 솜씨 좋게 빠져나갔다. 일행들은 홍을 놓칠세라 빠른 걸음으로 따라붙었다. 챙이 넓은 홍의 검은색 모자는 인파 사이에서 사라졌다가 다시 나타나곤 했다. 모자가 사라질 때마다 짧은 불안이 스쳤다. 우리 중 누구도 파리에 처음 오는 이는 없었다. 정아는 작년 패션 위크에도 왔다고 했다. 하지만 출구로 빠져나와 우리를 기다리고 있던 홍을 만난 순간, 홍이 웰컴 투 패리스라며 환하게 웃던 순간, 제가 잘 모시겠습니다라며 농담과 묘한 유세가 뒤섞인 환영 인사를 건네는 순간, 홍은 우리가 놓쳐서는 안 될 깃발이 되었다.

몇 개의 건물과 긴 복도를 통과해 홍이 예약해둔 렌터카 사무실에 도착했다. 미리 맡겨두었다는 홍의 짐이 사무실 모퉁이에 쌓여 있었다. 이민 가방만큼이나 거대한 두 개의 캐리어 위로 명품 마크가 선명한 가죽 배낭과 보스턴백, 두 개의 쇼핑백이 포개져 있었다.

지난달에 나온 리모와 한정판 아닌가요? 색깔 너무 이쁘다. 이런 게 진짜 에르메스급이죠.

거대한 홍의 짐에 약간의 충격을 받은 나와 달리 정아는 레몬색 캐리어에 먼저 관심을 보였다.

자기야, 그건 좀 그렇지 않아요? 에르메스야 버킨 말고는 뭐가 있나.

홍과 정아의 대화를 들으며 나는 며칠 전 단톡방에 정아가 올린 메시지를 떠올렸다. 유럽 항공은 수하물 분실이 잦으니 위탁 수하물 없이 기내용 캐리어와 작은 손가방만 가져가도록 해요! 정아는 해당 항공사의 기내 반입 수하물 규정을 캡처해서 올리며 당부했다. 같은 옷을 이틀 연달아 입거나, 옷과 콘셉트가 맞지 않는 신발이나 가방을 착용하는 걸 견디지 못하는 예민한 정아가 분실이 두려워 그런 제안을 한다는 건 조금 의외였다. 그런데 이제 보니 정아는 홍의 짐이 어마어마하다는 사실을 미리 알고 있었던 모양이었다. 정아가 홍을 위해 우리 짐을 단속했다는 사실보다 진실의 내막을 뒤틀었다는 것이 묘하게 신경을 긁었다.

독일제 7인용 SUV 차량의 마지막 3열을 접어 트렁크의 공간을 넓혔다. 홍의 캐리어를 먼저 싣고, 그 사이에 네 개의 기내용 캐리어를 테트리스 하듯 넣었다 뺐다 씨름하느라 손가락이 욱신거렸다. 어찌어찌 짐을 욱여넣고 나니 트렁크는 룸미러로 후방이 보이지 않을 만큼 꽉 찼다. 배낭이나 손가방은 발아래에 두거나 안고 타면 될 거라고 홍이 운전석으로 올라타며 말했다. 나는 노트북과 파우치와 책을 담은 배낭을 가슴에 안고 뒷좌석에 올라 안전띠를 당겨 맸다. 짐과 사람이 뒤엉켜 숨쉴 공간마저 충분치 않게 느껴졌다. 답답함이 불안으로 바뀌며 숨이 가빠왔다. 다른 일행들이 눈치채지 못하게 자낙스를 한 알 꺼내 입에 물고 창을 조금 열었다. 약기운이 신경을 눌러주기를 기다리며 눈을 감았다. 파리는 오전 열한시, 한국은 오후 여섯시였다. 지금쯤이면 윤수는 일어났을 것이다. 냉장고 중간 칸에 김치찌개 있어. 냉동실에 육개장도 얼려두었어. 전자레인지에 데워먹어. 공항으로 출발하기 전 나는 신발을 신다 말고 식탁에 앉아 짧은 메모를 썼다. 어쩌면 나의 메모 때문에 윤수는 그걸 먹지 않을지도 모르겠다는 생각이 지금에야 들었다.

차가 속도를 높이자 습기 없는 청량한 바람이 들어왔다. 드디어 파리구나. 대학 2학년 때 배낭여행을 오고는 처음이니 삼십 년이 훌쩍 지났다. 변화가 거의 없는 파리 시내 거리의 풍경을 보니 대학생이던 그 시절과 지금이 딱 맞닿아 그사이 수십 년의 시간이 증발해버린 느낌이 들었다. 비현실적이고 분열적인 감정 사이로 미세한 떨림과 행복감이 스쳤다.

홍은 오 개월 전 아일랜드에서 유럽 자동차 여행을 시작했다. 그리스와 오스트리아, 독일을 거쳐 이탈리아에서는 한 달을 보냈다고 했다. 가끔 사진을 보내왔다. 홍은 이탈리아 남부의 비탈진 포도밭에서 치즈에 와인을 마시거나 포시타노 해안의 푸르게 투명한 물빛에 발을 담그고 있었다. 아시시 수도원 입구 올리브나무에는 진짜 올리브가 주렁주렁 달려 있었다. 나는 사진을 손가락으로 확대해서 한참을 들여다보았다. 그런 시간이면 끊임없이 윤수 방으로 향하는 신경이 잠시 느슨해졌다. 주눅들지 않는 그녀의 표정과 알이 큰 선글라스와 끈이 얇은 샌들과 바람에 팔랑이는 원피스의 끝자락을 유심히 들여다보며 그녀에게는 있고 내게는 없는 것이 무엇일까 생각했다.

홍이 정아와 민지와 나를 콕 집어 함께 자동차 여행을 하자고 제안한 게 두 달 전이었다. 그녀는 도슨트를 자청하며 자신의 최애 미술관인 파리의 오르세와 마드리드의 프라도를 소개해주겠다고 했다. 그렇게 오래 회사를 비워본 적도 없고, 무엇보다 윤수를 두고 떠난다는 게 마음이 놓이지 않아 망설였다. 홍은 파리에서 오랑주리와 오르세를 보고 노르망디를 돌아서

서부 해안을 타고 스페인 마드리드로 나오는 삼 주의 일정을 보내왔다. 그걸 보자 심장이 요동쳤다. 마침 방학이니 윤희도 함께 가면 어떨까, 제안한 건 나였다. 두 달 동안 우리는 단톡방에 불이 나게 여행에 대한 의견을 나누었다. 여행을 위해 쇼핑한 옷과 화장품들을 실시간으로 공유했고, 여행지를 배경으로 찍은 영화나 책에 대해서도 이야기했다. 꼭 가보고 싶은 곳으로 나는 개선문과 몽생미셸을 꼽았다. 윤희는 게르니카가 보고 싶다며 마드리드의 레이나소피아미술관을, 정아는 모네의 정원이 있는 지베르니를 꼽았다. 의견이 나올 때마다 민지는 찬성! 찬성! 이라며 하트 이모티콘을 날렸다. 그러는 동안 나는 자주 빙그레 웃었고, 그 일이 실제로 내게 일어날 리 없을 거라는 막연한 예감에 불안해지기도 했다. 설렘과 불안의 교차 속에서 어쩌면 이번 여행이 내 삶에 어떤 전환을 가져다줄지 모른다는 엷은 기대가 생겨났다. 어떤 순간에는 막연한 기대가 확고한 믿음이 되기도 했는데 그럴 때면 믿을 수 없이 강렬한 에너지가 내 안 어딘가에서 느껴졌다. 참으로 오랜만에 느껴보는 파동이었다.

  그즈음 나는 실체도 없는 죄책감을 견디느라 어지간히 지쳐 있었다. 퇴근하고도 집으로 돌아가는 것이 두려워 아파트 주차장에서 다시 차를 돌려 나가기도 했다. 일 년이 지나도록 윤수는 방에 틀어박혀 나오지 않았다. 시간이 지날수록 그게 윤수의 문제가 아니라 내 문제이고, 윤수의 잘못이 아니라 내 잘못이라는 생각이 걷잡을 수 없이 커졌다. 윤수나 남편을 원망하는 것보다 나를 원망하는 게 쉬웠다. 어떤 일은 알 수 없는 이유로 일어난다는 걸 알았지만, 나는 끊임없이 이유를 찾느라 골몰했다. 이유를 알면 결과를 바꿀 수 있으리라 믿었는지도 몰랐다. 방 저편 희미하게 들리는 윤수의 걸음소리와 아무리 애를 써도 들리지 않는 숨소리에 신경을 곤두세우고 아이를 서운하게 했던 일들을 끝도 없이 생각해내곤 했다. 다섯 살 때 아이스크림을 사달라고 떼를 쓰며 길바닥에 드러누워 우는 아이를 두고 나무 뒤에 숨었던 날 아이는 잠을 자다가 경기를 했다. 열한 살 때 피아노 학원을 빼먹었다고 아이의 등짝을 때렸다. 아이의 등에 불도장처럼 붉게 새겨졌던 손바닥 자국도 선명하게 떠올랐다. 싫다는 수학 과외를 끝까지 밀어붙이며 아이의 열등감을 자극했던 시간도 기억났다. 그렇게 부풀어오른 생각은 이상한 방식으로 터졌다. 윤수의 방문을 두드리며 내가 잘못했다고 강박적으로 말했고 울면서 매달리기도 했다. 내가 더 많이 아파야, 더 망가져야 윤수가 그 방을 걸어나올까. 술에 취해 소리를 지르다가 사나흘 꼼짝없이 누워 있기도 했다. 침대에 누워 윤수가 냉장고 문을 열고 뭔가를 꺼내거나 전자레인지에 음식을 데우거나 현관문을 열고 배달 음식을 받는 소리를 들었다. 아무리 기다려도 윤수는 끝내 내 방문을 두드리지 않았다.

여기는 지겹게 왔어. 자기들끼리 올라가. 나는 10구에 커피잔 주문해둔 거 픽업해서 돌아올게. 두 시간 후에 만나면 되겠지?

홍은 몽마르트르 언덕으로 올라가는 길고 가파른 계단 앞에 차를 세우고 말했다. 우리는 사크레쾨르성당에서 미사를 보기로 했으므로 줄지어 계단을 올랐다. 무성한 여름 나뭇잎들 사이로 햇살이 어른거렸고 우리는 별다른 이유도 없이 미소를 머금고 천천히 계단을 걸어올랐다. 신부님의 프랑스어 설교는 알아들을 수 없었지만 독특한 리듬 때문에 느리고 평온한 노래처럼 들렸다. 둥글고 아름다운 천장과 고개 숙여 무언가를 비는 사람들의 등을 바라보는 것만으로도 얼마간 마음이 편안해졌다. 나는 미사를 마치고 윤수를 생각하며 붉은 초에 불을 밝혔다. 윤희는 동료 교수와 지인에게 나눠줄 묵주를 고르겠다며 기념품점으로 들어갔다. 정아와 민지와 나는 성당을 빠져나왔다. 성당 앞 계단에는 안보다 더 많은 사람이 몰려들어 사진을 찍거나 파리 시내를 내려다보며 앉아 있었다.

성당 외벽을 따라 걷는 게 나는 왜 이리 좋은지 몰라.

정아가 말했다. 성당 건물의 바깥 테두리를 따라 걷는 건 나도 좋아했다. 민지는 태어나서 처음 참석한 미사였지만 뭔가 환하고 뜨거운 게 훅 올라오더라며 두 팔로 가슴을 끌어안다. 성령이 임했구먼. 나는 선이 고운 석회암 돔을 올려다보며 농담했다. 한 바퀴를 다 돌고 다시 입구 쪽에 왔을 때 걸어내려오는 윤희가 보였다. 윤희야! 여기! 나는 팔을 크게 흔들었다. 그때 마침 정아의 휴대폰이 울렸다.

싹 다 사라졌어!

울음 섞인 비명과 함께 쏟아진 말이 휴대폰 너머 내게까지 들렸다. 그 순간 몸이 해삼처럼 쪼그라들며 힘이 쑥 빠졌다. 남편으로 추정되는 분이 응급실에 있습니다. 교통사고를 당했어요. 요가를 마치고 센터를 나서며 전화를 받았을 때 나도 저런 비명을 질렀을 것이었다. 젖꼭지와 위장의 끝. 손끝과 머리끝. 자궁의 끝. 몸의 말단마다 핀으로 찌르는 날카로운 통증이 스쳤다. 나는 자리에 주저앉아 두려운 눈으로 정아를 올려다보았다.

그게 무슨 말씀이세요, 관장님?

정아의 얼굴이 점점 붉어지더니 하얗게 질렸다. 홍은 계속 비명을 지르며 뭔가를 말했지만 더이상 알아들을 수는 없었다.

다 털렸대요. 누가 우리 집을 다 털어갔대요.

정아가 넋이 나간 표정으로 말했다.

아닐 거야. 그럴 리가 없어. 관장님이 장난치는 것 같지는 않았어? 누가 우릴 놀리려고 어디 숨겨둔 건 아닐까? 몰래카메라 같은 걸지도 몰라.

손을 떨며 우버 앱을 켜고 위치를 입력하는 정아 옆에서 민지는 의미도 없고 논리도 없는 말을 성가시게 반복했다. 일단 차로 가보자. 가면 상황을 알 수 있을 거야. 윤희는 울고 있는 정아와 현실을 부정하는 민지를 다독였다. 노트북과 몇 벌의 옷, 화장품, 책 두 권…… 나는 짐가방에 든 것들을 떠올리다 대각선으로 멘 슬링백을 뒤적였다. 없었다. 슬링백을 탈탈 털었다. 립밤과 콤팩트, 여권과 지갑 그리고 휴대폰. 세 장의 카드와 현금 오백 유로. 그게 전부였다. 용각산 알루미늄 캔과 탯줄을 넣어둔 파우치를 배낭에서 꺼낼까 말까 잠시 망설였던 것까지만 기억났다. 생각 끝에 정말 옮겼는지는 기억나지 않았다.

 우버가 10구의 한 골목에 닿았을 때, 인도와 차도 사이에 걸터앉은 홍이 보였다. 산호색 테두리에 푸른빛이 나는 선글라스를 낀 채 우아한 모습으로 손을 흔들던 몇 시간 전의 모습이 아니었다. 모자는 구겨진 채 손에 들려 있었고, 선글라스는 엉망이 된 머리 위에 아슬아슬하게 걸쳐져 있었다. 눈화장은 볼에까지 검게 번졌다. 피렌체 여행중에 샀다는 이탈리아 유명 브랜드의 검은색 원피스는 희멀건 얼룩으로 더러워져 있었다.
 어떻게 된 거예요? 어디 다친 데는 없어요?
 윤희가 다가가 홍의 어깨에 팔을 두르며 물었다. 홍은 윤희의 품에 안겨 서럽게 울었다. 걱정하지 말라고 곧 찾을 수 있을 거라고 정아가 홍의 등을 문지르며 말했다. 나는 차문을 열고 들어갔다. 2열과 3열 사이 손바닥만한 유리창이 깨져 있었다. 거기로 팔을 넣어 잠금장치를 푼 듯했다. 구슬처럼 반짝이는 조각들이 바닥에 산산이 흩어져 있었다. 차 안에는 아무것도 남아 있지 않았다. 좌석 아래 보이지 않는 어둠 속에까지 손을 넣어 더듬었다. 유릿조각이 손에 스치는 듯하더니 붉은 피가 맺혔다. 손가락을 입에 물고 맺힌 피를 쪽쪽 빨았다. 유릿조각 말고는 아무것도 없었다. 용각산 캔도 파우치도 없었다. 정말 싹 다 사라졌다. 이 상태로 여행을 계속할 수 있을까? 도대체 무슨 힘으로 여행한단 말인가. 나는 깨진 유리 위에 주저앉았다.

일단 경찰서에 신고하고 공항 렌터카 업체에 다시 가봐요. 차를 바꿔야죠. 이미 벌어진 일 때문에 앞일을 망칠 순 없잖아요. 수습하죠, 우리.

차를 한 바퀴 빙 둘러본 후 윤희가 말했다. 너무 능숙하고 노련한 말투여서 이런 일을 몇 번이고 겪어본 사람 같았다. 윤희는 어른이 되었구나. 수줍고 여려서 존재감이라고는 없던 대학 시절 윤희를 떠올리며 생각했다.

경찰을 부를까요?

정아가 말했다.

자기는 파리를 그렇게 여러 번 왔다면서도 몰라? 경찰이 이런 일로 여기까지 오겠니?

　홍이 느닷없이 정아에게 짜증을 냈다.

　너무 무서워요. 아까 성당에서 가슴이 훅 뜨거워지던 바로 그 순간에 이런 일이 일어났다고 생각하니 더 무서워요. 그게 암시였는데.

　민지가 불안한 목소리로 말했다. 지나가던 흑인 청년이 멈춰 서서 혹시 도움이 필요하냐고 물었다. 노, 땡큐. 나는 슬링백을 움켜쥐며 말했다. 차로 십 분 정도네요. 정아는 구글 지도로 경찰서의 위치를 파악했다.

　여권이랑 휴대폰은 다 있지? 그건 몸에 지니고 다니라고 내가 말했었잖아. 그것까지 없어졌으면 어쩔 뻔했어?

　홍이 말했다. 휴대폰과 여권만 빼고 모두 차에 두고 가라고, 노트북 배낭을 메는 나를 굳이 말렸던 이도 홍이었다. 조금 무거워도 메고 가겠다는 내게 모두 두고 가는데 굳이 왜 그러냐며 재차 붙잡던 이도 홍이었다. 나의 까다로움을 질책한다고 느껴졌으므로 의자 아래로 배낭을 밀어넣으며 스멀거리는 불안을 외면했다. 아, 도대체 이 지경이 될 때까지 홍은 어디서 무얼 했던 걸까.

　오래된 석조건물에 작은 국기를 세워둔 경찰서로 들어섰다. 그곳은 우리와 비슷한 처지의 관광객으로 이미 북적였다. 한국 사람도 더러 보였다. 복도 벽에 등을 기대고 두 시간을 기다린 끝에 담당 경찰을 만났다. 프랑스 남부 어디에서 잠시 어학연수를 한 적이 있다는 정아가 더듬거리며 홍의 말을 통역했다.

커피를 사러 가느라 고작 오 분쯤 자리를 비웠다고요. 그 사이에 캐리어 여섯 개가 모두, 아니 덩어리로 치면 열네 개나 되는 짐이 싹 다 사라졌어요. 그게 가능한가요? 트럭을 가지고 다니지 않는다면 불가능하죠. 의심 가는 이들이 있어요. 아니, 거의 확실해요. 아랍인으로 보이는 남자 셋이 줄곧 나를 쳐다보고 있었거든요. 눈빛이 정말 소름 끼쳤어요. 아, 저를 때리거나 위협한 건 아니에요. 깨진 유리를 보고 너무 놀라 다리를 헛딛는 바람에 라테를 쏟았죠. 당장 갈아입을 옷도 없어요. 싹 다 사라졌다니까요. 아, 씨, 어떻게 이러고 다녀.

홍의 말은 짜증으로 끝났다. 정아는 마지막 몇 문장은 통역하지 않았다. 경찰관은 마트 캐셔처럼 담담한 표정을 유지한 채 컴퓨터 자판을 다닥다닥 두드렸다. 홍의 분실물 목록에 디올 백이 나오고, 에르메스 스카프가 나오고, 구찌 셔츠가 나왔다. 백 년도 더 되었다는 오르골과 자신이 태어난 해에 제작되었다는 접시를 설명할 땐 펜으로 모양을 그려서 보여주었다. 홍의 화려한 분실 목록에도 담당자의 표정은 변하지 않았다. 정아의 분실물도 만만치 않았다. 아이패드와 아이패드보다 비싼 명품 커버가 나왔고, 같은 브랜드의 하이힐도 나왔다. 분실 목록은 보험회사에 청구할 서류이기도 했으므로 대략의 가격도 서류에 적었다. 남편의 뼛가루와 아이의 탯줄에 생각이 멈췄다. 어쩌면 반입한 것만으로 죄가 될지도 몰랐다. 노트북 속의 사진 파일을 백업해두지 않은 것도 생각났다. 칠 년을 사용하던 노트북을 얼마라고 해야 할까. 남편이 사용하던 물건이라 내게는 특별히 소중하다고 말하는 건 무슨 소용이 있을까. 몇 주를 심사숙고하며 꾸린 여행 가방 속엔 단 하나도 중요하지 않은 게 없었지만, 타인을 설득할 만큼 값나가는 물건은 없었다.

자기는 별로 잃어버린 게 없나봐.

경찰 앞에서 복잡한 생각으로 머뭇거리느라 말을 더듬는 내게 홍이 말했다.

찾을 수는 있겠죠?

조사가 끝났을 때 정아가 모두를 대신해 경찰에게 물었다.

찾게 되면 연락드리죠.

담당 경찰은 피해자에게 섣부른 희망을 주거나, 대놓고 절망을 안기지 않으려 섬세한 무표정을 유지했다. 하지만 그 무표정을 본 누구라도 여기까지라는 걸 느낄 수 있었을 것이다. 언제부터 파리가 이리 천박한 도시가 된 거지? 이게 다 무분별하게 받아들인 난민 때문이야. 파리지앵은 절대 이런 도둑질을 하지 않는다는 거 자기들도 알지? 담당자가 출력된 서류에 사인을 해서 나눠줄 때까지 홍은 잠시도 쉬지 않고 성토했다. 누구라도 저 입을 틀어막아주기를 간절히 바랐지만, 정아도, 민지도, 윤희도 모두 입을 꾹 닫았다.

우리는 모두 '벽돌과 책'이라는 추천제 북클럽에서 만났다. 정아와 민지와 나는 북클럽이 없는 휴일에도 함께 시간을 보내곤 했다. 도성길이나 궁을 산책했고, 해방촌에서 뇨끼를 먹으며 백포도주를 마셨다. 커피가 좋은 집을 찾아 성북동과 후암동 산길을 걸었다. 예가체프는 너무 과대평가되었다는 데 모두 동의했고, 약배전 에티오피아와 중배전 과테말라를 좋아하는 공통의 취향이 있었다. 우리는 최근 읽은 책이나 영화에 대해, 각자 하는 일에 대해, 일터의 빌런에 대해, 요즘 유행하는 향에 대해, 육지에서 오천여 킬로미터나 떨어진 태평양의 섬들에 대해, 그 섬에서만 평생을 사는 새에 대해 말했다. 그런 말들은 뒤탈 없이 무해하면서도 취향을 적절히 드러냈다. 취향은 많은 것을 설명해주니까요. 정아가 말했고, 우리는 그 말속에 숨겨둔 우월감을 즐겼다. 가끔 영화나 연극을 보았다. 민지는 북적이는 복합 상영관 대신 독립영화 전용관을 선호했고, 동유럽 영화를 좋아하는 정아의 취향과 중동 영화를 좋아하는 내 취향을 고려해 영화표를 예매했다. 관람 전에는 거북

한 냄새가 남지 않는 가벼운 식사를 했고, 관람 후에는 경박하거나 무겁지 않은 음악이 흐르는 와인 바에 앉아 밤이 늦도록 여운을 나누었다. 정아와 민지는 나보다 일곱 살이 어렸지만 사람을 대할 때 유능하고 경쾌했으며 닿지 말아야 할 곳을 건드리는 법 없는 정확한 거리 감각을 소유했다. 남편이 죽고 난 후 사람들의 부주의한 친밀감에 부담을 느끼던 내게 그런 감각은 소중했다.

작년 여름 윤희가 회장의 초대로 북클럽에 들어왔다. 처음에는 윤희를 알아보지 못했다. P대학 국문과 성윤희 교수님이십니다. 그날 발제자가 윤희를 소개했을 때 나는 돋보기를 빼고 단발머리에 얼굴이 해사한 여자를 자세히 봤다. 몇 년 전 소설 원고를 들고 출판사로 찾아온 동창에게서 윤희가 P대학에서 정교수가 되었다는 소식을 들은 게 떠올랐기 때문이었다. 대학 때만 해도 통통했던 얼굴이 가냘파지고 몸도 홀쭉해져 긴가민가하는데, 인사를 마치고 자리로 돌아가던 윤희가 수정아, 오랜만이야, 하고 내 어깨에 살짝 손을 얹었다.

뜻밖의 장소에서 재회한 후, 우리는 늦은 밤에 통화하거나 채소 요리가 맛있는 식당에서 밥을 먹으며 오래된 친구가 주는 편안함을 긍정했다. 그해 겨울 첫눈이 오던 날이었다. 퇴근 후 인사동에서 만나 곤드레밥을 먹을 때 윤희가 갑자기 수정아, 하고 은근하게 불렀다. 나는 식초 물에 살짝 데쳐 흑임자

소스를 뿌린 연근을 아삭아삭 씹다가 윤희를 바라보았다. 아니야, 윤희가 말을 거두어들였다. 윤희가 뭘 들은 걸까. 그걸 확인하려다 마는 걸까. 그 조마조마한 심정을 견디기가 힘들었다. 식사를 마치고 자리를 옮겨 한옥 카페에서 생강차를 마실 때 윤희에게 남편이 죽었다고 털어놓았다. 북클럽에서는 아무도 모른다는 말을 덧붙일 때는 조금 구차한 마음이 들기도 했다.

차량 자체의 결함이 아니라서요. 사용자의 부주의로 인한 사고에 차를 바꿔줄 수는 없어요. 새로 비용을 내고 다른 차를 빌리든지, 그냥 쓰다가 약속된 날짜에 반납하든지 하세요. 규정이 그래요.

렌터카 사무실 직원은 공격의 틈을 주지 않겠다는 듯 굳건한 방어 태세로 일관했다.

누굴 호구로 보는 거야? 그건 안 돼. 보험 다 들었는데 뭐 이런 미친 규정이 있나.

열이 잔뜩 오른 홍이 쏟아내는 말들을 정아가 통역했다. 나머지 일행도 부당하다고 한마디씩 거들었지만 직원은 자기가 해줄 수 있는 일이 없다는 말만 기계적으로 반복했다. 작은 구멍 하나 때문에 삼 주 치의 렌터카 비용을 그냥 날릴 수는 없었다. 구멍만 막으면 되는 거 아냐? 윤희는 직원에게 비닐봉지와 테이프를 얻어와 구멍을 막고 테두리를 둘렀다. 그사이 날은 이미 어둑해졌다. 파리에 만정이 떨어져서 한시도 못 있겠다며 홍은 파리 외곽으로 차를 몰았다.

개선문은요? 거긴 꼭 가야 하는데.

자기는 별로 잃은 게 없어서 덤덤한 건가? 볼 것도 없는 거 길 왜 가.

내 말을 홍이 단박에 잘랐다. 일행들은 모두 지친 얼굴로 의자에 깊이 몸을 파묻고 가타부타 말이 없었다. 창을 막은 비닐은 바람에 앞뒤로 맹렬히 흔들리더니 맥없이 툭 떨어져나갔다. 그 틈새로 바람이 세차게 불어닥쳤다. 머리는 엉망으로 날렸고, 날카로운 소음에 귀가 아팠다. 원래 계획대로라면 이 시간엔 개선문에 올라가 있어야 했다. 도시의 끝을 붉게 태우는 노을을 거기서 봐야 했다. 마침내 어둠이 내리고 방사형의 도시가 노란 전등으로 환해질 때까지 앉아 있어야 했다. 그런 상상을 하며 윤수를 두고, 자리를 비우고 와볼 엄두를 냈다. 이게 어디 쉬운 결정이었던가.

윤수가 원하던 대학에 들어가고 첫번째 여름방학을 맞았을 때 남편은 애당초 우리 부부가 가기로 했던 파리 여행을 윤수에게 선물했다. 건축 공부를 한다는 녀석이 파리는 봐야지. 남편은 아쉬워하는 나를 달랬다. 윤수는 개선문 옥상에서 어색하게 웃는 셀카를 보내왔다. 숫기 없는 녀석이라 누구에게 찍어달라는 말도 못했을 거야. 나는 윤수의 등뒤로 도시를 붉게 물들이는 노을이 멋지다고 생각했고, 남편은 아이가 혼자 밥은 사 먹고 다니는지 걱정했다. 엄마, 아빠도 여기 꼭 와봐! 정말정말 멋져!! 윤수는 평소답지 않게 들뜬 어조로 말했다. 나는 그럴 수 있으리라 의심 없이 믿었다.

윤수는 그해 겨울 군대엘 갔고 남편은 이듬해 늦봄 인쇄 공장에 다녀오다가 교통사고를 당했다. 상대는 신호를 위반하고 달리던 음주운전자였는데 그 자리에서 즉사했다. 남편은 중환자실에서 이틀을 버티다가 한 번도 의식을 찾지 못하고 세상을 떠났다. 철원 철책 부근에서 근무하던 윤수는 자정이 지나 장례식장에 당도했다. 군복을 상복으로 갈아입을 때도, 조문을 받을 때도 게슴츠레한 눈빛으로 울지도 웃지도 않고 서 있었다는 걸 뒤늦게 기억해냈다. 그때도 그런 아이의 모습을 보았겠으나 나는 거기에 머물러 있을 수가 없었다. 남편의 상을 치르는 동안 남편을 대신해서 많은 것을 결정해야 했다. 그렇게 오롯이 혼자 중요한 결정을 내리는 것은 익숙하지 않은 일이었다. 미역국이냐 육개장이냐 찰밥이냐 흰쌀밥이냐를 결정해야 했고 화장을 할지 매장을 할지를 결정해야 했고 상복을 고르고 머리핀도 선택해야 했다. 조문객들에게 어떻게 남편이 죽었는지를 설명해야 했고 오랜만에 만난 친구들의 손을 잡으며 근황도 물어야 했다. 슬픔이나 애도가 들어설 자리는 없었다. 장례가 끝나자마자 윤수는 군대로 돌아갔다. 나는 너무 지쳐 있었다. 군대가 있어서 윤수를 돌보지 않아도 되니 다행이라는 생각을 한 것도 같다.

오늘 당장 갈아입을 속옷이 없네. 땀이 흘러 엉망인데.

파리를 뒤로하고 고속도로를 한창 달리고 있을 때 민지가 침묵을 깨고 입을 열었다. 그 말의 어디가 거슬렸는지 홍이 속도를 더 높였다.

휴대폰 충전은 어떡하지?

정아가 덧붙였다.

사자. 필요한 건 최소한으로 사요. 쓰다가 버리고 갈 것으로.

뚫린 창의 소음 때문인지 멀리 있는 사람에게 말하는 것처럼 윤희는 소리를 질렀다. 홍이 갑자기 브레이크를 밟으며 갓길에 차를 세웠다. 급정거로 빗장뼈가 안전띠에 부딪혔다.

아이씨. 정말 이게 뭐냐고!

어머, 죄송해요, 관장님.

정아가 까닭 모를 사과를 했다. 홍이 운전대에 머리를 박고 소리 내어 울었다.

내가 뭘 잃어버린 줄 알아? 수천만원을 잃어버렸다고. 내 여행의 컬렉션이 모조리 날아갔다고.

알죠, 샘. 속상해서 어떡해.

윤희가 홍을 달랬다. 나도 운전석으로 손을 뻗어 홍의 어깨를 어루만졌다. 홍은 울었다가, 화를 냈다가, 다시 울었다. 홍의 분실 목록이 제일 길었으므로 최대의 피해자였고, 우리는 가해자가 아니라는 것을 증명이라도 하듯 홍의 눈치를 살폈다.

지베르니로 이동하며 차 안에서 급히 예약한 숙소는 방 두 개의 작은 아파트였다. 더블베드 침대가 방마다 있었고 거실에는 소파 베드가 있었다. 조도가 낮은 스탠드가 구석마다 놓여 있었지만 천장 조명이 없어 집은 전반적으로 어두웠다.

관장님은 저 방에서 혼자 편히 주무세요. 저희는 둘씩 쓰면 되니까.

정아는 홍에게 욕실이 딸린 방을 권했다. 그게 좋겠다며 윤희도 거들었다. 나까지 나설 틈이 없었다. 정아와 민지가 거실 소파 베드를, 윤희와 내가 방 하나를 나눠 쓰기로 했다. 방을 정했지만 정리할 짐이 없었으므로 우리는 식탁 의자와 소파에 흩어져 앉아 있었다. 민지가 에코백에서 손가락 길이의 나무 토막을 꺼내 불을 붙였다.

미쳤어? 뭐하는 거야!

정아가 화들짝 놀라 소리쳤다.

팔로산토야. 이 집 냄새가 좀 이상하지 않아? 이게 냄새는 물론이고 나쁜 기운도 없애거든.

민지는 불꽃을 후 불어 끄고 집안을 구석구석 돌아다니며 연기가 스며들게 했다. 향이 좋네. 홍이 말했다. 민지는 구마 의식을 행하는 영매처럼 나무토막으로 S자를 그리며 뭔가 중얼거렸다. 민지의 주술적인 몸짓은 겨우 누르고 있던 불안을 들쑤셨다. 연기와 향이 좁은 공간에 번졌다. 남편의 유해가 섞인 용각산의 향과도 닮아 있었다. 이마에 식은땀이 배어나왔다.

여행을 떠나오기 전 주말, 나는 남편의 유해가 있는 의왕의 납골당에 갔다. 항아리 앞에 놓인 가족 사진 속 윤수는 중학생이었다. 연말에 일본 온천 여행을 갔을 때였나. 나 여기 한 스푼만 뿌려줘. 눈 덮인 자작나무숲을 걸으며 남편은 말했었다. 남해안의 작은 섬에 갔을 때도, 지리산 노고단에 올랐을 때도 남편은 일상적인 어투로 덤덤하게 말했다. 그게 불길하지도 싫지도 않았다. 오히려 그 순간이 얼마나 완벽하게 평화로운지를 말한다고 여겼다. 나는 가방에서 용각산 캔을 꺼냈다. 유해 항아리에서 한 스푼을 덜어내 용각산 가루에 섞었다. 남편이 와보고 싶어했던 몽생미셸의 바닷가에 뿌려주고 싶었다.

이 정도면 되겠죠?

정아와 민지가 마트에서 장 본 물건들을 식탁 위에 올렸다. 칫솔 다섯 개와 치약 하나. 중저가 샴푸와 린스. 평균적이고, 치우치지 않는 선택이었다. 고생했어. 나는 고개를 끄덕였다. 한 박스에 열 개가 든 팬티를 두 개씩 나눠 가졌다. 로션도 하나로 나눠 쓰기로 했다. 어떤 순간에도 취향을 거스르는 선택을 허용하지 않던 이들이었다. 여행 가방이 사라지면서 그 속에 구겨넣은 취향도 힘없이 사라졌다. 너무 쉽게. 아무도 아쉽다고 말하지 않는 것이 신기했다.

모네가 사십삼 년을 살다가 생을 마감했다는 지베르니의 집 거실에는 그림이 빽빽이 걸려 있었다. 그림과 그림의 대상을 동시에 바라보는 건 독특한 경험이었다. 죽어가는 카미유를 그린 청회색의 그림 앞에 멈춰 섰다. 엉망으로 찢기고 깨져서 죽어가던 남편이 겹쳤다. 무서워서 뒷걸음치고 싶었던 순간. 정말로 그러지는 않았지만 그런 마음이었던 것만으로도 나를 용서하지 못했다. 모네는 저 순간을 어떤 마음으로 견뎠을까. 삶과 죽음이 마주보고 있던 그 시간을. 평생을 사랑했던 여자를 죽음 저편으로 영영 떠나보내는 그 시간을 어떤 마음으로 그렸을까.

처연하지?

홍이 다가와 말을 걸었다.

그러네요. 대단하다는 생각도 들고요.

글쎄. 나는 카미유가 죽기 전부터 모네는 앨리스랑 그렇고 그런 사이였다고 봐. 앨리스가 옆에 있었기에 죽어가는 아내에게 연민을 느낄 여유도 있지 않았을까. 뭐랄까, 너무 계산된 행동 같지 않아? 이걸 지고지순한 사랑이라 불러도 되나 몰

라. 직업 정신이 투철하다는 건 인정.

카미유에 대한 모네의 사랑이 믿을 만하지 않다는 건가요? 그게 없다면 이 그림은 뭘까요?

자기 순진하다 정말. 그거 알아? 여기 걸린 그림 다 가짜라는 거. 모작이야. 그걸 아는 순간 모든 것이 달라지지.

나는 홍 앞에서 놀란 표정을 지어 그녀를 기쁘게 하고 싶지 않았지만, 모작이라고는 꿈에도 상상하지 않았으므로 몹시 당황했다. 홍은 내 반응을 즐기듯 은근한 말투로 모네의 이중생활에 대해 덧붙였다. 더이상 모네의 그림을 예전처럼 볼 수 없을 거라는 저주도 잊지 않았다.

모네의 정원은 햇살을 피할 데가 별로 없는 낮은 꽃밭이었다. 잃어버린 선글라스가 아쉬워지는 순간이었다. 정아와 민지는 검은 비닐봉지를 흔들며 뜨거운 햇살 아래를 앞서 걸었다. 또 유리가 깨질지 모르니 차에 아무것도 두지 말라는 홍의 경고에 세면도구가 든 비닐봉지를 들고 다니는 중이었다.

영감이 욕심이 너무 많지 않아? 수련만 이백오십 점이라니 말 다 했지. 크긴 또 얼마나 크냐. 덕분에 미술관, 박물관마다 다 있는 흔하디흔한 그림이 되어버린 거야. 그러니 눈이 먼저 맛이 간 거 아니겠어. 그쯤이면 재능이라기보다는 집착이지. 살롱전에도 떨어지고, 떨어진 사람끼리 만든 낙선전에서 겨우 살아남았잖아. 근데 솔직히 말해, 예술이 성실로 되는 거니?

홍은 젊은 시절 맨해튼의 이름난 미술관에서 큐레이터로 일하다가 성북동의 한 갤러리에 스카우트되어 여러 전시를 성공적으로 치러냈다고 했다. 업계에서는 꽤 능력을 인정받는다는 말도 들었다. 그러나 나로서는 사견이 잔뜩 실린, 근거를 알 수 없는 홍의 설명을 들어주기 힘들었다. 자꾸만 눈살이 찌푸려져 서둘러 표정을 지워야 했다. 홍보다 더 이해할 수 없는 건 다른 일행들의 반응이었다. 어머, 어머 감탄을 내지르는 정아와 민지가 내가 알던 그 친구들이 맞나 싶었다. 윤희마저, 관장님이 아니면 어디서 그런 흥미로운 뒷얘기를 듣겠어요, 라며 홍을 은근히 부추겼다. 이렇게 말귀 딱딱 알아듣는 친구들이랑 여행하니 정말 좋다며 홍은 윤희의 팔짱을 꼈다.

모네가 그토록 사랑했다던 일본식 정원의 초록 다리에 올랐다. 연못에 떠 있는 분홍 수련은 너무 완벽해서 가짜 같았다. 모네는 자신이 심고 가꾼 수련을 보고 그림을 그렸다. 한때 홍수로 엉망이 된 모네의 정원은 그의 그림에 근거하여 다시 꾸며졌다. 이제 정원의 아름다움보다 정원이 얼마나 모네의 그림과 닮았는지가 더 관심거리가 되었다.

내가 보고 싶었던 건 모네의 정원이 아니라 그의 그림이었어.

그 밤 윤희와 나란히 잠자리에 누웠을 때 내가 말했다.

너 너무 예민해진 것 같아.

윤희는 돌아누우며 말했다.

잃어서는 안 되는 걸 잃어서 그런 건가.

우리 모두 그랬지.

윤희는 벽을 보고 말했다.

윤희의 말에 냉기가 돌았다. 나는 더이상 말을 이어나갈 수가 없었다. 휴대폰을 들고 돌아누웠다. 윤수가 돈가스와 떡볶이를 주문했다는 알림이 화면에 떴다. 뜻밖에 카드 결제 알림은 윤수의 무탈을 알려주는 유일한 신호가 되었다.

여행 전날 여권을 찾다가 붉은 비단 주머니를 발견했다. 곱게 한지에 싸인 뭔가가 딱딱하게 만져졌다. 한참 들여다보고서야 그 낯선 물건이 탯줄임을 알았다. 이십오 년 전 아이의 몸과 나를 잇던 탯줄은 한때 생명의 줄이었다는 게 믿기지 않을 정도로 검게 말라비틀어져 있었다. 무슨 생각에서 그걸 아이에게 보여주고 싶었을까. 윤수와 내가 한때 이렇듯 이어져 있었다는 걸, 여기 그 명백한 증거가 있다는 걸 보여주면 뭐가 달라질 거라 생각했을까. 마침 윤수의 웃음소리가 닫힌 방문을 뚫고 흘러나와서였을까. 나는 그걸 들고 윤수의 방문을 두드렸다. 윤수야, 이것 좀 봐! 대답이 없었다. 나는 방문을 열었다. 윤수는 힐긋 나를 쳐다보더니 다시 맹렬히 키보드를 두드렸다. 모니터 속 게임 화면은 휙휙 바뀌었고 윤수의 얼굴에서 웃음기는 완전히 사라졌다. 엄마 내일 파리에 가. 냉장고에 넣어둔 음식 썩히지 말고 먹어. 윤수는 헤드폰을 빼지 않았고 아무 대답도 하지 않았다. 뭔가가 폭발하고 죽어나가는 화면을 쏘아보며 손을 쉴새없이 움직일 뿐이었다. 나도 그 화면을 망연히 쳐다보며 서 있었다. 그러다가 말이 불쑥 튀어나왔. 넌 내가 영영 사라져버렸으면 좋겠지. 죽어버렸으면 좋겠지? 하지 말아야 한다고 생각했지만 말이 멈춰지지 않았다. 윤수가 신경질적으로 헤드폰을 빼서 내동댕이치더니 자리에서 일어나 내게 다가왔다. 붉게 변한 아이의 눈이 두려웠다. 윤수는 나를 문밖으로 밀어냈다. 손길이 억셌다. 나는 쉽게 밀려났다.

엄마는 아빠가 죽어서 좋죠? 여행도 가고 좋으시겠어요.

독기 가득한 음성이었다. 윤수는 문을 꽝 닫았다.

게임에 중독된 쓰레기! 너는 그냥 쓰레기야! 부모도 몰라보는 쓰레기! 나는 닫힌 문에 탯줄을 던지며 소리쳤다.

탯줄을 티슈로 감싸 주워들고 파우치의 화장솜 사이에 넣었다. 무슨 작정을 한 건 아니지만 이걸 집안에 굴러다니게 해서는 안 된다는 생각이 들었다. 아니, 이게 집안에 굴러다녀 윤수가 저렇게 되었는지도 모르겠다는 생각이 들었다.

남편의 장례를 마치고 나는 남편과 함께 운영하던 출판사를 혼자 떠맡았다. 남편의 사고 보상금은 대부분 출판사 빚을 갚는 데 쓰였다. 남편의 목숨값이 들어간 출판사를 망하게 할 수 없어 밤낮 일에 매달렸다. 복학한 윤수는 처음에는 내가 모르게 수업에 빠졌고, 나중에는 내가 아는 것도 상관하지 않았다. 짜증이 많아지다가 말이 없어졌다. 잠자는 시간이 달라 얼굴 보기도 힘들었다. 사정을 들은 편집부장이 의사를 소개했다. 윤수는 상담을 완강히 거부했다. 윤수 대신 내가 상담을 받았다. 애도의 시간이 충분하지 않아서라고 의사는 말했다. 군대는 애도하기 적당한 곳이 아니잖아요. 그는 덧붙였다. 내 잘못이 아니라는 말에 나는 얼마간 안심도 했다. 어쩌면 그 말이 듣고 싶어 의사를 만난 건지도 몰랐다. 하지만 지나치게 간섭하지 말라는 의사의 경고에도 아무 생각 없이 윤수의 닫힌 방을 바라볼 수는 없었다. 의사는 내게 약을 처방했다. 윤수의 방에서 새어나오는 작은 소리에도 열렬히 반응하던 감각이 조금 무디어졌다. 거실과 부엌을 벗어나 내 방문을 닫아걸 수 있을 만큼 무디어지는 밤도 있었다. 이제, 그만 끝내고 싶다는 무력감도 함께였다.

안방 창을 연 다음 허리를 접어 쭉 빼고 주차장과 인도를 내려다보았다. 가로등의 개수를 마흔두 개까지 세거나, 맞은편 아파트의 집집마다 같은 위치에 놓인 티브이 화면을 뚫어져라 바라보았다. 아빠 같이 가. 아버지와 아들이 차에서 내리고 있었다. 양복 차림의 아버지는 아들의 책가방을 대신 메고 걸었다. 당신이 왜 그걸 들고 와? 그러고 싶어서. 남편은 멋쩍게 웃었다. 모든 다정했던 것은 상처가 되어 돌아왔다. 책임지지도 못할 다정. 그 다정에 균열을 내고 싶어 몸이 근질거렸다. 11층에서 떨어진 내 몸이 바닥에서 박살나는 상상을 했다. 두개골이 산산조각나고 살점이 사방에 튀기를. 마디마디 부서지기를. 부디 윤수가 슬퍼하기를. 슬픔조차 모르기를. 나는 주먹으로 가슴을 쾅쾅 쳤다. 극단적인 상상이 머리카락처럼 성가시게 가슴에 달라붙은 불안마저 삼키길 바라며 나는 밤마다 죽었다.

민지는 숙소를 옮길 때마다 연기를 피워올렸다. 향이 좋네. 홍의 말도 여전했다. 그러게, 자꾸 맡으니까 마음이 좀 안정되는 것도 같고요. 정아가 말했다. 빨랫감을 들고 화장실로 들어갔다. 노르망디의 작은 바닷가 마을에서 산 고무줄 바지와 소매가 없는 티셔츠를 세숫비누로 비벼 빠는데 그렁그렁 눈물이 차올랐다. 윤수는 내 문자에 답하지 않았고 나는 기다리는 걸 멈추지 못했다. 손에 비눗물을 묻힌 채로 변기에 앉았다. 수돗물의 압력에 세면대의 빨래가 부풀어올랐다. 수돗물을 잠그니 문밖의 웃음소리가 화장실 문을 통과했다. 나는 손목이 아프도록 빨래를 비틀어 짰다.

그들은 식탁에 둘러앉아 와인을 마시고 있었다. 치즈와 햄과 포도로 차린 치즈 플레이트를 앞에 두고, 비옥한 토양이 만든 풀과 그 풀이 키운 소와 그 소에서 짜낸 우유와 그 우유로 만든 치즈가 이렇게 맛있는 건 당연한 이치라고 말했다. 나는 그들 옆에서 보이지 않는 사람처럼 맴돌았다. 언니, 어서 와요. 앉아요. 민지가 말했다. 윤희는 나를 힐끗 보며 엷은 미소를 짓더니, 몸을 기울여 술을 좀더 따랐다. 정아는 내가 막 빠져나온 화장실로 들어갔다. 오늘도 정아는 홍의 속옷을 제 손으로 정성껏 빨아줄 것이었다. 배를 뒤집어놓은 모양의 생트카트린성당은 잘 늙은 노신사처럼 섹시하더라고 윤희가 말했다. 교수님도 그런 말씀을 하실 줄 아세요? 민지가 손뼉 치며 웃었다. 윤희의 얼굴은 취기로 붉어졌다. 홍이 잔을 빙빙 돌리자 그 속에 든 붉은 와인이 물결쳤다. 민지는 입에 넣은 올리브를 씹지 않고 굴리며 유튜브에서 달리다의 노래를 찾아 틀었다. 슬픈 곡조마저 감미로운 밤이었다. 가방을 잃어버리지 않았다면 다음 목적지는 몽마르트르 언덕 내 달리다의 집이었다는 게 떠올랐지만 아무도 그런 말은 입 밖에 내지 않았다. 따뜻한 조명 아래서 커다란 와인 잔을 손에 들고 하루를 마감하는 그들의 밤은 다만 완벽해 보였다.

침대 끝에 누웠다. 천장은 동굴의 입구처럼 어두웠다. 거실의 웃음소리는 끊이지 않았다. 엄마는 슬프지 않은 것 같아요. 오랜 업계 친구의 농담에 폭소를 터뜨리며 전화로 이야기를 나누던 날 윤수는 내 방문을 닫으며 그렇게 말했다. 그렇게까지 살고 싶어요? 능이버섯을 듬뿍 넣고 오리 백숙을 끓였던 날, 몸에 좋으니 많이 먹으라는 내 말에 윤수는 말했다. 나는 윤수가 무엇을 잃었는지 알지 못했다. 알지 못한다는 사실을 이제야 어렴풋이 알 것 같았다.

 깨진 창을 막는 법은 나날이 발전했다. 비닐을 다시 붙여도, 쇼핑백을 잘라 붙여도 얼마 안 가 다시 뜯어지자, 정아가 디자이너의 솜씨를 발휘해 딱딱한 박스를 창 모양대로 잘라서 앞뒤 모두 검은 덕트 테이프로 빈틈없이 촘촘히 붙였다. 이제 얼핏 보면 유리가 깨졌다는 걸 알아차릴 수 없을 정도였다. 그런 중에도 짐은 늘어나 각자의 쇼핑백이 생겼다. 홍이 뭐라든 나는 쇼핑백을 차에 두고 다녔다. 정아는 매일 아침 선크림을 각자의 손등에 조금씩 짜서 나눠줬다. 모두 민지의 립스틱을 나눠 발랐지만 같은 걸 발라도 각자의 입술 색은 묘하게 달랐다. 거의 매일 숙소를 옮겨다녔다. 짐이 얼마 없었으므로 크게 성가시지는 않았다. 가끔은 이대로 자유롭다는 생각도 들었다. 정아는 홍의 채근에 매일 경찰서에 전화했다. 모두 숨죽이며 정아를 바라봤지만, 담당자와 연결이 되는 경우는 드물었다. 전화가 불발되면 홍의 레퍼토리는 다시 시작되었다.
 내가 이번에 잃어버린 게 자기들 넷 다 모은 것보다 많다는 거 알지?
 홍은 자신이 잃어버린 것의 값을 매기며 내가 잃어버린 것을 하찮게 만드는 것도 잊지 않았다. 홍이 그럴 때마다 잃어버린 것의 목록을 떠올려야 하는 일도 고역이었다.

귀에서 피가 날 것 같아요.

나는 더이상 참고 싶지가 않았다. 쉬잇. 윤희가 고개를 흔들며 말렸다. 홍은 또 속도를 높였다. 속도를 장악한 자의 쾌감이 어깨 너머로 보였다. 나는 차가 곧 뒤집힐지도 모른다는 불안에 손잡이를 움켜쥐었다.

속도 좀 줄여요!

그만해, 수정아. 왜 자꾸 그래?

윤희야, 너야말로 왜 그래? 너는 이게 이해가 돼? 잃어버린 것의 무게를 누가 잴 수 있을까?

자기, 나한테 뭐 불만 있어? 자기 때문에 여행 분위기가 이게 뭐야! 남편이 죽어서 그런가보다 하고 불쌍히 여겼더니.

홍은 차를 갓길에 세우고 몸을 돌려 말했다. 정아는 한숨을 쉬었고, 민지는 창밖으로 시선을 돌렸다. 나는 윤희를 노려보았다. 미안. 네 상태를 설명하려니까. 윤희의 대답은 더 끔찍했다.

해안으로 펼쳐진 푸른 초원의 끝자락에 물안개에 싸인 몽생미셸이 보였다. 몽생미셸은 섬처럼 망망하고 성처럼 우뚝했다. 흙을 돋우어 도로를 만들기 전, 수도원에 이르는 길은 밀물과 썰물에 따라 물에 잠기기도 하고 걸을 수 있는 뻘밭이 되기도 했다. 먼길을 걸어온 많은 순례자가 몽생미셸을 눈앞에 두고 뻘밭에서 목숨을 잃었다는 남편의 말이 떠올랐다. 여행을 일주일 남겨두었을 때, 몽생미셸을 건너뛰고 스페인 남부로 가기로 했다며 홍이 통보했을 때 나는 혼자 떨어져나오기로 결정했다. 유난을 떠는 것 같기도 하고 혼자가 된다는 두려움도 있었다. 그러나 어느 순간 그 두려움 때문에 혼자 남고 싶어졌다. 두려움을 견디는 건 적어도 내가 선택할 수 있는 현실이었고, 조금이나마 무언가를 바꿔볼 수 있는 유일한 방도처럼 느껴졌으니까. 홍은 기차역에 나를 내려주며 아무 말도 하지 않았다. 민지는 차에서 내려 나를 안아주었다. 민지의 포근한 품에 안긴 순간 왈칵 서러운 마음이 들어 서둘러 몸을 돌렸다.

역으로 들어가자마자 검은색 배낭을 사서 쇼핑백의 짐을 옮겨 담았다. 물 두 병과 초코바와 밀감 두 개도 샀다. 몽생미셸로 향하는 열차의 창가 좌석에 기대앉았다. 나보다 열 살쯤 많아 보이는 백인 여성이 커다란 배낭을 머리 위 짐칸에 올리고 내 옆에 앉았다. 그녀는 몽생미셸에서 산티아고까지 걸어서 순례할 예정이라고 했다. 나는 잠깐이나마 아무것도 두렵지 않은 마음이 되었다. 내 앞에 놓인 게 뭐든 아무래도 좋아. 나는 그녀의 낡은 등산화를 내려다보았다.

수도원으로 향하는 셔틀버스에서 내리자 바람이 세차게 불어닥쳤다. 원피스가 훅 날아올랐다. 그걸 잡으니 이번에는 모자가 날아갔다. 바람에 날리는 머리카락이 눈을 가려 앞이 잘 보이지 않았다. 몸이 이리저리 쏠렸다. 따스한 햇살이 들어찬 열차 안에서는 예상치 못한 바람이었다. 마침내 모자를 주워 움켜쥐었을 때는 웃음이 났다. 모자를 단단히 쥐고 수도원을 둘러싼 바다를 보았다. 그 바람에도 멀리 갯벌에서는 사람들이 거닐었다. 남편을 뿌려주고 싶었던 곳이 저기 어디였겠다. 나는 한 발 한 발 수도원을 향해 걸어나갔다. 몽생미셸의 좁은 돌계단에 닿으니 어느새 바람이 잦아들었다. 그림이 그려진 앙증맞은 간판을 단 우체국과 빵집과 식당과 옷가게가 비탈진 골목 양쪽에 빽빽이 들어서 있었다. 사람들은 줄을 서듯 같은 간격을 두고 돌계단을 걸어올라갔다. 일정한 속도를 유지하기에는 계단이 가팔랐지만 사람들이 밀고 올라오니 혼자 멈출 수가 없었다. 다리는 무거워지고 숨이 찼다.

한 걸음만. 제발, 딱 한 걸음만. 발아래 돌계단만을 바라보며 기도하듯 중얼거렸다. 심장이 뻐근했다. 주저앉지 않고 수도원에 꼭 닿고 싶었다. 문득 고개를 드니 어느새 수도원 입구였다. 무너지고 새로 짓기를 천 년이나 반복해서 지금의 모양이 되었다는 곳이었다. 수도원 내부에 요란한 장식은 없었지만 깊고 신비로운 공기가 감돌았다. 좁은 통로들을 이리저리 지나자 회랑이 나왔다. 회랑의 돌기둥에 손바닥을 대고 눈을 감았다. 윤수가 눈 안에 가득 들어찼다.

수도원 꼭대기에 앉아 드넓은 갯벌과 하늘을 한동안 바라보았다. 건너편 망슈 해안에 펼쳐진 풀밭에서 풀을 뜯는 양들을 발견했다. 바닷가 짭짤한 풀을 먹고 자란다는 프레살레인 모양이었다. 까맣다는 얼굴은 너무 멀어서인지 보이지 않고 그저 하얀 솜뭉치처럼 보였다. 짭짤한 풀을 먹어서 머리가 검어졌다고 했나. 머리가 검은 양이 짭짤한 풀을 먹는다고 했나. 남편의 말이 잘 기억나지 않았다. 나는 해변의 프레살레를 배경으로 셀카를 찍었다. 머리카락은 바람의 방향을 따라 한쪽으로 쏠렸고 어떤 표정을 지어도 어색했다. 휴대폰을 위로 아래로 움직여가며 여러 장의 사진을 찍었다. 그중에 한 장을 골라 윤수에게 보냈다. 수도원의 미로 같은 계단을 내려와 마을을 지나 뻘밭을 향해 걸었다. 뻘밭은 질퍽하지 않고 단단해서 걷기 나쁘지 않았다. 발에 바닷물이 찰랑거리게 닿았을 때 프레살레의 검은 얼굴이 보였다.

나는 뻘밭에 쪼그리고 앉아 맨손으로 땅을 팠다. 웅덩이가 얼마큼 깊어졌을 때 물이 조금씩 고였다. 웅덩이에 손을 넣고 흙으로 덮었다. 뜻밖에 따뜻한 기운이 손끝으로 전해졌다. 그 옆으로 웅덩이 하나를 더 팠다. 웅덩이 속 물을 빠져나오게 하려고 물길을 냈다.

윤수야, 이 길을 따라 걸어나와. 한 걸음씩만, 딱 한 걸음씩만 걸어나와.

중정이 아름다운 작은 호텔에서 하룻밤을 지내고 다시 파리로 돌아가는 열차를 탔다. 열차 안에서 휴대폰으로 오르세미술관의 입장권을 예매했다. 아무래도 모네의 방에는 꼭 가봐야겠다. 출판사에서 새 소설 표지 시안을 보내왔다. 나는 이대로 좋다는 말과 함께 고생했다며 간단히 답을 했다. 어제 윤수에게 보낸 사진을 다시 열어보다가 카톡의 1이 사라졌다는 걸 알았다. 여행을 떠나온 이후 윤수가 내 카톡 메시지를 읽은 건 처음이었다. 나는 새로 산 배낭을 가슴에 꼭 안았다.

　어느 순간부터 잃어버린 가방이 더이상 나를 괴롭히지 않는다는 걸 깨달았다. 가방과 함께 떠내려간 것들이 그리 아쉽지도 않았다. 어떤 일은 이해할 수 없는 이유로 생겨나고 어떤 일은 이해할 수 없는 이유로 사라진다는 사실이 되레 조금 위안이 되기도 했다. 잃어서는 안 된다고 믿었던 것들을 잃고도 살아진다는 건 생의 비정이 아니라 생의 비밀인지도 몰라. 창밖으로 노르망디의 푸른 초원이 지나갔다. 풀을 뜯는 한 무리의 양들이 초원에 내려앉은 구름처럼 몽글몽글해 보였다.

빅터
아일랜드

빅터 브리지를 건너 첫번째 출구로 빠져나오니 납작한 상자를 여러 개 엎어놓은 모양의 공단이 보였다. 육지와 섬 사이의 강을 메워 U자 모양으로 조성된 공단은 섬의 이름을 따서 빅터아일랜드라 불렸다. 섬은 없어졌으나 여전히 섬으로 불리는 셈이었다. 그곳에는 식품 제조업 위주의 공장 스물세 개가 있었다. 규의 목적지인 만두 공장은 U 자의 남서쪽, 직선과 곡선이 만나는 지점에 있었다.

출근 시간이 삼십 분이나 남았으므로 규는 곧장 공장으로 들어가지 않고 강변 공원 입구에 차를 세웠다. 다리 아래로 해가 붉게 떨어지고 있었고 비스듬한 빛을 받아 물결이 반짝이며 일렁였다. 회사에서 여기까지 구글 지도의 예상 시간은 이십칠 분이었지만 밟아보니 이십이 분이면 충분했다. 예상 시간보다 오 분 일찍 도착한 것이 규의 운전 실력 덕인지 포르쉐의 성능 때문인지 잘라 말할 수는 없었지만, 규는 그런 사소한 것에 약간의 우월감을 느꼈고 그 순간 딸려나오는 혐오도 피할 수 없었다. 빨리 달리려고 포르쉐를 산 건 아니었지만 포르쉐를 타고도 빨리 달리지 못하는 건 가오가 죽는 일이었다.

갑자기 추워진 날씨 때문인지 강변 공원에는 홈리스의 텐트가 수십 개 모여 마을을 이루고 있었다. 뉴스에서는 팬데믹을 지나며 거리로 나앉은 사람이 많아 범죄율이 높아졌다고 연일 보도했다. 회사에서는 높아지는 세금 연체율에 대한 대책을 강구하고 나섰다. 규는 이런 이야기가 회사 밖의 자기 삶과 크게 관련되어 있다고 생각하지 않았지만, 지금 이곳은 포르쉐를 세우기에 적합하지 않다고 인지하며 뜻밖에 세상과 이어진 연결고리를 자각했다. 창을 내렸더니 모닥불 주위에 둘러앉은 홈리스의 웃음소리가 왁자하게 들렸다. 웃음소리는 놀랍도록 경쾌했다. 규는 웃음소리의 원인을 찾으려 주위를 두리번거렸다. 공원에는 단풍이 한창이었다. 석양빛을 받은 잎이 반짝이며 몸을 뒤집었다. 노랗고 붉은 단풍잎이 가을비에 더욱 푸르러진 잔디 위에 떨어져내렸다. 나무 아래 담요를 덮고 반듯이 드러누워 있는 남자 위에도 단풍잎 몇 개가 떨어져 있었다. 남자 옆에는 커다란 개가 엎드려 있었다. 둘은 죽은듯 꼼짝하지 않았다. 몇몇은 그 옆에서 음식을 먹었다. 늙은 여자가 빨래를 탁탁 털어 나뭇가지에 널었다.

규는 단백질 바를 한입 베어물고 휴대폰을 켜 '마이 피트니스 팔' 앱에 숫자를 입력했다. 열량 210칼로리, 단백질 28그램. 오늘 단백질 섭취량은 98그램으로 목표한 140그램에 한참 못 미쳤다. 아무리 애를 써도 단백질을 140그램이나 먹는 것은 쉬운 일이 아니었다. 달걀 스무 개를 먹거나, 퍽퍽한 닭가슴살을 500그램이나 먹어야 했다. 그렇게 먹고 나면 입에서 고기 비린내가 났다. 하지만 이렇게 단백질을 부실하게 먹다가는 이제 막 자리잡은 광배근이 뭉개질 수 있었다. 오늘 하지 못한 근육운동은 공장 노동으로 대체할 생각이었다. 자세에 신경을 쓴다면 노동도 얼마든지 운동이 될 수 있다고 간절히 믿고 싶었다. 규는 몸을 돌려 사람이 앉기에는 비현실적으로 좁은 뒷자리에서 가방을 들어올렸다. 각을 잡아 넣어둔 바지가 서류 사이에서 납작했다. 신축성 좋고 체온을 영리하게 통제하는 아크테릭스 등산 바지는 오늘 규의 작업복이 될 것이었다. 양복바지를 벗고 한쪽 다리를 반쯤 넣었을 때 누군가 차를 툭툭 쳤다. 규는 자신이 발길에 차인 것처럼 통증을 느끼며 고개를 들었다.

"나이스 카, 마이 프렌드!"

카트에 잡동사니를 가득 싣고 텐트촌으로 향하는 남자였다. 남자는 누렇다못해 검게 변한 이를 드러내며 웃었다.

"헤이 듀드! 차에 손대지 말고 꺼지시지!"

규는 소리쳤다. 이럴 때는 기세가 중요했다. 퍽 유! 남자는 타이어를 힘껏 찼다. 발이 아픈지 다리를 질질 끌며 느리게 운전석으로 다가왔다. 규는 재빨리 창을 닫았다. 남자는 한눈에 봐도 약에 취해 있었다. 걷어올린 팔뚝에는 주사 자국이 푸릇푸릇했다. 근육이 빠진 몸은 야위고 휘었다. 한주먹 거리도 안 되는 몸으로 어쩌자고 덤비는가. 퍼킹 드럭 애딕트! 규는 중얼거렸다. 단백질 바라도 몇 개 챙겨줄까 자비로운 마음이 잠깐 스쳤지만, 바짓가랑이에 한쪽 다리만 넣은 채 200미터쯤 앞으로 차를 움직였다.

피하는 게 상책이었다. 홈리스가 많은 동네 편의점에서 일할 때 저런 이들을 겪을 만치 겪었다. 그들은 정부 보조금이 나오는 날이면 제일 먼저 마약을 샀다. 편의점 사장은 정부가 세금으로 약값을 대주는 꼴이라며 분개했다. 리큐어 스토어에서 독한 술을 사서 보란듯 흔들고 다녔고, 담배를 보루째 샀다. 확률이 낮은 즉석복권을 잔뜩 긁고는 카운터에 서 있는 규에게 선물이라며 던져주기도 했다. 보조금은 금방 떨어졌다. 그러면 편의점 손님의 죄책감과 연민을 자극하며 가게문 앞에 고개를 푹 숙이고 앉아 있었다. 행인들에게 잔돈푼 동냥을 하는 건 정직한 영업에 속했다. 알코올이 섞인 싸구려 스킨을 몰래 뜯어 마시는 이도 있었다. 입에서 알코올보다 더 독한 향수 냄새가 풀풀 풍겼다. 규도 처음에는 무서워하다가, 동정하다가, 미워했다. 나중에는 소리치고 싸웠다. 그들도 만만한 놈을 알아보아서 언제나 규의 근무 때만 와서 말썽을 피웠다. 물건을 훔쳐 달아나는 도둑을 몸싸움 끝에 붙잡았을 때는 위험한 행동을 했다는 이유로 다시는 이런 일이 재발하지 않게 하겠다는 다짐을 가득 담은 보고서를 길게 썼다. 팔다 남은 샌드위치를 챙겨주었더니 배탈이 났다며 돈을 요구하는 놈도 있었다. 그들은 약기운이 떨어지면 온순하고 가련한 인간으로 돌아왔다. 몇 번 더 음식을 나눠주고, 여러 번 뒤통수를 맞은 뒤로 규는 그들에게 오만 정이 떨어졌다. 어느 순간부터는 쳐다보는 것만으로도 기가 빨렸다. 강한 것만큼이나 약한 것도 폭력이었다.

공장 주차장은 붐볐다. 교대 시간이라 출퇴근 차량이 한꺼번에 몰린 모양이었다. 조수석 문이 녹슬고 삭아 흘러내리는 포드 F150 트럭과 도요타 캠리 사이에 딱 하나 자리가 있었다. 양쪽 다 주차선을 물고 있어 공간이 빠듯했다. 문짝이 두 개뿐인 포르쉐는 문이 커서 폭이 더 필요했지만, 다른 선택지가 없었다. 차에 흠집이라도 난다면 쥐꼬리만큼 벌려고 나와서 한 달 월급을 몽땅 날릴 수도 있었다. 지난겨울에도 진이 진통이 있다는 전화를 받고 급히 집으로 돌아가다 가파른 지하 주차장 입구에서 눈길에 미끄러졌다. 사이드미러와 앞 범퍼가 기둥에 부딪혔다. 아니, 부딪혔다기보다는 살짝 닿았다. 그래도 수리비가 무려 오천구백 달러나 나왔다. 보험으로 처리하기에는 애매한 소액이었고 생돈을 날리기에는 상당한 부담이었다. 포르쉐를 살 때 회계사답게 섬세하게 지출 계획을 세워두었지만 그런 종류의 사고는 예상하지 못했다. 물론 진과의 결혼도, 엘사의 출생도 예상한 건 아니었다. 규는 실수로라도 문이 트럭에 닿지 않게 한 손으로 모서리를 꽉 잡고 몸을 비틀어가며 차에서 내렸다. 버스 정류장에서 걸어들어오는 한 무리의 사람들이 멈춰 서서 지나치게 반짝이는 차를, 그런 차를 타고 만두 공장으로 온 규를 의심스럽게 바라보았다.

슈퍼바이저는 파란 플라스틱 상자를 엎어놓고 위에 올라가 처음 출근한 이들에게 주의 사항을 전달했다. 스물다섯? 서른이나 되었을까? 상냥하지만 카리스마가 있는 목소리였다. 통통한 볼과 똥그란 눈, 또록또록한 말투가 은수를 닮았다는 생각이 들자 규는 민망한 것을 들킨 듯 얼굴이 화끈 달아올랐다. 고등학교 졸업을 앞둔 은수가 프롬 파티 사진과 'I did it'이라는 문자를 보내온 지도 벌써 십 년이 지났다. 은수는 허리에 반짝이는 구슬이 달린 보라색 민소매 드레스를 입고 있었다.

규는 사진과 문자가 어떤 연관이 있을까 며칠을 생각했다. 사정을 모르고 무작정 축하한다는 말을 할 수는 없었다. '벌써 졸업이니?'라고 썼다가 지우고 '가끔 보고 싶더라'라고 썼다가도 지웠다. 그러다 결국 답을 했던가. 그건 기억나지 않았다. 규가 의식적으로 블라인드 처리를 한 검은 덩어리 속에 은수는 아무런 잘못도 없이 끌려들어가 있었다. 규도 어쩔 수 없었다. 모두가 연결된 관계에서 은수만을 끊어 가져올 수는 없었으니까. 그게 은수가 원하는 일인지 확신이 없었고, 은수를 위하는 일인지는 더욱 모호했다. 무엇보다 은수를 기억하기 위해 어쩔 수 없이 마주해야 하는 검은 덩어리가 너무 무거웠다.

"안전화는 신고 오셨지요? 정부 인증 마크 반드시 확인하시고요. 없는 분은 오늘 일 못합니다."

다행히 규는 어제 퇴근길에 이백 달러를 주고 산 안전화를 신고 있었다. 베이지와 짙은 갈색이 섞인 외피 속에 티타늄 소재의 가벼운 보호 캡을 댄 안전화였다. 월마트에 가면 육십 달러짜리도 있는데. 찜질방 달걀을 만든다고 밥솥에 달걀을 조심스레 쌓아 넣던 진이 입을 삐쭉거렸다. 요즘 진은 규가 취향에 맞지 않는 물건을 참지 못한다며 재수없어했다. 이제는 선택과 집중의 시대라며 규에게 지지를 보내던 진은 엘사가 태어난 후 그렇게 돌아섰다. 진은 종종 규의 취향에 대한 집착이 유아기의 결핍에서 비롯된 병증이며, 제때 처리하지 못한 감정이 낳은 미성숙의 산물이라 몰아붙였다. 진이 무언가를 직접적으로 지목하지는 않았지만, 그때마다 규는 포르쉐를 떠올리지 않을 수 없다.

만두 공장 일을 본격적으로 시작하기 전, 규는 탈의실로 가는 길에 창가의 얇은 철제 블라인드를 벌려 포르쉐의 안전을 먼저 확인했다. 옴팍 들어가 있는 포르쉐는 까치발을 하고 고개를 이리저리 빼야 겨우 보였다. 사람들이 힐긋거리며 지나갔지만 규는 사랑스러운 포르쉐가 있어서는 안 될 곳에 너무나 취약하고 외롭게 존재하는 게 불안해 자기 행동이 얼마나 이상한지 돌아볼 여유가 없었다. 억지로 발길을 떼어 탈의실에 도착하니 이미 발 디딜 틈이 없었다. 간신히 비집고 들어가 상의를 하얀 가운으로 갈아입을 때만 해도 무슨 연구소 직원 같았는데 마스크와 머리 그물망을 쓰니 금세 식품 공장 노동자 폼이 났다. 그물망 안쪽으로 보이는 왼쪽 귀 위의 하얀 흉터가 꼭 산불 진화를 위해 만든 임도처럼 머리카락을 갈라놓았다. 규는 머리카락을 끌어모아 흉터를 덮었다. 유! 포르쉐 가이! 누군가 규를 불렀다. 규는 뒤돌아보지 않아도 사람들의 시선이 자신에게 몰렸다는 게 느껴져 짜증이 일었다. 얼른 문을 밀고 탈의실 밖으로 탈출했다.

구직 앱에 사회보장번호와 작업 가능한 시간대를 입력할 때만 해도 뭐 그리 대단한 결심을 한 건 아니었다. 뭐랄까. 매달 조금씩 빚을 지는 중이었고, 진이 불안해하니 뭐라도 하고 있다는 시늉을 해야 했다. 진은 취업 비자가 끝나 일을 할 수 있는 상태가 아니었고, 캐시 잡을 하려 해도 당장 아이를 맡길 데가 없었다. 규가 부업을 잡는 것이 더 낫다는 건 알았지만, 엄두를 내지 못하고 있을 때 누군가 그런 규의 마음을 들여다보기라도 한 듯 SNS에 앱 광고가 떴다. 가입이 승인된 후 앱에서는 하루종일 일자리 알람이 띵, 띵 울렸다. 그걸 듣고 있으면 묘하게 흡족한 마음이 들었다. 아직 세상이 자신을 필요로 하고 있다는 효능감이 느껴지기도 했고 누군가 자신의 응답을 기다리고 있는 것처럼 마음이 급해지기도 했다. 그러나 그것도 잠시였다. 일자리는 몇 분 안에 없어졌다. 먼저 버튼을 누르는 게 중요했다. 일이 사라지고 나면 잠깐 패배감이 스쳤지만, 곧 안도했다. 잊을 만하면 또 알람이 울렸다. 일급은 일을 마치자마자 계좌로 꼬박꼬박 들어온다고 사용자들은 리뷰를 달았다. 일자리마다 별점도 후척했다. 이력서도 경력도 필요 없고 그날 일한 만큼 바로 돈을 준다는 게 매력적이었다. 하룻밤 눈 질끈 감고 일하면 엘사의 기저귀가 세 박스였다. 이틀을 일하면 한 달 분윳값이었다. 그 정도만 돼도 지금의 재정 상태에서는 오아시스가 될 수 있었다.

 그럼에도 막상 일을 가려니 발이 떨어지지 않았다. 당장이라도 달려나가 입에 쓴맛이 돌 때까지 몸을 혹사시키고 싶다가도 덜컥 겁이 나 뒤로 물러났다. 벗어나고 싶다는 생각만으로 저절로 몸이 움직여지던 시절은 갔다. 규는 더이상 소금이 버짐처럼 허옇게 핀 티셔츠를 벗어던지고 차가운 물에 몸을 씻던 청년이 아니었다. 자고 나면 새 몸이 되던 시절도 아니었다. 규는 이제 여름에도 따뜻한 물에 샤워해야 하고, 쾌적한 침대에서 여덟 시간을 내리 자도 만성피로를 느끼는 마흔둘이었다. 아침이면 꼿꼿하게 서서 건재함을 알려주던 그것조차 잠잠할 때가 많아졌다. 더이상 젊은 몸이 아니라는 건 슬펐지만, 슬픈 게 고달픈 것보다 나았다. 생이 쓰지 않는 관절처럼 딱딱하게 굳어버릴지 모른다는 위기감도 없지 않았으나, 가능하면 쓰지 않고 죽는 게 복이라는 생각도 들었다.

"아무래도 나는 이제 맹수의 사냥법을 잃어버린 것 같아."

규의 말에 진은 눈물까지 흘리며 진심으로 비웃었다. 당신이 맹수였다고? 물론 규가 맹수였던 적은 없었다. 비유하자면 그렇다는 말이다.

어제 작업화를 산 것은 그야말로 우연이었다. 마침 퇴근길에 들른 은행 옆에 'Marks'라는 작업 용품 가게가 있었고 거기서 숙명처럼 마음에 쏙 드는 작업화를 만났다. 신발을 신어보고, 계산대에 줄을 서서 기다릴 때까지도 부업을 시작하는 것에 대해 완전히 마음을 정하진 못했다. 그런 고민은 곧장 딱딱한 껍질을 뚫고 심연에 닿는 종류의 것은 아니었다. 동그라미의 가장자리를 밟듯 내내 빙빙 돌다가, 멈추라는 휘슬소리가 들리지 않으면 결국은 제자리로 돌아왔다. 하지만 어쩐 일인지 작업화를 사고 포르쉐에 오르는 순간 규는 이미 자신이 어떤 방향을 향해 출발해버린 것을 깨달았고 뒤이어 불가해한 평온이 찾아왔다.

오늘 아침 세무서에 출근했다가 바로 출장 간 곳은 도심에서 사십 분쯤 동쪽에 있는 농장이었다. 세무조사 대상자는 블루베리 농장주였다. 붉게 단풍 든 블루베리밭이 파란 하늘 아래 끝없이 펼쳐져 있어 달릴 맛이 났다. 이 맛에 포르쉐를 타는 거지. 생은 더없이 안온했고 여기까지 온 자신이 잠시 자랑스러웠다. 블루베리밭 한가운데를 관통해 벚나무를 심어둔 긴 진입로를 따라가니 농장주의 집이 성처럼 우뚝하게 있었다. 건물 정면으로 굳게 문이 닫힌 세 개의 차고가 보였다. 차고 앞에는 포르쉐와 람보르기니가 나란히 주차되어 있었다. 저런 슈퍼카가 차고 밖에 있는 걸 보면 차고 안에는 더 귀한 게 있을 것이었다. 선입견은 금물이었지만 규는 어쩔 수 없이 절대 속지 말아야겠다는 마음이 되었다.

농장주는 이민 온 지 오십삼 년 된 인도계 노인이었는데 면담하는 세 시간 동안 한 번도 제대로 된 답을 하지 않았다. 차도 자신의 것이 아니었고 차의 주인인 친척들은 모두 어딘가로 여행중이라고 했다. 은행 기록 및 영수증을 포함한 수입과 지출 증빙서류들은 전혀 준비되어 있지 않았다. 노인은 불리한 질문에는 못 알아듣는 척하며 시간을 끌 줄 알았고, 횡설수설 앞뒤가 맞지 않는 진술을 전략적으로 사용하고 있었다. 규는 속아주는 척하며 일단 후퇴하기로 했다.

돌아오는 길에는 점심을 먹기 위해 블루베리 농장이 내려다보이는 언덕에 주차했다. 농장 옆 작은 비행장에서 비행기 두 대가 동시에 이륙하는 게 보였다. 쌍둥이처럼 닮은 두 비행기는 일정한 간격을 유지한 채 하늘에서 크게 원을 그리며 시야에서 벗어났다. 잠시 후 다시 나타난 두 비행기는 일순간 둘 사이의 거리를 확 벌리며 멀어졌다. 뒷 비행기는 글라이더구나! 저걸 타본 동료는 견인 비행기와 연결된 선은 언제나 끌려가는 글라이더 조종사가 끊는데, 비행기에서 분리된 순간 모든 진동과 소음이 순식간에 사라졌다고 했다. 고요한 진공 상태가 너무 평온해서 왈칵 눈물이 쏟아지더라고 했다. 규는 알 듯 말 듯 했던 동료의 말을 다시 떠올렸다. 견인 비행기는 자신의 힘을 보여주듯 요란한 소리를 내며 상공을 두어 바퀴 돌더니 구름 속으로 사라졌다. 글라이더는 한동안 관성과 중력의 힘으로 유영하더니 서서히 고도를 낮추고 거칠게 활주로에 내려앉았다. 글라이더의 착륙을 돕기 위해 사람들이 거대한 그물을 들고 달려나갔다. 글라이더가 그물 속에서 무사히 멈춰 섰을 때 규는 비로소 참고 있던 숨을 뱉었다. 그때 일자리 알람이 띵, 하고 울렸다.

규는 출근 전에 엘사와 진을 깨우지 않으려 발뒤꿈치를 들고 다니며 만든 참치 삼각김밥을 한입 물었다. 그리고 농장주와 면담하며 메모한 것을 훑어보았다. 여름이 되면 농장 입구에 대형 텐트를 설치하고 팝업 스토어를 열어 과일을 파는데 그 일대에서는 제법 알려졌다고 들었다. 꽤 많은 현금이 거래되었을 텐데 그 자료가 없었다. 자칫하면 회계감사의 영역이 아니라 수사의 영역이 될 수도 있어 건드리기가 까다로웠다. 늙은 여우 같은 농장주는 그것을 잘 알았다. 상대의 어두운 부분을 들여다보며 끊임없이 의심하는 대화는 쉽게 지쳤다. 입사 직후에는 정신과 상담도 제법 받았다. 세무조사 출장을 다녀온 날이면 누군가에게 실컷 얻어맞고 싶은 충동에 시달렸다. 참 이상한 감정이었다. 욕조에 차가운 물을 받아 입술이 새파래질 때까지 웅크리고 있었다. 어디에 부딪혔는지도 모를 멍이 온몸에 그득했다. 업무 스트레스 때문에 병원을 찾았지만, 의사는 아버지에 대해 지나치게 상세히 물었다. 떠올리고, 바라보고, 술회하는 모든 과정은 고통스러웠다. 결국에는 좋아질 거예요. 스무 번의 상담 세션이 끝나고 약을 끊던 날 의사는 규에게 72색 색연필을 선물로 주었다. 심리상태를 알아보기 위해 그린 그림에서 놀라운 재능을 봤다고 농담하며 의사는 악수를 청했다.

규는 다시 사무실로 들어가기 위해 시동을 걸다가 휴대폰을 꺼내 일자리 알람을 열었다. 아직 자리가 있었다. 수락 버튼을 눌렀다. 마침 그때 돌고 돌던 마음의 화살표가 동그라미의 한 조각을 차지한 '할 수 있겠다'에 닿아서 가능했다. 그것은 한 줌의 충동과 몇 개의 우연과 또 얼마간의 용기가 필요한 일이었지만, 오늘 저녁 여섯시까지 출근하라는 응답을 받고 나니 운명이려니 싶었다.

딱딱한 냉동 만두가 휘어진 슬라이드에서 쏟아져내렸다. 플라스틱통을 단단히 붙잡고 대기했다. 어라, 만두는 예상했던 방향보다 훨씬 위쪽으로, 훨씬 빠른 속도로 떨어져내렸다. 산탄총을 발사한 듯 달려드는 그것을 보며 규는 눈을 질끈 감았다. 만두는 규의 아랫도리를 무차별적으로 난타했다. 만두를 담아야 하는 플라스틱통으로 아랫도리를 막았다. 본능적인 방어라고 해도 우스운 꼴을 면하지는 못했다. 쪽팔렸다. 겨우 이 정도의 방향 전환과 속도에도 대처하지 못하다니. 포르쉐를 타고 한밤의 하이웨이를 시속 240킬로미터로 달려도 끄떡없지 않았던가. 돼지고기와 부추를 섞는 만두소 작업을 하던 앨릭스가 뛰어와 정지 버튼을 누른 후에도 만두는 한동안 더 떨어져내렸다. 규는 플라스틱통을 내려놓고 알싸하게 아픈 물건을 양손으로 감쌌다. 등산 바지 여기저기 만두 파편이 덕지덕지 붙었다. 컨베이어 벨트가 정지되어 작업은 몇 분이나 멈췄다. 왓 어 뉴비! 일손을 놓은 사람들은 애송이라 쿡쿡대며 한심한 듯 쳐다봤다. 포르쉐 가이구나! 누군가는 규를 알아봤다. 너 정도가 포르쉐를 가지다니! 그런 말을 들은 것도 같았다. 슈퍼바이저는 규 대신에 앨릭스를 투입했다. 다시 컨베이어 벨트가 돌아가자, 사람들은 재빨리 웃음을 거두고 각자의 자리로 갔다. 빗자루로 바닥에 떨어진 만두를 쓸어 담았다. 만두는 그새 녹아 끈적거렸다. 이츠 오케이! 슈퍼바이저는 규에게 반죽 코너로 옮기라고 말했다. 오케이하지 않다는 뜻이라는 건 규도 알았다.

반죽은 넓적한 두부처럼 잘려 켜켜이 포개져 있었다. 그걸 기계의 입구에 넣으면 넓게 펴졌고 그 위로 프레스가 내려와 만두피 모양이 동그랗게 찍혔다. 나이든 여자 셋이 띄엄띄엄 앉아 구멍난 만두와 찢어진 만두와 찌그러진 만두를 골라냈다. 마치 불량품이 일정한 속도로 생기는 것처럼 보일 정도로 그들의 몸놀림에는 리듬감이 있었다. 규는 반죽을 알맞은 타이밍에 채우고, 만두피 모양으로 찍고 남은 가장자리 반죽을 다시 반죽기에 던져넣었다. 자주 머뭇거리다 허둥지둥 움직이느라 혼자만 바빴다. 반죽기 앞에서 녹은 만두를 밟아 휘청하기도 했다. 뜻 모를 일본어가 선명하게 박힌 거대한 반죽기는 반죽덩어리를 공놀이하듯 굴리며 맹렬히 돌아갔다. 거기로 떨어졌다가는 뼈도 추리지 못할 것 같았다. 실내가 서늘한데도 땀이 맺혔다. 옷소매로 땀을 닦았다. 어릴 때 노동으로 다져둔 근육은 어느새 빠져버렸나. 일주일에 세 번씩 피트니스 센터를 다니며 만든 근육은 도대체 뭐란 말인가. 하긴 인생 전체가 육체노동을 피하기 위해 달려온 길 아니었던가. 그사이 규는 베테랑 회계 감사원이 되었다. 이제 보고서쯤은 눈감고도 쓸 수 있다. 숨겨둔 돈을 찾는 데도 전문가다. 십 년 동안 규는 사람들이 얼마나 능숙하게 거짓말을 하는지 알게 되었고 거기에 속지 않는 법을 훈련했다. 이름이나 주소를 묻다보면 명백한 사실을 말할 때의 표정이 나왔다. 일말의 동요도 없는 얼굴근육. 혼란이 없는 얼굴. 그것을 기억하는 것이 중요했다.

"실망이네요. 난 어디 마피아라도 되는 줄 알았는데 세무공무원이라니."

말은 그리했지만, 진은 안심하는 눈치였다. 진의 표정에 규도 안심했다. 워킹 홀리데이로 캐나다에 온 진은 규의 단골 커피숍 바리스타였다. 첫날 진이 주문을 받으며 이름을 물어보았다. 규는 규 대신 큐라고 대답했고 진은 종이컵에 'Kyu'라고 적었다. 그을린 얼굴, 보라색으로 물들인 머리에 테가 두꺼운 검은 안경을 쓴 진도 한국 사람처럼 보이지 않았다. 두 달쯤 그렇게 눈인사를 나누었다. 어머, 쏘리! 진이 바닐라 시럽 오트밀 라테를 규 쪽으로 밀며 거품을 조금 쏟았을 때 짧은 한국말을 했다. 괜찮아요. 규도 한국말로 대답했다. 둘은 서로 민망해서 실없이 웃었다. 워킹 홀리데이를 왔는데 워킹만 하고 홀리데이는 못 누린다는 진을 포르쉐에 태울 때만 해도 데이트라고 생각하지 않았다. 서른 초반까지는 가끔 친구들이랑 어울려 여자를 만나기도 했다. 하나에 삼 달러짜리 굴을 안주로 화이트 와인을 마신 날은 삼백 달러짜리 계산서를 받아들고 당황했지만 함께 마신 여자는 얼굴도 기억나지 않았다. 클럽에서 만나 하룻밤을 보낸 낯선 여자도 있고, 지나치게 해석하고 공들인 여자도 있었지만, 어느 것도 진짜 연애에 이르진 못했다. 물론 그것조차 다 오래전 일이었다. 이제 규에게 연애는 떠올리기만 해도 오글거리는 무엇이 되어 있었다.

"오로라 때문에요."

진은 오로라가 보고 싶어 캐나다를 선택했지만 오로라를 보려면 세 시간이나 더 비행기를 타고 북쪽으로 가야 한다는 사실까지는 몰랐다고 했다. 그런데 물가가 비싼 이곳에서 막상 먹고살려니 오로라는 뒷전이 되었다며 눈썹을 치켜올리고 어깨를 으쓱했다. 규는 그런 진이 귀여웠다.

"오로라를 꼭 닮은 야경은 어때요?"

생각지도 못한 말이 툭 튀어나왔다. 어둡고 꼬불꼬불한 산

길을 타고 한참을 올라갔다. 아무도 없을 거라 생각한 산 위 주차장에는 먼저 온 차들이 도시의 밤을 향해 서 있었다.

"자세히 보면 초록빛이 일렁일 거예요."

호수에 비친 불빛을 가리키며 규는 그런 말도 했다. 어휴, 정말 부끄러움은 나의 몫이었지. 진은 아직도 종종 그 말투를 흉내내며 닭살이 돋은 것처럼 팔을 쓸어냈다. 제발, 그만. 규는 귀를 막고 고개를 흔들었다. 하지만 규와 진은 그날 산 위에서 밤을 지새웠다. 바다 너머로 떠오르는 해를 함께 보았다. 뭐였을까. 그날 규는 태어나서 제일 많은 말을 했다. 진은 고개를 끄덕이며 규가 지나온 삶에 귀기울였다. 그러다 가끔 규의 마음이 어땠을지, 왜 그랬을지 알 것 같다고 가만가만 말했다. 진의 말은 평생 저 깊숙한 데서 웅크리고 있던 규의 근육에 곧장 닿았다. 낡은 코롤라를 길가에 버려두고 저도 모르게 바다로 뛰어들었던 이야기 때문이었을까. 바닷물 속으로 머리를 밀어넣고 검은 바닥을 기어다녔던 이야기를 했을 때였나. 규가 얼마나 포르쉐의 가죽냄새를 좋아하는지 말했을 때였나. 진이 규의 입술에 키스했다. 취향을 가진 당신은 소중해. 사랑은 다른 걸 조금 뭉개며 지켜야 진짜 빛나지. 진이 하나씩 꺼지는 도시의 불빛을 바라보며 말했다.

"헤이, 큐! 냉동실로 좀 가줘. 거기 사람이 필요해."

반죽을 제때 기계로 넣지 못해 공백이 생기자 슈퍼바이저는 특단의 조처를 취했다. 규는 한 시간 만에 세번째로 파트를 옮겼다. 냉동실이라면 냉동창고 아닌가. 이쯤에서 그만둬야 하나. 규는 진지하게 퇴각을 고민했다. 이래저래 발에 차이는 신세라니 자존심도 상했지만 그보다 차가운 냉동실이 덜컥 겁도 났다. 얼마 전 규는 생애 두번째 앰뷸런스를 타고 응급실에 실려갔다. 엘사에게 우유를 먹이는 중이었다. 갑자기 팔이 축 처지며 우유병을 떨어뜨렸다. 우유병을 잡아야 한다고 생각했지만 팔이 뻗어지지 않았다. 장난치지 말고 애 좀 잘 잡아. 샤워하고 나오던 진이 알몸으로 물을 뚝뚝 흘리며 말했다. 그렇게 물을 흘리고 다니면 엘사가 미끄러질지도 모른다는 말을 규는 끝마치지 못했다. 말이 꼭 늘어진 테이프 같았어요. 의시를 만난 진이 엘사를 안고 울먹였다. 의사는 뇌졸중이라고 했다. 갓 마흔을 넘겼는데 뇌졸중이라니요! 진이 의사에게 따지듯 말했다. 규는 아버지도 뇌졸중으로 쓰러졌다는 걸 떠올렸다. 어떤 것도 공유하고 싶지 않았는데. 그런 걸 물려받다니. 너무 분해서 뇌를 반납이라도 하고 싶었다.

"그리 독한 인간이다, 그 인간이."

어머니는 자주 술에 취했다. 술에 취하면, 아버지가 던진 재떨이에 맞아 부러져 어긋나게 붙어버린 쇄골을 보여주겠다며 옷을 벗었다. 쇄골보다 늘어진 가슴이 먼저 눈에 들어와 고개를 돌렸다. 어머니는 아버지가 얼마나 나쁜 인간인지 규가 꼭 알아주기를 바랐고, 동시에 아버지를 미워하지 않기를 바랐으며, 무엇보다 아버지에게 버림받지 않기 위해 규가 좀더 애써 주기를 바랐다. 그러니까 전화라도 자주 해. 어머니의 결론은 언제나 그거였다.

"무슨 일이야?"

전화하거나 찾아가면 아버지의 첫마디는 항상 같았다. 친구에게 쥐어터졌거나, 수학 올림피아드 반에 뽑혔거나, 졸업식에서 답사를 하게 되었다는 소식은 아버지의 그 한마디 앞에서 가차없이 쪼그라들었다. 규가 중학생이 되었을 때 아버지는 딸 같은 여자를 만나 딸을 낳았다. 아들이 아니라서 다행이라고 안도하던 어머니는 술을 마시고 천변에 내려가다가 철제 계단에서 굴렀다. 들것에 실린 어머니의 얼굴은 온통 피투성이였다. 규는 아버지보다 어머니에게 더한 배신감을 느꼈다. 아버지는 매달 생활비를 꼬박꼬박 보내는 사람이었다. 그 때문에 아버지가 규를 완전히 떠나지는 않았다고 생각했다. K대학교 기계공학과에 입학한 후 무덤덤하던 아버지의 태도는 돌변했다. 마치 지난 시간의 무심함이 의도적인 테스트였다는 듯이, 규가 그 테스트를 통과해 무척이나 기쁘다는 듯이 다정해졌다. 그리고 적극적으로 규의 삶에 개입했다. 그것은 늘 무심한 것보다 더 나빴다.

"이민 가면 군대 안 가도 돼. 다시 대학 공부를 시작해도 네 친구들보다 훨씬 빠른 거야."

첫 학기를 마쳤을 때 아버지는 막걸리를 잔에 채워주며 함께 캐나다로 가자고 규를 설득했다. 모둠전의 제일 가운데에 놓인 육전을 규의 접시에 올려주며 아낌없이 주는 사랑을 실천하려는 듯했다. 하지만 육전의 고기는 얇았고 밀가루옷은 너무 두꺼웠다.

"아버지가 가버리고 나면 너는 낙동강 오리알 되는 거야. 따라가길 백번 잘하는 거다. 눈에서 안 보이면 자식이라도 정이 얇아지기 마련이다, 너."

아버지보다 열 살쯤 더 많아 영감티가 나던 어머니의 새 애인이 공항까지 운전해주며 규의 앞날을 축복했다. 옆에 앉은 어머니도 고개를 끄덕이며 동조했다. 정말 꼴 보기 싫은 광경이었다.

이민 가방 두 개를 밀고 공항 밖으로 나왔다. 아버지는 눈이 유난히 크고 볼이 통통한 아이의 손을 잡고 나를 기다리고 있었다. 아버지와 꼭 닮은 아이를 보는 일은 신기했다. 규는 금세 은수가 좋아졌다. 샌드위치 숍에서 일을 시작하고 첫 월급을 탔을 때 규는 신데렐라와 마차 장난감을 은수의 선물로 샀다. 똑, 똑, 오빠 있나, 오버. 은수는 자주 규의 방문을 두드렸다. 규의 침대에 엎드려 낯선 영어 이름들을 들먹이며 학교에서 있었던 일을 시시콜콜 말하곤 했다. 그림을 그리거나 삐뚠 글씨로 편지를 써서 방문 아래로 밀어넣기도 했다. 편지의 끝에는 하트를 그리고 'LOVE'라고 쓰는 것도 잊지 않았다.

슈퍼바이저의 요구대로 냉동창고로 포지션을 옮겼다. 기왕에 왔으니 오늘 일당은 챙겨야 했다. 하얀 유니폼 사이에서 슈퍼바이저의 형광 오렌지 슈트가 분주히 움직였다. 마치 용액을 휘저어 섞는 막대 같다고 규는 생각했다. 그녀는 앱의 현란한 안내에 홀려 흘러들어온 초보 노동자들보다 훨씬 더 어렸지만 매우 노련했다. 당당함과 유연함을 양날개에 단 무적의 오렌지 슈트. 규는 그녀를 볼 때마다 은수를 떠올리지 않을 수 없었다.

포장 파트에서는 2.5킬로그램의 만두 봉지 여섯 개를 상자에 넣고 테이핑을 했다. 컨베이어 벨트로 들어오는 박스를 팀이 던지듯 밀어주면 규는 그것을 냉동창고로 가져갔다. 지게차가 작업하기 쉽게 팰릿 위에 상자를 차곡차곡 쌓았다. 규는 15킬로그램의 상자를 놓치지 않기 위해 배에 힘을 잔뜩 주었다. 광배근을 기억하는 것도 잊지 않았다. 예순은 족히 되어 보이는 팀이 너무 부지런히 움직였기에 규가 요령을 피우기는 힘들었다. 팀은 목과 가슴팍의 검게 그을린 피부가 유난히 쪼글쪼글했지만 골격은 건장했다. 특히 툭 불거진 팔근육에서는 입체감이 고스란히 느껴졌다. 상자를 들어올릴 때마다 팔에 그려진 플레어스커트를 입은 여자가 곧장 걸어나올 것만 같았다.

쉬는 시간은 십오 분이었다. 규는 주차장으로 뛰어나가 포르쉐의 안전을 체크했다. 포드 트럭이 문을 열면 포르쉐가 다칠 수도 있을 것 같았다. 규는 차를 빼내 그새 자리가 난 공장 입구 쪽으로 옮겼다.

"네 거야? 멋지네."

담배를 피우던 팀이 포르쉐를 가리켰다. 밤공기가 시원했다. 나란히 서보니 팀의 키는 규보다 한 뼘이나 더 컸다. 건장했을 그의 젊은 몸을 상상해보는 건 어렵지 않았다. 팀의 몸피에는 젊은 시절이 아직 지도처럼 새겨져 있었다. 규는 젊은 몸의 흔적이 모두 사라졌던 아버지를 떠올렸다. 쫓겨나다시피 집을 나온 후 서너 번 더 아버지를 본 적이 있었다. 마지막으로 보았을 때 아버지의 몸피는 형편없이 줄어들었고 꾸부정해졌다. 그래도 한눈에 알아보았다. 한눈에 알아볼 수 있다는 게 싫기도 했다. 아버지는 한인 마트에서 석 단에 일 달러짜리 파를 지나치게 열심히 고르고 있었다. 아시안 푸드코트에서 고개를 숙이고 혼자 음식을 먹는 아버지를 본 날, 규는 중식 국수 한 그릇을 다 비울 때까지 그 등을 바라보았다. 미워하기도 힘들 만큼 늙은 등을 보며 아직 해결되지 못한 자신의 응어리는 어디에 집어던져야 할지 막막해졌다.

　새벽 두시에 공장 일이 끝났다. 규는 사람들을 제치고 주차장으로 뛰어가 차를 빼냈다. 강가라 그런지 물안개가 자욱했다. 가로등 아래 차를 주차하고, 엎어진 아이를 일으켜세워 살피듯 포르쉐를 들여다봤다. '엘사 이제 잠들었어. 힘들면 그냥 와.' 애플워치에 진의 메시지가 떴다. 엘사는 여전히 잠투정이 길었다. 눈물, 콧물을 흘리고 소리지르며 우는 모습까지 사랑스러운 엘사. 세상에 그런 사랑이 있다는 걸 규는 상상조차 하지 못했다. 규는 엘사를 떠올릴 때마다 저절로 미소가 지어졌다. 그러면서 아버지는 단 한 번이라도 어린 규에게 이런 마음을 느꼈을까 궁금해졌다.

　진은 엘사의 잠투정에 걱정이 많았다. 목조 아파트라 아이의 울음소리가 복도까지 쩌렁쩌렁 울렸다. 누가 컴플레인이라도 하면 쫓겨나는 거 아니야? 진은 아이를 달래려 전전긍긍했다. 콘크리트 건물은 좀 나을까? 진은 물었다. 그때마다 규는 포르쉐를 팔아야 할까 생각했다. 생각만으로도 생살이 찢어지는 고통이 몰려왔다. 자신의 전 생애가 부정당하는 느낌이었다.

　"내일도 올 거야?"

　팀이 지나가며 물었다. 포르쉐를 타는 네가 왜 여기에 왔느냐고 묻는 걸까. 메이비. 규는 대답했다. 팀은 알 듯 말 듯 한 표정으로 고개를 끄덕였다. 아직도 포르쉐는 규의 생에 좀체 달라붙지 않았다.

스무 살에 처음 본 포르쉐 911은 5세대였다. 빨간 포르쉐 911 카레라. 포르쉐의 근본이라 할 수 있었다. 포르쉐에서 내린 남자는 샌드위치 숍 문을 밀고 들어왔다. 그는 마요네즈 대신 겨자를, 체더 대신 스위스 치즈를, 상추 대신 오이를, 토마토는 두 겹으로 두툼하게 깔아달라고 주문했다. 사장은 그의 까다로운 주문이 맘에 들지 않는 듯 별꼴이라는 표정이었지만 규에게는 그마저 멋져 보였다. 그는 두둑한 팁을 내밀고 규가 건네는 샌드위치 백을 긴 손가락으로 받았다.

"저게 바로 포르쉐 나인원원이군요. 아름다워요."

남자가 포르쉐에 올라타서 시동을 걸고, 부드럽지만 강력한 엔진소리를 내며 주차장을 빠져나가는 걸 멍하니 바라보며 규가 말했다.

"나인일레븐이야. 나인원원은 앰뷸런스지."

사장은 자신의 농담에 만족한 듯 큰 소리로 웃었다. 규는 그 주말에 시내로 나가 포르쉐 911 브로마이드를 샀다. 언젠가는 나도 타고 말 테야. 스무 살의 규는 그렇게 정했다. 책상 위에 붙여놓으니 방이 그럴듯해졌다. 꼴에 사내라고. 아버지는 코웃음을 쳤다. 규는 영어 단어를 외우다가 그 옆에 포르쉐를 그리기 시작했다. 이민을 오지 않고 기계공학을 계속 공부했더라면 이런 차를 그리는 대신 만들 수도 있지 않았을까. 그런 생각이 들 때면 한국이 몹시 그리워졌다. 규는 몇 해 버티지 못하고 아버지 집에서 쫓겨났다. 반지하에 방을 얻었다.

규가 회계사로 세무 공무원이 된 2011년에 포르쉐 911 7세대가 생산되었다. 완벽하게 아름다운 차였다. 이 모델로 사야겠다. 당장 살 수는 없지만 모델은 미리 정할 수 있지. 규는 더욱 열심히 포르쉐를 그렸다. 벽은 포르쉐 그림으로 빈틈없이 채워졌다. 자고 일어나면 회사에 가고, 사람들을 추궁해서 세금 도둑을 잡아내고, 밥을 먹고, 또 일을 했지만 그게 삶이라고 생각하지 않았다. 그렇게 살다보면 삶에 도달할 것이라고 생각했다. 떠나왔지만 어떤 곳에도 도착하지 못했다고 느껴지는 밤이면 바퀴 틈새의 명암까지 상세히 새겨넣었다. 그림은 점점 더 치밀해졌고 그럴수록 포르쉐와 친밀해졌다. 규는 포르쉐를 제외하면 더이상 무엇도 그리워하지 않는 사람이 되었다. 2019년, 포르쉐 911 8세대가 나오며 7세대가 단종된다는 소식을 들었다.

규는 초조해서 잠들 수가 없었다. 막연히 품은 꿈에 이토록 단호한 유통기한이 있을 거라는 생각은 하지 못했다. 상실감은 당혹스러웠다. 그 당혹감은 덮어두었던 많은 것을 부주의하게 들쑤셨다. 아버지에 대한 원망과 자신의 선택에 대한 환멸과 여태도 그런 생각에서 벗어나지 못했다는 자괴가 뒤엉켜 밤도 낮도 엉망이었다. 마흔이 다가오는데. 이렇게 끝낸다고? 캐나다로 온 스물과 대학을 졸업하던 스물일곱, 세무 공무원이 된 서른둘과 어머니를 묻고 돌아온 서른다섯. 가까스로 하나씩 매듭을 지어온 시간들이 얇은 막을 찢고 엉겼다. 꼬박 스무 해였다. 한 번도 찬란해져보지 못하고 이렇게 시간이 흘렀다. 자칫하다가 이렇게 생이 끝나버릴 수도 있었다. 딱 한 번만이라도! 그런 생각이 들자 포르쉐를 사는 것은 생을 지속하기 위해 하나의 문을 닫고 다른 문을 여는 것처럼 필연적인 사명으로 느껴졌다.

마흔 생일을 사흘 앞두고 차를 받기로 했다. 캐나다에 딸랑 두 대가 남은 7세대 중 하나였다. 딜러가 차를 몰고 캘거리에서부터 열두 시간을 달려왔다. 약속 세 시간 전부터 만나기로 한 쇼핑몰의 주차장을 서성였다. 떨렸다. 떨림 사이로 미세한 불안감이 밀려와 맘껏 기뻐할 수도 없었다. 그러다가, 오, 나의 포르쉐! 포르쉐가 규 앞에서 멈춰 섰다. 이토록 아름다운 것을 오롯이 혼자 보다니. 자랑할 사람이 딱히 떠오르지 않았다. 아무도 부러워해주지 않는 삶은 아무것도 부럽지 않은 삶보다 불행하기 마련이다. 그러나 행인들이 멈춰 서서 부러운 눈빛을 숨기지 않으며 규와 포르쉐를 번갈아 바라봐주었다. 규는 왼손을 뻗어 운전대 왼쪽에 위치한 열쇠구멍에 열쇠를 찔러넣었다. 오른손으로 잡아. 어머니는 밥 먹던 숟가락으로 규의 손등을 툭툭 쳤다. 도대체 누굴 닮았냐. 아버지는 왼손잡이 규를 의심했다. 포르쉐의 열쇳구멍은 왼손잡이 규에게는 완벽한 위치에 있었다. 오랫동안 오른쪽 구멍에 닿기 위해서 몸을 기울이고 비틀고 더듬었던 시간들을 규는 맘껏 비웃어주었다.

다리 아래에는 짙은 안개가 고여 있어 공단 전체가 물속에 잠긴 듯 보였다. 만두 공장의 불빛도 안개에 풀어지듯 번져 있었다. 지친 몸과 달리 정신은 지나치게 말짱했다. 긴장이 풀리니 배도 고파졌다. 예전에 일하던 편의점이 근처에 있었다. 오랜만에 샌드위치나 먹어볼까. 규는 집과 반대 방향으로 차를 돌렸다. 도로에는 차가 거의 없었다. 근무 교대하는 이들로 왁자한 공장을 방금 빠져나온 터라 도로의 적막은 다른 세계로 뚝 떨어진 것처럼 낯설었다.

모두 어디로 갔는가. 동력이 끊어진 글라이더의 적막이 이런 걸까. 나는 왜 이 적막이 아름답지 않고 불안한 걸까. 한 마을이 타버리거나 물속에 잠겨도 자신만 모를 것 같은 느낌에 등줄기가 서늘했다. 분명 잠이 들었는데 어느 순간 잠 밖으로 나와 골몰히 뭔가를 생각하고 있는 밤이면 은근했던 느낌은 강력한 예감이 되어 규를 사로잡았다. 간혹 분열적인 예감에서 끝나지 않을 때도 있었다. 포르쉐를 산 바로 그날 아버지가 죽었다는 것을 일 년이 지나서야 우연히 알게 되었을 때도 그랬다. 아버지. 규의 아버지는 죽음마저 사나웠다.

비닐에 싸인 몬트리올 스모크드 샌드위치를 뜯자 스모크 향과 겨자 향이 확 풍겼다. 이리 냄새가 강했나. 편의점에서 일할 때, 유통기한이 끝나 폐기 처분해야 할 샌드위치 가운데 몬트리올 스모크드를 보면 호주머니에 숨겨두고 먹곤 했다. 훈연된 풍부한 고기 향에 겨자는 아주 잘 어울렸다. 규는 입을 크게 벌려 한입 베어물었다. 고기는 차갑고 빵은 딱딱했다. 겨자는 썼다. 냉장고에 너무 오래 있었나. 슬러시를 쭈욱 빨아 쓴맛을 지웠다. 차 안을 맴도는 샌드위치 냄새가 거슬렸다. 더이상 포르쉐의 날 선 가죽냄새가 나지 않는다는 사실에 짜증이 났다. 규는 포르쉐의 냄새를 오염시키지 않으려고 차 안에서는 어떤 것도 먹지 않았다. 샌드위치를 먹는 건 상상조차 하지 못했다. 포르쉐는 그런 걸 하는 차가 아니라고 믿었다. 하지만 배고파서 우는 엘사에게 우유를 먹이는 진을 말리지는 못했다. 믿을 수 없게도 아이가 우는 순간 포르쉐의 냄새라는 것이 말도 안 되게 하찮게 느껴졌다. 포르쉐의 냄새가 하찮다니. 용서할 수 없는 이율배반이었다.

집으로 가는 길은 빅터 브리지 대신 프린스 브리지를 선택했다. 다리의 완강한 쇠줄 사이로 검푸른 산의 능선이 보였다. 그사이 어둠은 정점을 찍고 미세하게 밝아졌다. 멀리 보이는 마천루가 성냥갑처럼 사소했다. 한가한 도로였지만 속력을 높이고 싶은 마음이 들지 않았다. 규의 뒤편에서 경고등을 켠 경찰이 전속력으로 달려 규를 앞질렀다. 아버지가 술에 취해 휘두른 골프채에 규의 머리가 찢어졌던 날 아버지는 수갑을 차고 경찰차에 실려갔다. 피를 철철 흘리던 규는 경찰이 부른 앰뷸런스에 실려 병원으로 갔다. 머리를 열여섯 바늘이나 꿰매고 돌아오니 은수는 방문을 닫아걸고 나오지 않았고 은수의 엄마는 규의 가방과 옷가지를 2층에서 밖으로 던져버렸다. 911에 범죄 신고를 한 것은 규가 아니었지만 은수의 엄마는 믿지 않았다. 그날 신고를 한 건 은수였을까. 옆집 폴이었을까? 규는 자주 그런 생각을 했지만 은수에게 물어보지는 않았다.

포르쉐의 곡선과 다리의 오르막이 하나의 선으로 만났을 때 규는 가속페달을 꾹 밟았다. 페달의 저항이 묵직하게 전해졌다. 기어를 6단, 7단으로 높였다. 차는 다리 능선의 꼭짓점을 향해 날아가듯이 돌진했다. 등이 의자에 기분좋게 부딪혔다. 다리의 능선 끝에 산이 보이지만 사실 그 끝에는 내리막이 있다는 걸 규는 이제 알았다. 그 앎이 다행스러웠다. 다리의 끝에 다다르니 길은 여러 갈래로 갈라졌다. 규는 짧은 순간 혼란스러웠지만 다행히 브레이크를 밟고 집으로 가는 P턴 도로에 올랐다. 98번 고속도로를 벗어나니 속이 참을 수 없이 울렁거렸다. 규는 갓길에 급히 차를 세웠다. 시큼한 것들이 쏟아져나왔다. 토하면서 안전띠를 풀었지만 이미 늦었다. 토사물이 차 여기저기 튀었다. 규는 차에서 내려 막 권투 시합을 끝낸 선수처럼 가쁜 숨을 몰아쉬었다.

"에구, 달걀 한 판이나 들어갈까 몰라."

포르쉐의 트렁크를 열자, 처음 트렁크 내부를 보았을 때 진이 했던 말이 떠올랐다. 트렁크가 작은 것은 차가 작은 것보다 더 치명적이야. 진은 그런 말도 했다. 누르면 빽빽 소리가 나는 오리 장난감과 기저귀 사이에서 물휴지를 찾아냈다. 운전대와 의자와 대시보드를 닦아냈다. 앞유리와 옆 유리도 닦았다. 마지막으로 바지에 튄 토사물을 닦았다. 냄새가 역겨웠지만 속은 한결 편해졌다. 의자를 뒤로 젖히고 눈을 감았다. 달짝지근한 분유 냄새, 이제 막 이유식을 시작한 엘사의 유기농 쌀과자 냄새와 진의 조말론 향수 냄새와 티셔츠를 적시며 줄줄 흐르던 진의 시큼한 젖 냄새가 숨을 들이켤 때마다 느껴졌다. 규를 향해 달려들던 만두와 홈리스 텐트 옆 남자와 남자의 개와 팀의 팔뚝에 새겨진 여자와 배를 살살 긁어주면 까르륵 숨이 넘어가게 웃던 엘사와 질주하는 포르쉐가 감은 눈 속에서 유성처럼 떨어져내렸다. 규는 감은 눈을 더 질끈 감았다. 이내 눈 속이 검어졌다 붉어지더니 푸른빛이 돌았다. 피곤해서인지 규는 그것이 오로라의 빛과 닮았다고 생각했다. 긴 하루였다.

화분의 시간

1

 정희는 동쪽 바다가 보이는 호텔에서 혼자 나흘을 보냈다. 일출을 놓칠까봐 밤새 커튼을 걷어놓고 잠을 잤다. 사흘은 해가 나지 않았다. 흐린 날은 바다도 흐렸다. 아침에 일어나면 정희는 제일 먼저 요양병원에 전화를 했고, 룸서비스로 커피와 토스트를 주문했다. 마스크와 선글라스와 모자를 챙겨 쓰고 호텔 정원 가장자리에 연결된 계단을 백 개쯤 내려와 해안 산책로를 걸었다. 나머지 시간에는 대부분 침대에 길게 누워 바다를 보다가 졸다가 했다. 호텔 침대에 누우면 해안선이 보이지 않고 바다만 창에 가득 출렁거렸다. 그 때문에 물에 떠 있는 듯 살짝 어지러워지기도 했는데, 정희는 그 느낌을 좋아했다. 사막 도시 모압에서 정희는 고향의 많은 것이 그리웠다. 키를 넘는 파도와 그 파도 너머 떠오르는 해와 막 쪄낸 대게와 계곡을 끼고 걷는 산길과 물기 가득한 숲을 걸어내려와 먹던 혀가 얼얼하게 차고 신 물회를 생각했다. 그러나 막상 고향으로 돌아오면 시외버스 터미널에서 택시를 잡아타고 곧장 엄마 집으로 갔고, 마트에서 간단한 장을 보는 것을 제외하면 외출은 거의 하지 않았다. 그토록 하고 싶었던 것도 먹고 싶었던 것도 순식간에 사라졌다. 정희는 그리움이란 참으로 추상적이어서 고향에 도착하는 순간 비누 거품처럼 사라지는 가짜 욕망 같은 거라고 짐작했다. 여태 자신을 기억하는 사람들과 우연히 부딪치는 것은 거북했다. 정희의 지난 생을 한눈에 알아내고 말겠다는 듯 아래위로 훑어내리는 고향 사람들의 시선은 불편했다. 그 불편이 어설픈 욕망을 이겼다.

2

"죄송한데요. 면회는 불가합니다. 환자분들이 감염이라도 되면 큰일이니까요. 무엇보다 정부 방침이 그렇습니다."

요양병원 직원의 목소리에는 친절도 분노도 없었지만 정희는 그 이면에 존재하는 견고한 방어벽을 뚜렷이 느꼈다. 이 시국에 면회를 원하는 보호자에게 감정이입해서 어설픈 희망을 주었다간 더 골치가 아파진다는 걸 알고 있는 게 분명했다. 정희는 외국에서 들어왔고, 오래 만나지 못했으며, 이렇게 돌아가면 또 언제나 올 수 있을지 모르겠다고 어제도 했던 말을 또 했다. 외국에서 들어왔다는 이야기는 하지 않는 게 더 나았을까. 자신 같은 사람들을 이 난리의 원흉으로 취급한다는 걸 공항 입국장에서부터 느끼던 참이었다.

"307호 염현자 어머님 상태를 더 자세히 알고 싶으시면 간병인에게 전화해보세요. 그편이 정확할 겁니다."

담당 의사와 통화라도 할 수 있느냐는 정희의 말에 직원은 간병인의 전화번호를 불러주었다. 간병인에게 전화할 생각을 하니 마음이 복잡했다. 내 어머니의 똥 기저귀를 갈고 음식을 떠먹이는 이에게, 음식을 느릿느릿 씹어 삼키는 걸 인내심을 가지고 지켜보는 이에게, 함께 밤을 보내는 이에게 얼마간 난감한 죄책감과 수치심을 느꼈다.

정희는 지난 삼 년 동안 엄마를 만나지 못했다. 영희가 걸어오는 영상통화를 통해서 휴대폰 화면 속 엄마를 보았을 뿐이었다. 일 년 전, 엄마를 요양병원에 입원시키는 날도 영희는 정희에게 영상통화를 걸어왔다. 유타주 모압의 시간은 자정쯤이었다. 정희는 야간 담당자에게 모텔 업무를 인계하고 막 잠

화분의 시간　217

이 들었다가 어떤 기척에 눈을 떴다. 무음으로 해놓은 휴대폰 화면이 밝아졌고, 마치 그것이 바르르 떨리는 것처럼 보였다. 불길함이 스쳤다. 어둠 속에서 화면을 밀어 켰다.

"이년이 내를 기어이 이곳에 버리러 왔다! 이 씨부랄 것들아! 이 개자쓱들아! 이것들이 기어이 내를 죽이네!"

요양병원은 지나치게 밝았고 정희의 얼굴은 화면 모퉁이의 검은 사각 속에서 어둡게 뭉개져 있었다. 엄마는 간병인이 환자복을 입히지 못하게 양팔로 어깨며 허리를 감싸안고 소리를 질렀다. 한주먹도 안 돼 보이는 마른 몸에서 저토록 젊고 생생한 독기가 뿜어져나오는 게 지겨웠다. 요양병원 직원은 악을 써대는 엄마를 달래고, 영희는 아무 설명도 없이 그 장면을 정희에게 보여주었다. 네가 저지른 일이 무엇인지 똑똑히 보라는 것 같았다. 정희는 밀려오는 짜증과 두려움을 누르며 엄마를 달랬다.

"엄마, 내가 곧 들어갈게요. 조금만 거기 계세요!"

잠에서 덜 깬 정희의 목소리가 새되게 갈라졌다. 엄마는 눈을 동그랗게 뜨고 정희를 쳐다보는 것 같더니 곧 고개를 획 돌려버렸다.

"사람들아! 나 좀 살려주소. 이년들이 내를 죽이요!"

"엄마, 조금만 기다려. 내가 가서 모시고 나올게."

정희는 어둠 속에서 소리를 질렀다. 악! 영희의 외마디 소리와 함께 영상이 갑자기 꺼졌다. 엄마의 독한 말들이 비명처럼 귀에 울렸다. 정희는 어둠 속에서 한참을 서성이다가 창을 열었다. 모래 섞인 사막의 바람이 불어들어왔다. 낮 기온은 사십 도를 오르내렸지만 사막의 밤은 차가웠다. 뒤늦게 감당할 수 없이 심장이 두근거렸다. 정희는 서걱거리는 모래 위에 무릎을 세우고 앉아 얼굴을 묻었다. 내가 무슨 짓을 한 걸까. 한국으로 나가봐야 할까. 가서 영희의 죄책감을 나눠 가져야 하지 않을까. 모텔은 어떻게 하지? 모텔 운영을 자신에게 맡기고 중학생이 된 딸과 함께 샌프란시스코로 이사를 간 한국인 사장과는 내년 봄까지 계약이 되어 있었다. 지금부터 가을까지는 캐니언랜즈와 아치스 국립공원에 몰려드는 관광객으로 모텔은 눈코 뜰 새 없이 바쁠 터였고 당장 대체할 수 있는 사람을 찾는 건 불가능에 가까웠다.

  영희는 생업이 있고 정희는 멀리 있으니 어쩔 도리가 없지 않느냐며 요양병원 카드를 꺼낸 사람은 정희였다. 그 결정만은 정희가 내려주고 싶었다. 영희는 죄책감에 취약한 사람이었고, 엄마는 영희의 죄책감을 자극할 줄 알았다. 모두 살기 위해서는 정희가 단호해져야 했다. 처음에는 펄쩍펄쩍 뛰던 영희도 못 이기는 척 정희의 결정에 따랐다. 엄마는 요양병원에서 한 달을 채 보내기 전에 격렬했던 저항을 접었다. 그곳에서 일 년을 보내는 동안 엄마는 현실을 받아들이는 대신 현실을 잊기

화분의 시간 219

로 한 사람처럼 서서히 기억을 놓았고 멍해졌다. 의사는 이미 중증에 접어든 알츠하이머 때문이라고 했지만, 영희는 간병인이 엄마를 구박하기 때문이라고 엉뚱한 말을 했다. 그렇게 생각하면 마음이 좀 편해져? 정희는 참다못해 화를 냈다.

엄마는 언제부턴가 영상통화를 할 때도 정희의 말에 대답하지 않았다. 누구야? 이게 누구야? 영희가 휴대폰 화면을 손으로 가리키며 과장되게 호들갑을 떨어도, 정희가 손을 흔들며 엄마, 엄마, 정희잖아요. 정희야, 사랑해, 해봐요. 소리쳐도 엄마는 소리 나는 방향으로 고개를 약간 돌릴 뿐 입을 떼지 않았다. 어떨 땐 세상만사 귀찮은 것 같다가, 어떨 땐 토라진 아이 같다가, 어떨 땐 일부러 정희를 벌주려는 것도 같았다. 어떻게 생각해도 정희의 마음은 편치 않았다. 엄마, 얼른 나아야지, 나랑 같이 꽃놀이 가야지. 정희는 어색하지만 후회하지 않을 말을 골랐다. 얼른 낫자니. 평생 한 번도 가본 적이 없는 꽃놀이는 왜 튀어나왔을까. 전화를 끊고 나면 정희는 절대 통과할 수 없는 시험을 치른 것처럼 민망하고 막막해졌다.

3

나흘째 되던 날에는 뒤척이다가 눈을 뜨니 눈앞의 하늘이 끓어오르듯 붉었다. 정희는 침대 옆 협탁 위에 둔 안경을 찾아 쓰고 창가로 다가갔다. 해가 뜨기 직전이었다. 고인 듯 고요했던 바다가 조금씩 출렁이더니 금세 빛이 바다 위로 온화하게 내려앉았다. 그 위로 굵은 빛 한줄기가 직선으로 뻗었다. 기억 속의 그것과 크게 다르지 않았다.

여섯 살 정희는 선술집 다락에서 비슷한 해를 본 적이 있었다. 자다 깨서 요강에 앉아 소변을 누다가 공책 두 개만한 창이 온통 타오르는 것을 보았다.

"엉가야! 엉가야! 인나라! 어서 인나라! 불났다!"

엉덩이를 깐 채 무릎걸음으로 다가가 자고 있던 영희를 흔들어 깨웠다.

"해뜨는 거잖아, 바보야. 눈부시다. 커튼이나 닫아라!"

부스스 눈을 뜬 영희는 정희가 손가락으로 가리키는 창을 힐긋 쳐다보고 돌아누우며 말했다.

정희는 창가로 기어가 커튼 뒤로 고개를 밀어넣고 바다와 하늘의 경계가 뚜렷하게 갈라지는 것을 보았다. 해는 바다와 하늘 사이를 찢고 올라와 바다 위에 찬란한 금빛으로 길을 냈다. 그 길은 정희의 발아래까지 닿았다. 황홀하고 아름다운 풍경이었다. 그후 오랫동안 정희는 그 바다 위의 길을 걸어가는 꿈을 꾸곤 했다.

정희는 냉장고에서 샴페인을 꺼내 땄다. 어차피 면회는 되지 않았고 할 수 있는 일이 없었다. 영희에게 전화해야 한다고 생각했지만 하루만 더 혼자 있고 싶었다. 이상하고 한갓진 시간이었고 그게 싫지 않았다. 고향에서 이런 시간을 보낼 수 있으리라 생각해보지 못했다. 막상 이런 시간이 닥치자, 오랫동안 기다려온 것도 같았다. 아무런 책무가 없는 시간이었고 아무런 노력도 소용없는 시간이었다. 그 사실은 뜻밖에 불가해한 평온을 가져다주었다. 영희의 호들갑을 피해 엄마를 먼저 만나려고 했지만 면회는 조만간 풀리지 않을 듯했다. 오늘 요양병원 직원은 목소리만 듣고도 염현자 할머니 따님? 하며 알은척을 했다. 정희는 그 밝은 목소리에 약간의 기대를 가졌지만, 그는 정부의 방침이 더 엄격해졌다며 면회 불가를 다시 한번 못박았다. 티브이에서는 연일 감염자 수를 그래프로 내보내며 꼭 필요한 일이 아니면 외출을 자제할 것을 당부했다.

식빵에 땅콩버터와 딸기잼을 발라 꼭꼭 씹었다. 엷은 분홍빛 하늘과 청회색의 바다가 한복 치마저고리같이 색이 고왔다. 바람이 부는지 물결이 제법 일렁였다. 샴페인의 취기 때문인지도 몰랐다. 먹다가 냉장고에 넣어두었던 샴페인을 꺼내 다시 한 잔 가득 따랐다.

앨릭스는 샴페인은 온도가 중요하다며 샴페인의 무게만큼 얼음을 등에 지고 바위 언덕에 올랐다. 일출을 보기 위해 아치스국립공원 야간 트레일을 갔을 때였다. 서늘해서 걷기 좋은 여름밤이었다. 언덕 위 거대한 아치스 바위에 이르는 길은 붉은 모래로 뒤덮여 있었다. 모래는 너무 고와 액체처럼 신발에 스며들었다. 벗어봐. 신발을 벗어들고 맨발로 걷던 앨릭스가 말했다. 정희도 신발을 벗었다. 모래는 밀가루처럼 부드러웠으나 또 얼마간은 단단해서 맞춤한 저항이 느껴졌다. 달빛이 은은했다. 헤드랜턴이 없어도 바위를 피할 수 있을 만큼은 밝았다. 바위에 도착했을 때 하늘에 희끄무레한 기운이 번졌다. 바위는 정말로 테두리만 있고 가운데가 뻥 뚫려 아치 모양을 하고 있었다. 사진으로 보았던 것보다 훨씬 거대했다. 높이가 족히 15미터는 되어 보였다.

"얼고, 녹고, 수축하고, 팽창하다가 붉은 사암의 중심이 뚫렸어. 중심의 느슨해진 돌이 떨어져내리며 구멍은 넓어졌지. 그 사이로 바람이 드나들어 구멍은 점점 더 자랐고."

키가 2미터쯤 되고 종잇장처럼 마른 앨릭스가 상체를 앞뒤로 흔들며 마치 시를 읊듯이 설명했다. 이제 바위는 아슬아슬한 가장자리만 남았다. 그 테두리도 점점 더 얇아지다가 결국 무너져내린다. 앨릭스는 긴 설명을 마치고 샴페인을 잔에 가득 따랐다. 기포 터지는 소리가 아무런 저항 없이 싱그러웠다. 정희는 샴페인을 한 모금 마시고 앨릭스와 키스를 했다. 달짝한 과일 향이 입안에 감돌았다. 해는 적갈색의 사막을 서서히 밝히며 아치의 중앙으로 떠올랐다. 그 풍경을 바라보며 정희는 한국의 동쪽 바다로부터 얼마나 멀리 떠나왔는지 자각했고 안심했다. 정희는 오랫동안 아치 바위에서의 아침을, 그 아침의 몽롱함을, 몽롱함으로 더욱 또렷해진 시간을 떠올렸고, 위안을 얻었다. 그 기억이 앨릭스를 기다리게 한 건 아니지만 그 시간이 자신을 사막에 남게 했을 것이라고 정희는 종종 생각했다. 정희는 앨릭스가 태국으로 떠난 후에도 사막 도시 모압에 남아 이십 년을 더 살았다.

4

호텔에서 해안선을 따라 두어 시간 걸었을 때 엄마의 선술집이 있던 자리에 도착했다. 선술집 앞, 어선들이 정박해 있던 선창은 바닥에 판자를 길게 깐 산책로로 변했다. 산책로 옆으로 새로 지어진 나지막한 건물에 스무 개가 넘는 물횟집이 들어섰다. 고기잡이배들은 하나도 보이지 않았다. 접안하는 배에서 소리치며 던진 밧줄이 시멘트 말뚝에 휘리릭 감기는 장면을 다락방에서 신기하게 내려다보곤 했는데. 해가 질 때면 다락에서 내려와 햇살에 데워진 말뚝에 배를 대고 엎드려 있곤 했는데. 밧줄을 던지던 마디가 굵은 억센 손. 엉덩이를 비비던 딱딱한 남자의 성기보다 입을 막던 손이 정희는 더 무서웠다. 그 손 때문에 숨을 쉴 수가 없었으므로 아직 어렸던 정희도 쉽게 죽음을 떠올렸다. 왜 그날은 영희도 없고 엄마도 없었을까. 왜 나만 다락방에서 잠들었을까. 그 일은 정말 내게 일어났을까. 아무도 답할 수 없는 의문들이 목덜미를 서늘하게 했다.

"언니, 들어와서 물회 좀 먹어봐. 맛있어, 맛있어. 먹어봐."

꽃무늬가 자글자글 그려진 챙 넓은 모자를 쓴 여자가 정희의 옷자락을 잡아끌었다. 아는 사람이라도 만날까 고개를 외로 꼬다가 슬쩍 훔쳐본 얼굴들은 하나같이 낯설었다. 마스크 때문이었을까. 어쩌면 모두 타지 사람들인지도 몰랐다. 건어물 가게들이 늘어놓은 북어포나 멸치, 곱창 김도 이 지역의 것은 아니었으니까. 정희는 제일 끝 집 유리문을 밀고 들어가 물회를 시켰다. 손님이 더 오시껌미까? 주문을 받던 남자가 물었다. 정희는 시선을 피하며 고개를 저었다. 전복과 해삼, 개불이 올려진 물회는 혀뿌리가 뻐근할 만큼 시고 달고 차가웠다. 음식은 언제나 기억 속의 맛과 조금씩 어긋났다. 정희는 물회를 밀쳐두고 오징어회와 소주를 시켰다. 갈매기가 끼룩끼룩 소리를 내며 날았다. 소주를 한 잔 쭉 들이켰다. 어디 낯선 곳에 여행이라도 온 것 같았다. 엄마를 가두고서 비로소 자유를 얻은 건가. 죄의식이 찰랑거렸다. 소주를 반병쯤 마시고 계산대 앞에 서서 지갑을 꺼낼 때, 혹시 영희 동생 아임미까? 하

화분의 시간 225

고 남자가 물어왔다. 정희는 산책로 벤치에 앉아 영희에게 문자를 보냈다. 나 왔어. 서울에서 손님들과 같이 왔어. 내일쯤 손님 보내고 만나. 정희의 거짓말을 영희는 의심하지 않고 믿었다. 여전히. 영희는 그랬다.

택시를 타고 해수욕장으로 갔다. 정희가 고등학생 때 교회 오빠에게 처음으로 고백이라는 걸 받은 곳이었다. 정희는 그를 엄마의 선술집 앞으로 데리고 갔다. 젓가락 장단에 맞춰 〈동백 아가씨〉를 부르는 엄마의 노랫가락이 선술집 밖에까지 흘러나왔다. 여기가 우리집이야. 정희의 기세에 눌린 건지, 선술집 딸이 싫었던 건지 그후로 그는 교회에도, 정희 앞에도 나타나지 않았다. 모래사장에 서핑 보드를 박아 경계를 표시한 카페로 들어갔다. 덱 위의 의자는 일제히 바다를 향해 한 방향으로 놓여 있었다. 여전히 바람은 거칠었고 그게 조금 안심이 되었다. 정희는 담요로 몸을 둘둘 말고 카페 선베드에 앉아 커피를 마셨다. 검은 고무 슈트를 입은 남자가 파도 위에서 중심을 잡느라 무릎을 구부린 채 양팔을 옆으로 쭉 뻗고 있었다. 모래사장에서 초록 물방울 원피스를 입은 여자가 남자를 향해 연방 셔터를 누르고 있었지만, 근사하게 서 있는 모습을 포착하는 것에는 번번이 실패했다. 못 찍었어. 다시 서봐. 여자는 파도 저편 남자에게 소리쳤다. 그들 사이로 파도가 밀려오고 또 밀려왔다. 물기 머금은 바람이 몸에 척척 감겼다. 정희는 죽음을 기다리는 사람처럼 눈을 감았다. 눈을 뜨면 눈앞의 모든 것이 다시 낯설어졌다. 정희는 바다를 향해 걸어나갔다. 파도가 모래에 채 흡수되기 전의 하얀 거품을 맨발로 밟았다. 생각보다 딱딱하고 시원했다. 바다의 모래는 사막의 모래와는 달랐다. 모래가 이리저리 쉴새없이 움직이는 모압의 언덕에서 정희는 그곳의 모래와 고향 바다 모래의 질감이 비슷하다고 생각했었다. 그건 아무래도 억지였다.

5

"면회가 절대로 안 된단다. 내 이것들을 고마 뽀싸삐까."

호텔 앞으로 데리러 온 영희의 차에 올라탔을 때 영희는 다짜고짜 말했다.

"정부 방침이라는데 좀 그만해. 우긴다고 뭐가 되는 것도 아니고."

정희의 만류에도 영희는 여러 군데 더 전화를 했다. 간청하다가, 화를 내다가 끝내 울먹였다. 원장을 찾았다가, 원무과장을 바꾸랬다가, 시의원이 되었다는 여고 동창에게까지 연락을 해댔다.

"옴마는 이게 무신 일인가 싶것다. 코로나가 뭔지도 모리긴

데. 나를 올매나 원망하것노. 나는 아직도 요양병원에 옴마 내삐리고 나오던 날 그 눈빛을 이자삐릴 수가 엄따. 그라고 나서는 내가 한 일주일을 올매나 아팠는고. 옴마는 거기서 죽도 못 먹을 낀데, 딸년들은 대게를 다 먹네."

갓 삶아 벌겋게 김을 내는 대게 다리를 집어올리면서도 영희는 자책인지 원망인지 모를 말을 멈추지 않았다. 고향에 왔으니 대게는 먹어야 한다며 정희를 끌고 온 것은 영희였다. 정희는 입으로 가져가던 대게를 도로 접시에 내려놓았다. 올해 환갑이 된 영희는 이제 생각을 머리가 아니라 말로 하는 사람이 되었다. 영희가 쏟아내는 말은 가까스로 유지하는 정희의 평온을 수시로 박살냈다.

"다 했어? 이제 먹어도 돼?"

정희는 어쨌거나 자신이 없는 동안 혼자 엄마를 떠맡아온 영희에게 야박하게 대하고 싶지는 않았지만, 종종 참을 수 없는 기분이 되어 얼굴이 붉게 타올랐다.

"요양병원에 한번 찾아가보자. 얼굴을 딱 면전에 대고 사정을 하모 거절하기 곤란하끼다. 니도 옴마가 오데 있는지는 함 봐야지."

영희는 의외로 집요했다. 너무 순해서 끄는 대로 끌려다니던 영희가 정희는 늘 한심했었다. 엄마에게도, 친구에게도, 남자에게도 영희는 평생을 질질 끌려만 다녔다. 그런 영희가 딸아이를 두고 집을 뛰쳐나와버린 건 아무리 생각해도 신기했다.

"아이고. 통 불쌍해서 못 보것다이가. 내가 옷이라도 한 벌 지어서 보내주까 싶다. 옷을 오데서 그렁 거로 얻어 입으시까. 길어가꼬 바짓단을 몇 번을 접어 입고 다닌다이가."

영희는 구슬프게 트로트를 따라 부르다가, 오디션 프로그램 결승까지 나갔다는 어린 가수 이야기에 열을 올렸다.

"그애들은 다 잘 먹고 잘 사는 애들이야. 세상 쓸데없는 게 연예인 걱정이라는 말 못 들었어? 제발 언니 걱정이나 해."

영희는 세상 모든 사람이 불쌍했고, 정희는 그런 영희가 제일 불쌍했다.

요양병원으로 가는 국도는 텅 비어 있었다. 고속도로가 생기기 전 그 길을 따라 서울도 갔고 미국도 갔다. 몇 개의 터널을 이어붙인 고속도로가 생긴 후 굽이굽이 고개를 넘어야 하는 옛길은 버려진 듯 황량했다.

"니 진짜로 안 들어가끼가?"

영희는 턱에 받쳐뒀던 마스크를 끌어올리며 말했다. 정희는 눈길도 주지 않고 고개를 저었다. 어쩔 수 없이 여기까지 따라왔지만, 요양병원에서까지 추태를 부릴 생각은 없었다.

"아이고, 니는 고집 그거, 그거."

영희는 문을 홱 닫고 요양병원을 향해 걸어갔다. 화단을 지나 건물 안으로 들어가는 영희의 뒷모습에 나이가 고스란히 묻어 있었다. 자그마한 키에 O 자로 굽은 다리는 어쩜 저리 엄마를 닮았을까. 영희의 키는 정희보다 15센티미터가 작았다. 정희 니는 좋은 것만 받았다이가. 아버지 큰 키에 좋은 머리, 옴마 뽀오얀 피부. 난 이게 뭐꼬, 대학도 못 갔지. 얼굴도 못생겼지. 영희는 늘 그렇게 툴툴거렸다.

정희는 요양병원 건물을 올려다보며 3층이 어디쯤인지 가늠해보았다. 307호 염현자 할머니. 엄마는 이곳 어느 병실에서 죽은듯 누워 있을 것이다. 나를 알아보기는 할까. 정희는 엄마가 일부러 멍한 시선으로 자신을 바라보는 것 같아 서운할 때도 있었다. 네년 속을 내가 다 안다는 듯이. 좀 따뜻하게 웃어주지. 공부도 제법 했고 별로 모자란 데 없이 자랐는데 엄마는 정희에게 곁을 주지 않았다. 영희에게는 달랐다. 영희는 고등학교를 졸업하기도 전에 오징어 배를 타던 남자와 강원도로 도망갔다. 엄마는 버스를 세 번이나 갈아타고 가 영희를 잡아왔다. 한차례 머리채를 움켜쥐긴 했지만, 그리 오래 야박하게 굴지 않았다. 정희가 미국으로 간다고 했을 때 엄마는 막걸리를 꿀꺽꿀꺽 마시고 잔을 바닥에 탁탁 털어내며 말했다. 기어이 니가 나를 버리는구나. 인정머리는 씨할 것도 없는 년.

정희는 미국으로 떠난 후 처음 십 년 동안 한국에 한 번도 오지 않았다. 그후 십 년 동안은 네 번을 찾았다. 만날 때마다 엄마는 뭉텅뭉텅 늙어 있었다. 알맹이가 빠져나간 몸은 야위고 굽었으며 처졌다. 엄마는 일흔이 넘어서도 보톡스를 맞고 주름을 당기고 피부를 잘라내 쌍꺼풀을 다시 만들었다. 그렇다고 예전의 얼굴이 되진 않았다. 오히려 그럴수록 더 낯선 얼굴이 되어갔다. 길거리에서 만나면 퍼뜩 알아보지 못할 것 같았다. 서먹함을 견디며 엄마 옆에서 며칠을 머물고 몇 끼의 식사를 함께했다. 싱크대와 욕실에는 검은곰팡이가 가득 피어 있었다. 엄마는 그것들이 안 보이는 사람처럼 그 위에서 재료를 대강 가위로 잘라 찌개를 끓였다. 욕실의 문을 열어둔 채 똥을 싸고 몸을 씻었다. 정희는 락스와 세제를 욕실에 풀고 솔로 빡빡 문질러 곰팡이를 지웠다. 묵은 때는 잘 지워지지 않았다. 문방구에서 커터를 사와 타일의 틈새를 긁어냈다. 서먹함이 사라지기도 전에 다시 미국으로 돌아갔다. 떠날 때마다 이번이 살아서 보는 마지막일 거라고 엄마는 협박과 원망을 섞어 말했다. 정희는 엄마의 죽음보다 엄마의 원망이 더 두려웠다. 비행기에 올라 마치 엄마가 진짜 죽은 것처럼 머리를 창에 기대고 울었다. 사랑이나 미움보다 슬픔이 언제나 더 도달하기 쉬웠다. 비행기를 세 번씩 바꿔 타며 모압에 도착할 즈음엔 장례를 치르고 온 것처럼 고단했다. 한국에 올 때마다 혼란스러운 감정은 반복되었다. 반복되는 감정은 또 얼마간 익숙해지기 마련이라, 어느새 정희의 머릿속에 엄마는 반쯤 죽은 사람이 되었다. 그럼에도 요양병원 침대에 납작하게 눌러붙어 죽음을 기다리는 노인을 엄마라고 납득하는 건 쉽지 않았다. 영희가 보내온 영상에서 엄마는, 엄마는 뭐랄까, 하얀 침대 위에서 부피도 표정도 없이 이미 죽은 식물처럼 천천히 수분을 증발시키며 말라갔다. 그것은 정말이지 한 번도 생각지 못한 방식이었다.

젊어서 엄마는 드세고 거칠었다. 아버지가 두 딸을 남겨두고 간경화로 저세상에 가버렸을 때 엄마는 서른넷이었다. 엄마는 선창가 선술집에서 찬모 일을 시작했다. 산촌 출신이었지만 피부가 뽀얗고 눈망울이 시원시원해 도시 여자 같았다. 젊은 과부를 보러 오는 뱃사람이 많았다. 음식도 곧잘 했다. 자신감을 얻은 엄마는 돈이 될 것들을 모조리 팔고 일수 빚을 얻어 선술집을 차렸다. 서너 개의 테이블이 놓인 홀과 방 한 칸, 다락이 전부였다. 영희와 정희는 다락방으로 옮겨갔다. 방의 유일한 가구였던 강화 반닫이 옆벽에 다락으로 오르는 사다리가 일자로 걸려 있었다. 사다리의 끝이 닿은 천장에는 정사각형으로 구멍이 나 있었다. 구멍을 통과하면 도시락처럼 납작한 방이 나왔다. 정희의 키는 다락의 높이와 거의 같아서 서서 다닐 수 있었다. 영희는 무릎걸음으로 걸었다. 엄마는 다락을 기어다녔는데 올라오는 일은 드물었다.

난방이 되지 않는 다락의 겨울은 추웠다. 정희는 양철 유단

포를 안고 이불 속으로 들어갔다. 엄마가 시집올 때 꾸려온 솜이불은 너무 무거워 발이 부러질 듯 접혔다. 그 무게가 밤새 온기를 가두었다. 정희는 곧 국민학교에 입학했다. 좌식 책상에 앉아 표준전과 안의 비슷한말과 반대말을 옮겨 적었다. 마분지에 인형과 인형 옷을 그리고 오려내 혼자 옷을 갈아입히며 놀았다. 선을 따라 인형을 오려내다 무심코 팔을 잘라먹거나, 인형 옷의 고리를 잘라버리곤 했다. 종이 인형에 옷을 걸기 위해서는 고리가 반드시 필요했다. 고리가 없으면 애써 그려서 오려낸 게 쓸모가 없어졌다. 그럴 때면 정희는 이불에 얼굴을 묻고 엉엉 울었다. 다락방에서는 아무리 크게 울어도 아무에게도 닿지 않았다. 뱃사람의 고함소리, 상인의 웃음소리, 갈매기 울음소리, 출항과 입항을 알리는 뱃고동소리가 정희의 울음을 삼켰다. 가게 앞은 늘 분주했다. 뭍에 오른 선원들은 선창가에서 그물과 장비를 정비하고 조업중에 먹을 식재료와 생필품을 마련했다. 품삯을 결산한 사람들은 돈뭉치를 흔들며 가게로 들어와 술! 하고 소리쳤다. 그들의 얼굴에는 전쟁터에서 돌아온 병사처럼 피로와 설렘이 교차했다. 가게 앞 연탄 화덕에서 생선을 굽거나 돼지고기를 삶는 엄마의 엉덩이를 딱 소리 나게 치고, 잘 있었소, 누님, 하고 능청을 떠는 남자도 있었다. 정희는 다락방에서 적의에 가득찬 얼굴로 그 남자와 엄마를 노려보았다. 엄마의 얼굴은 분칠로 해사했다. 영희는 시장통 아이들과 우르르 몰려다니며 노느라 집에 거의 붙어 있지 않았다.

밤이면 다락 아래 방은 술손님의 차지였다. 정희는 원숭이처럼 사다리를 타고 놀다가 손님이 오면 다락으로 쫓겨 올라갔다. 다음날 아침까지는 꼼짝없이 다락에 갇혀, 엄마가 쟁반에 담아 올려준 밥을 먹고 요강에서 급한 일을 해결했다. 정희는 사다리가 연결된 구멍으로 술자리를 구경하다가 여급의 앞이 훅 파인 옷 속에 돈을 꽂고 가슴을 주무르는 남자와 눈이 부딪치기도 했다. 창밖 검은 바다에는 오징어 배의 집어등이 용광로처럼 타올랐다. 술꾼들은 젓가락 장단에 맞춰 바다가 육지라면, 바다가 육지라면…… 노래를 불렀다. 어느새 정희도 같이 흥얼거렸다. 가끔은 술에 취한 사내의 머리통이 다락으로 불쑥 올라오기도 했다. 아가리를 벌린 사자처럼 위협적인 머리였다. 정희는 힘껏 엄마를 불렀다. 씨발놈아! 개새끼야! 정희는 어른들에게 배운 욕을 하며 손에 잡히는 대로 아무거나 집어던졌다. 엄마는 끝내 오지 않았지만, 사내의 머리통은 두더지처럼 아래로 사라졌다.

"니는 참 별거로 다 기억하노. 나는 항 개도 생각이 안 나는구마."

정희의 기억을 의심스레 듣던 영희가 대꾸했다. 지나치게 생생해서 미심쩍거나, 너무 지독해서 그걸 애써 기억하는 정희가 야박하다고 생각하는 표정이었다. 그 때문에 정희는 엄마가 길 건너 선박 라디오 수리점의 늙은 총각과 자는 것을 봤다는 말은 하지 못했다. 어느 날 정희는 고양이 울음소리에 자다 깨서 몸을 살살 굴려 구멍으로 다가갔다. 그즈음 정희의 키는 더이상 다락에 설 수 없을 만치 자랐다. 고개를 반쯤 내밀고 어둠 속의 윤곽이 눈에 익을 때까지 한동안 가만히 내려다보았다. 엄마가 벌거벗은 남자의 몸 아래서 간드러지는 소리를 내고 있었다. 굵고 탁한 남자의 목소리가 뒤따라 울렸다. 정희는 이불을 끌어올려 귀를 막았다. 엄마가 내는 소리가 고통스러운 신음이 아니라는 것쯤은 정희도 저절로 깨달았다. 영희는 세상모르고 깊은 잠을 잤다.

6

"우짜노. 그냥 퇴원시키삐리까? 옴마를 만날라모 퇴원밖에 방법이 없다 안 하나. 딱 퇴원을 시키서 본때를 보여주까."

차로 돌아온 영희는 씩씩거렸다.

"지금 퇴원하면 자리가 없어져서 다시 입원하기 어렵다지 않았어?"

정희는 겁이 났다. 영희가 부리는 오기는 누구에게도 타격을 가할 수 없는 협박이었다. 오로지 영희 자신만이 감당해야 하는 자해에 가까웠다. 영희는 평생 그런 식으로 자신의 분을 풀어왔다. 온몸을 푸르게 멍들이고 허리가 부러지도록 발로 짓밟던 전남편에게서 벗어날 때에도 영희는 칼로 팔목을 그어가며 자신을 괴롭혔다. 그러니 덜컥 엄마를 요양병원에서 데리고 나온다는 말은 빈말이 아닐지도 몰랐다.

"일단 여기서 나가자. 엄마 집이나 한번 가보게."

정희의 말에 영희는 그러잖아도 화분에 물 주러 가야 한다며 말갛게 웃었다.

오십 년이 다 되어가는 5층 아파트 건물은 정희가 미국에 가기 전부터 재개발을 하네 마네 하더니 어느새 폐허처럼 낡고 얼룩져 있었다. 보도블록은 깨졌고, 화단에는 철쭉과 파와 상추가 아무렇게나 엉켜 자랐다. 그사이 고목이 된 나무는 제법 넉넉한 그늘을 드리웠다. 대여섯 명의 노인이 보행기를 줄줄이 세워두고 나무 아래 평상에 모여 앉아 무료한 눈빛으로 지나가는 사람을 구경했다. 지나다니는 사람도 노인이긴 마찬가지였다.

"여긴 이제 젊은 사람은 없나보다."

정희가 화단에 떨어지는 나른한 햇살을 보며 말했다.

"좋다. 친구도 억수로 많고. 옴마도 늘 저기 나와 앉아 있었다이가."

엘리베이터도 없는 낡고 오래된 아파트에 운신이 힘든 노인만 가득한 것이 뭐가 좋다는 말인지.

차에서 내리는 영희를 보자 노인들의 얼굴이 환해졌다. 영희는 일일이 손을 잡고 인사를 하고 어디 아픈 데는 없는지 약은 잘 먹고 있는지 물었다. 정희는 그중 누구도 알지 못했다. 그곳은 사십육 년 전, 열두 살 영희와 아홉 살 정희가 들어와 살던 아파트였다. 정희는 대학으로, 영희는 결혼으로 집을 떠난 후에는 한동안 세를 놓았다. 정희가 미국으로 떠나던 이듬해 엄마는 선술집을 정리하고 이 아파트로 돌아왔다. 영희는 트렁크를 열어 두유 박스와 초코파이를 꺼내 노인들 앞에 놓았다. 정희는 아파트 현관 입구 벽에 기대어 영희를 기다렸다. 노인 둘은 마스크를 하고 있었지만, 나머지는 마스크가 없었다. 영희가 팔로 정희를 가리키니 노인들이 일제히 정희를 향해 고개를 돌렸다. 정희는 그들을 향해 엷게 웃었지만 다가가지는 않았다.

"이 아파트 팔면 얼마나 해?"

우편함에 꽂힌 관리비 고지서를 들여다보다 정희가 물었다.

"와? 니 돈 필요하나?"

관리비는 몇 달이 밀려 있었다. 영희는 대답할 가치도 없다는 듯 입을 닫고 앞장을 섰다. 병원비도 그렇지만 기저귀며 간식비에, 갈 때마다 간병인에게 찔러줘야 하는 돈까지 이제 엄마에게 필요한 건 모두 돈이 하는 일이었다. 정희가 보내는 돈으로는 부족할 것이고, 영희도 언제까지 노래방 청소 일을 할 수는 없을 것이었다. 영희가 키패드의 번호를 눌렀다. 1, 1, 1, 1.

"비밀번호가 차암."

정희가 말했다.

"니는 모리는 소리 하지 마라. 어떨 때는 이것도 기억이 안 난담시로 집에 못 들어간다꼬 나한테 전화하고 그랬다. 테레비가 안 된다, 냉장고가 안 차갑다, 전기장판이 안 뜨겁다. 일하다 뛰어온 게 한두 번이 아이다. 나가 딱 성질이 나서 소리를 꽥 질러삐릴 때도 있었다. 그런 거 생각하면 속이 애리다."

집안으로 들어서자, 냉장고의 웽 소리부터 들렸다. 작은 방과 더 작은 방. 둘이 서면 비좁은 부엌 겸 거실. 변기와 세면대가 전부인 좁은 화장실. 그나마 정희가 십대를 모두 보냈던 방은 장롱이 반을 차지하고 있었다. 다락으로 올라온 취객이 정희의 입을 축축한 혀로 핥고, 정희의 손을 자신의 바지 속에 당겨 넣고 주무르던 밤, 자다 깬 영희는 가위로 그 남자의 등을 찔렀다. 남자는 피를 흘리며 달아났고, 엄마는 범인을 잡는 대신 딸들을 이곳으로 옮겼다. 엄마는 가끔 시장에서 해장국을 사 들고 와 술냄새를 풍기며 아침을 차렸다. 엄마가 오지 않는 날에는 영희가 달걀에 밥을 비벼 정희를 먹였다. 정희는 자신보다 고작 세 살이 많은 영희의 밥을 엄마가 차려준 밥보다 더 자주 먹었다고 기억했다.

영희는 베란다로 나가 호스를 집어들고 화분에 물을 뿌리며 한 손으로는 창을 열었다. 창은 뻑뻑 소리를 내며 덜컹이다 겨우 열렸다. 좁은 베란다를 가득 메운 식물들은 빈집을 집어삼킬 듯 우거졌다. 이름을 알 수 없는 무성한 초록들 사이에서 게발선인장과 달리아와 베고니아가 한창 붉었다.

"나가 이것들 때매 사흘들이 와야 한다. 옴마 있을 때보다 더 자주 댕긴다."

영희가 시든 꽃잎을 떼어내며 말했다.

"다 좀 없애지. 왜 자꾸 살려."

정희는 모압의 방에서 시들고 있을 자신의 식물을 떠올리며 말했다. 엄마는 집으로 돌아오지 못할 것이었다. 그건 영희도 알았다. 이제 고생 그만하고 갔으면 좋겠다고, 오늘도 몇 번을 말하지 않았던가. 기저귀에 똥을 싸고, 그러고도 천연덕스럽게 깔고 누워 있는 엄마의 생은 살아도 지옥일 것이라고 말하며 훌쩍이지 않았던가. 넌 왜 울지도 않느냐고 울다 말고 정희의 얼굴을 빤히 쳐다보지 않았던가. 이제 엄마는 밥 먹는 법도 잊어버렸다. 딸이 몇이냐 물으면 하나라고 했다가 셋이라고 했다가 다섯이라고도 했다. 옴마한테 우리 모리는 딸이 있는 거 아이가? 영희는 진지하게 정희에게 물었다. 바보 같은 소리 좀 그만해. 정희는 짜증을 냈다. 그것은 아무거나 쑤셔박아

화분의 시간 239

놓은 서랍 속 같은 거라고, 그중 하나가 우연히 열린 거라고 정희는 생각했다. 그 서랍 속에 압정이 가득 들었을 수도 있고, 먹다 남은 과자가 숨어 있을 수도 있지만 그것은 그냥 시절의 우연일 뿐이라고, 평생을 안고 살아온 진심일 리가 없다고 정희는 믿었다.

"아이고 예뻐라. 꽃이 필라 쿠네. 기억나나? 이거 니가 삼 년 전에 사주고 갔던 기다."

영희는 한껏 부풀어오른 분홍 꽃봉오리를 가리켰다. 작약이었다. 삼 년 전 그 봄에 샀던 꽃이 작약이었구나. 꽃은 보이지 않고 엄마의 대책 없는 욕심만 보였던 그날.

"니 그때 옴마 본 기 마지막이제?"

정희는 출국 하루 전날 작별인사를 하러 고향에 내려왔다. 뭘 드시고 싶으냐고 정희가 물었고 엄마는 기운이 없다며 보신탕을 먹고 싶어했다. 엄마 보신탕 먹어요? 정희가 놀라 되물었다. 그걸 먹으면 눈이 좀 떠져. 엄마는 말했다. 가자, 보신탕 묵자. 영희가 먼저 일어섰다. 언니 보신탕 먹어? 정희는 평생 보신탕을 먹어본 적이 없었다. 영희도 보신탕을 먹진 않았다. 내일이 출국인데 왜 하필 엄마는 딸들은 먹지도 않는 보신탕을 먹고 싶은 걸까.

구름 한 점 없는 파란 하늘이었고, 바람이 적당히 불었고, 자목련이 막 피기 시작했다. 봄소풍 가기 딱 좋은 날씨네. 영희는 아파트 현관을 빠져나오며 말했다. 영희가 엄마의 보행기를 솜씨 좋게 착착 접어 트렁크에 싣는 사이 정희는 엄마가 차에 오르는 것을 도왔다. SUV는 차체가 높았으므로 엄마의 몸을 안아올려 차에 태워야 했다. 정희는 어떻게 해야 할지 몰라 머뭇거렸다. 엄마의 몸에 그렇게 밀착되어본 적이 없었다. 정희는 엄마의 굽은 허리와 납작한 엉덩이를 두 팔로 어설프게 잡았다. 엄마의 몸은 곧 사라져버릴 듯 가벼웠다. 엄마는 불안한 표정으로 정희의 목을 감았다. 자신이 태어났고 젖을 물고 자랐을 몸을 만지며 느끼는 이질감은 암담하고 서글펐다.

선창가 사내들과 섞여 염소의 목을 잘라 피를 받아먹던 젊은 여자. 분수처럼 솟구쳐오르던 염소의 피가 바다에 뿌려지던 그때에도 사발에 담긴 피를 꿀꺽꿀꺽 삼키던 엄마의 목울대를 정희는 기억했다. 그릇에 남은 피를 바다에 쫙 뿌리며 몸을 부르르 떨던 엄마. 젊은 엄마는 도무지 정희가 엉겨붙을 수 없는 온도였다. 주변을 질리게 만들던 엄마의 독기가 남을 공격하기 위한 것이 아니라 자신을 지키기 위한 것이었다는 걸 이제 와 안다고 해서 어린 정희의 시간이 사라지는 것은 아니었다. 정희는 용기를 내서 검버섯으로 뒤덮인 엄마의 손 위에 자신의 손을 포개놓았다. 그걸 아는지 모르는지 엄마는 시종 창에 머리를 대고 밖을 내다보고 있었다.

"차, 차 좀 세워라."

엄마의 목소리가 다급했다.

"옴마 쉬하고 싶어예?"

영희가 갓길에 차를 세우며 물었다. 엄마는 꽃나무를 파는 길가 트럭을 가리켰다.

"엄마 좋은 거 고르세요. 내가 사줄게."

정희가 엄마의 팔을 잡으려 하자 엄마는 손사래를 치며 영희를 불렀다.

"니가 잡아라. 야아는 어설프다."

엄마는 영희의 부축을 받으며 트럭의 꽃을 꼼꼼히 살폈다. 베란다에는 이미 터질 듯이 화분이 빽빽했지만, 엄마는 꽃 화분 세 개를 점찍었다. 엄마는 만날 때마다 입버릇처럼 얼른 죽고 싶다고 했지만 죽을 생각이 없구나. 정희는 값을 치르며 생각했다.

7

"빈집에 뭘 먹을 게 있다고 파리가 이리 날아다닐까."

정희가 말했다. 영희는 파리채로 벽을 딱 소리 나게 쳤다. 파리가 바닥으로 떨어져내렸다. 집안 구석구석 너저분한 짐들이 쑤셔박혀 있었다. 정희는 외투를 벗고 버릴 물건을 골라냈다.

엄마는 병원 응급실에 실려갔다가 바로 요양병원으로 옮겨졌다. 집을 나설 때는 다시 돌아오지 못할 줄은 몰랐을 것이다. 비즈가 박힌 가방과 굽 높은 구두와 빛이 고운 양산과 챙이 넓은 모자. 다시는 쓸 일이 없을 것 같은 물건을 골라내며, 결국 모두 버려질 것들인데 골라내는 게 무슨 소용일까 싶었다.

"옴마가 거름이라고 화분에 그리 오줌을 뿌렸다. 그때부터 이리 파리가 끓는 기다. 옴마가 저리까지 돼서 이 사달이 난 것도 여서 미끄러진 기 시작아이가."

짜증날 정도로 사사건건 엄마의 상태를 보고하던 영희가 왜 그 이야기는 하지 않았을까.

"화분에 오줌을?"

"우짠지 집에 파리가 너무 끓더라고. 올 때마다 파리 뚜디리 잡는 기 일이었다. 옴마는 끝까지 시치미를 딱 잡아떼고."

영희는 엄마 침대 옆, 강화 반닫이와 나란히 놓인 휴대용 변기를 가리켰다. 의자를 뚫어 만든 구멍에 플라스틱통이 매달려 있었다.

"밤새 저게다가 소변을 누모 요양 보호사가 아침에 와서 비우고 그랬지. 어떨 땐 나가 와서 하고. 그라니까 누가 버리기 전에 화분에 줄라꼬 다리도 성치 않은데 베란다로 그걸 들고 나간 모양이라."

"그것 때문에 넘어졌다고?"

"보호사가 아침에 오니까 머리에 피를 칠칠 흘리면서 쓰러져 있더란다. 소변 통은 저기 널브러져 있고. 119 부르고 아이고 그런 난리가 없었다. 그때 엑스레이를 찍어봉께나 갈비뼈도 여러 개가 부러져 있더란다. 어긋나게 붙은 것도 있고. 그 전에도 혼자 마이 넘어졌던갑재."

정희는 더이상 듣고 싶지 않아 싱크대 쪽으로 돌아섰다. 살림을 닥치는 대로 박스에 담아 들고 밖으로 나갔다. 냄비며 프라이팬이며 플라스틱 다라이를 분리수거함에 던져넣었다. 지나가던 이들이 멈춰 서서 버려진 살림을 구경했다. 쯧쯧, 2층 할매가 기어이 죽었는가베. 지팡이를 짚고 선 노인이 혀를 찼다.

정희는 아파트 앞 슈퍼로 들어가 맥주 세 병을 사서 돌아오다 자목련 아래 섰다. 봄꽃이 서울보다 더 일찍 핀다더니 벌써 자목련이 피었다. 수십 년 저기 저 평상에 앉아 자목련이 피고 지는 것을 보았을, 정희는 알지 못하는 엄마의 모습을 상상했다. 그 생각 끝에, 엄마에게 꽃놀이 가자고 했던 말, 마음에도 없던 그 말이 떠올랐다. 얼굴이 화끈 달아올랐다.

8

새로 산 화분을 차에 싣고 보신탕집을 찾아 나섰던 그날, 영희가 노래방 사장에게 전화를 걸어 미국에서 동생이 왔으니까 좋은 데를 추천해달라고 물었을 때 사장은 단골만 가는 집이라며 산길 초입에 있는 파란 대문 집을 알려주었다. 사장 말대로 과수원을 끼고 돌았지만 파란 대문 집은 보이지 않고 좁다란 산길이 한참 이어졌다. 계속 가야 하나, 차를 돌려야 하나, 정희가 영희에게 물었을 즈음 '보화사'라는 절의 이정표가 보였다.

"여기로 가마 보화사네. 요까지 왔으이 절에나 잠깐 들르까, 엄마? 아직 배 안 고프지예? 저 절에 올라가마 마주보는 바다에 커다란 금색 불상이 보인다 쿠던데. 가서 울 엄마 천당 가라꼬 빌어보까?"

영희가 말했다. 정희는 한 번도 들어본 적이 없는 절이었다. 길은 점점 더 가팔라지더니 비포장으로 바뀌었다. 돌아가려 해도 차를 돌릴 데가 없었다. 엄마는 여전히 창에 얼굴을 붙이고 밖을 내다보았다.

"옴마, 옴마, 오랜만에 밖에 나옹께나 억시로 기분좋지요? 날씨꺼정 우찌 이리 좋노."

영희가 다정하게 물었다.

"응."

엄마가 짧게 대답했다.

"옴마, 오늘 내가 미숙이랑 통화를 했거등요. 미숙이 알지예? 미숙이 시어머니가 옴마 동갑인데 얼마 전에 돌아가셨잖아. 그래서 장례를 어찌 치랐나 궁금해서 물었더마는, 시어머니가 화장해달래서 그리했다 카데요. 근데. 찰밥을 동그랗게 해서 화장한 뼛가루를 굴리가꼬 산에 뿌려주면 새들이 그리 잘 먹는다 쿠네. 깔끔하고 좋더라꼬. 찰밥은 떡집에서 쪄준단다, 옴마. 칠만원인가. 그냥 뼛가루는 밥에 잘 안 붙으니까, 화장장 인부한테 몇만원 더 집어주마 뼈를 아주 곱그로 갈아준다 쿠네. 옴마도 돌아가시모 그리하까? 우떠컸노? 엄마, 그기 안 존나? 대답해보이소."

영희의 설명은 정희가 듣기에도 지나치게 상세했다. 엄마는 한동안 대답이 없더니 마른입을 딸싹거리며 말했다.

"근데…… 오늘은…… 말고."

영희와 정희는 소리 내서 웃었다.

"옴마는 우리가 옴마를 내뻐리러 온 줄 아는가베. 당연히 오늘은 아이지. 다음에 옴마 돌아가시모. 오래오래 살다가 편하게 돌아가시모."

영희가 아이를 달래듯 말했다.

"내 집에 갈란다. 집에 데리다도."

영희의 다정한 말에도 엄마는 긴장을 풀지 않았다. 마침 절의 주차장에 도착했지만 엄마는 손잡이를 두 손으로 잡고 내리려 하지 않았다.

"내려봐요, 엄마."

정희가 엄마의 팔을 살짝 잡아당겼다. 엄마는 정희의 눈을 똑바로 보며 말했다.

"나쁜 년."

그날 보신탕은 결국 먹지 못했다. 집으로 돌아와 정희는 탈진한 엄마에게 우황청심환을 먹이고 죽을 끓였다. 엄마는 방에 누워 있고 영희는 노래방 문 열 시간이 다 되어간다며 급히 나갔다. 참기름 넣고 오래 볶아 고소하게 만든 흰죽. 미국에서 배탈이 나면 혼자 끓여먹던 흰죽을 오래오래 저으며 끓였다. 죽이 다 되었지만 엄마는 죽은듯 누워 있었다. 김치를 씻어 볶고 미지근한 물도 한 잔 따라두었다. 엄마의 방문을 열었다. 엄마는 이불을 목까지 끌어올리고 벽을 보고 잠들어 있었다. 지금 떠나면 엄마 얼굴을 보며 죄책감과 두려움이 가득한 이별을 하지 않아도 된다. 그게 더 나을지도 몰라. 정희는 엄마 머리맡에 둔 가방을 조용히 들어올렸다. 신발을 손에 들고 깨금발로 걸어나와 현관문을 소리 나지 않게 닫았다. 귀를 대보았으나 집안에서는 여전히 기척이 없었다. 아파트를 걸어나오니 너무 고와 똑바로 볼 수도 없는 자목련이 한창이었다. 그게 마지막이었다.

9

"언니, 그냥 아파트 팔면 안 돼? 깔끔하게 정리하자."

정희는 냉장고 코드를 뽑고 냉장고 안에 든 것들을 음식물 쓰레기 봉투에 쓸어 담았다. 모두 곰팡이가 피었거나 바싹 말랐거나 본래 색을 잃은 지 오래였다.

"야아는. 옴마가 볼새 죽었나? 아직 멀쩌이 살아 있다꼬. 돈? 그건 나가 다 해결할 끼다."

"엄마가 이 집에 돌아올 수 없다는 거 알잖아. 언니 마음이나 편하자고 모르는 척하는 거지."

"하여튼 니 싸가지 없게 말하는 게 꼭 지은이 것네."

영희는 몇 년째 자신의 연락을 받지 않는 딸 지은을 정희에게 갖다붙였다.

영희는 갑자기 잊었던 것이 생각난 듯 치우던 물건들을 던져놓고 퍼질러앉아 또 요양병원에 전화를 걸었다. 정희는 옷장을 열어둔 채 맥주를 잔에 가득 따랐다. 옷장 안에는 화려한 것을 좋아하던 엄마의 취향대로 울긋불긋한 옷이 빈틈없이 빼곡했다. 베란다를 가득 메운 꽃의 색과 다르지 않았다.

해설

아름답고 강한 혼자들

김보경(문학평론가)

경계를 넘(지 않)는 사람들

　반수연의 이번 소설집 『파트타임 여행자』에는 통영에서 태어나 캐나다로 이주한 작가 개인의 이력이 느슨하게 반영되어 있다. 그의 소설에는 고향을 떠나 외국으로 이주하거나 여행을 떠난 인물들이 주로 등장한다. 그런데 반수연의 소설에서는 이민자 서사에서 흔히 나타나는 모국에 대한 향수나 낭만화된 기억을 좀처럼 찾아보기 어렵다. 가령 「화분의 시간」에서 요양병원에 입원한 엄마를 만나기 위해 미국에서 귀국한 정희는 고향을 그리워했던 미국에서와 달리, 현실적 공간으로서의 고향에 대해 "그리움이란 참으로 추상적이어서 고향에 도착하는 순간 비누 거품처럼 사라지는 가짜 욕망 같은 거"(216쪽)라고 느끼며 현실적 공간으로서의 고향을 감각한다. 그렇다고 해서 이주해온 곳에 성공적으로 편입되는 인물이 등장하는 것도 아니다. 「설탕 공장이 있던 자리」 「조각들」 「파트타임 여행자」 등에 등장하는 이민자 인물들은 이민자로서 겪은 차별을 체화하며 미국이나 캐나다의 주류 사회에 동화되지 않거나 못한다. 요컨대 그의 소설은 향수나 동화同化의 서사로 요약되지 않으며, 경계 지워진 이편과 저편 중 어디에도 온전히 발붙이지 못하는 이방인들의 삶을 재현한다. 이들은 끊임없이 경계를 맞닥뜨리거나 경계를 의식하며 살아야 하는 조건에 놓여 있다.

이때의 경계는 한국(인)과 미국·캐나다(인)이라는 지리와 인종적 경계뿐만이 아니라 젠더와 계급적 경계로 나타나기도 한다. 「설탕 공장이 있던 자리」에는 동두천 기지촌 여성이었다가 남편 조를 따라 미국으로 이민온, 노년의 홈리스 여성 애나가 주인공으로 등장한다. 이 소설에서 인종, 젠더, 계급 각각의 요소는 분리되지 않고 중층적으로 얽혀 있다. 가령 애나가 조와 살던 당시 그에게 가정폭력을 당했을 때 경찰들은 애나의 말을 믿지 않고 "저 여자는 한국에서 온 창녀이며, 돈을 뜯어내려고 거짓말을 한다"(23쪽)는 조의 말만을 믿었다. 이 일화는 한국에서 온 이민자이자 노동계급이자 여성으로서 겪은 삼중의 소외를 압축해 보여준다. 애나는 남의 자식이나 개를 돌보는 아시아계 유모들을 보며 동질감을 느끼기도 하지만, 조에게서 도망친 후 아들을 만나지 못하는 자신과 달리 "임시로 받은 취업 비자를 언젠가는 그린 카드로 바꾸고 자신의 아이를 미국으로 데려올 꿈"(12쪽)을 꾸는 그들을 부러워하기도 한다. 한인 홈리스 셸터에 머무를 때 성폭행을 당할 뻔하는 소란이 일었을 때도 결국 셸터를 떠나게 된 건 셸터의 유일한 여자인 애나였다. 젠더나 인종이나 계급적 동질성을 얼마간 공유하는 집단 안에서도 애나는 여전히 타자화되고 마는 자신의 위치를 발견한다.

한편 「설탕 공장이 있던 자리」의 서사는 경계를 넘는 이동을 통해 전개된다. 소설의 첫대목이 애나가 조와 함께 미국행 비행기를 처음 탔을 때의 기억을 회상하는 장면이기도 하거니와 이러한 지리적 이동뿐만 아니라 애나가 셸터를 떠난 뒤 셸터의 기부자인 김교수의 집으로 출근하게 되며 이루어지는 이동도 있다. 이 이동에는 계급적 의미도 내포되어 있다. 애나는 셸터에서 지적이고 교양을 갖춘 김교수의 이야기를 집중해서 듣는 드문 존재였다. 애나는 김교수가 사온 재료로 요리하는 등 돌봄을 제공하는 여성으로서의 역할에 충실한 한편, 김교수의 이야기를 들으며 "태어나 처음으로 근사한 자리에 초대받은 기분"(14~15쪽)을 느끼기도 한다. 하층계급 여성으로 한글조차 배우지도 못했던 애나의 내면에서 지식과 교양, 취미에의 욕망이 김교수를 매개로 조금씩 자라난다. 애나가 김교수의 집으로 들어가는 것은 노동자들로 가득찬 설탕 공장에서 고층 아파트, 오피스 빌딩, 놀이터, 산책로가 들어선 세계로의 이동이라는 의미를 지니고 있기에, 애나는 김교수가 자는 시간에 글자 연습을 하며 "다른 생을 살고 있다는 만족감"(19쪽)을 느낀다.

그런데 이 계급적 이동은 매끄럽게 이루어지지 않는다. 일단 김교수의 집에서 애나가 더 자주 마주하게 되는 것은 초록색 벨벳 의자에 앉아 책을 읽던 김교수의 모습이 아니라 몸이 늙고 병들어 대부분의 시간을 누워 있는 그의 모습이다. 나이 든 몸이라는 차원에서 김교수와 애나는 다를 바 없고, 심지어 애나가 김교수를 돌보며 몸을 씻기는 장면에서는 권력의 역전이 일어나며 관계의 기울기가 변화한다. 나아가 소설의 후반부에서 애나가 그리움이나 사랑에 관한 아름다운 시집인 줄 알았던 책이 알고 보니 노숙자에 대한 주의 사항 등이 적힌 뉴욕 교민들을 위한 안내서였음을 깨닫고 배신감을 느끼는 장면은 김교수로 상징되는 지식과 교양의 세계에 대한 애나의 환상이 파열되는 것을 보여준다. 이처럼 애나는 김교수의 세계에서 튕겨나온다. 이때 조를 비롯한 남자들과의 관계에서 배운, "꿈이나 희망 따위를 믿는 것보다 더 지독한 바닥으로 떨어지는 것이 편하다"(33쪽)는 사실은 애나의 삶을 관통하는 진실과도 같다. 소설의 마지막 장면에서 아들 찰리를 닮은 카페 직원을 찾아가 남이 아닌 자신을 위한 커피를 주문하는 장면은 애나의 욕망이 적극적으로 표명되는 순간으로 보이기도 하지만, 기실 그리워하는 아들을 보고자 하는 것은 실현될 수 없는 희망이라는 점에서 애나의 삶을 지배하는 가혹한 아이러니를 반영한다.

「설탕 공장이 있던 자리」가 이민자 사회 내부의 젠더적·계급적 차이를 재현한다면, 「조각들」은 이민자 부녀 내부의 세대 간 차이를 재현한다. 이 소설은 아내를 잃고 캐나다에서 딸 지나를 혼자 키웠던 화자 형국이 점차 지나가 자신으로부터 독립된 존재로 성장해나가는 데서 느끼는 불안과 두려움을 그린다. 소설의 서두는 지나가 샌프란시스코에서 직장을 구해 이사가야 한다고 불쑥 통보하는 장면으로, 이에 화자는 그런 사실 자체보다 자신이 지나에 대해 아무것도 모르고 있었다는 점에 충격을 받는다. 이후 형국과 지나의 서사는 형국이 스스로 잘 안다고 믿었던 딸 지나에게서 낯선 모습을 발견하며 점차 거리감을 느끼게 되는 방향으로 전개된다. 형국은 문신이나 피어싱을 한 지나의 외모를 이해하지 못하고, 함께 이사를 준비하기 위해 떠난 여행에서는 지나가 마리화나를 하는 것을 알게 되지만 지나의 심기를 거스를까 이를 제지하지 못하기도 한다. 지나와 형국, 둘의 차이에는 일반적인 부녀 관계에서 나타날 법한 세대차이뿐만 아니라 이민자 1, 2세대의 서로 다른 경험에서 오는 인식의 차이가 반영되어 있기도 하다. 형국이 자신의 존재감을 숨기는 방식으로 생존하고 타지에 적응했다면 지나는 자신을 적극적으로 표현함으로써 생존의 방법을 터득했던 것이다.

이때 형국은 지나에 대한 무지를 깨달으며 "겁에 질린 내가 견고한 껍질을 만들고 그 안에서 움츠려 살아가는 동안 지나는 흔들리며 뿌리내리는 법을 터득했는지도 몰랐다"(69쪽)는 생각으로 지나를 이해해보고자 한다. 그런데 형국이 보여주는 이해는 지나에 대한 무지를 앎으로 전환하며 거리감을 좁히는 방식의 이해가 아니다. 물론 형국은 지나의 삶에 좀더 개입하고 싶은 욕망이 있고 지나의 마음을 헤아려보기 위해 노력하지만 그러한 마음이나 행동이 지나에겐 둘 사이에 그어진 선을 넘는 간섭으로 느껴질 수 있음을 아는 듯 조심스러운 태도를 취한다. 한편 이 소설에서 지나 외에 형국이 이해해보려 하는 또다른 대상으로 나이가 어린 직장 후배이자 성소수자인 베리가 등장하는데, 그를 대하는 태도를 통해 지나에 대한 형국의 태도를 더욱 구체화할 수 있다. 형국은 베리를 차별하거나 베리에 대한 완전한 몰이해를 보여주는 다른 선임들과 달리 그에 대한 적당한 존중의 거리감을 유지하고자 한다. 베리를 떠올리며 "다만 알지 못하는 것들을 위해 공간을 한 뼘쯤 벌려두고 싶었다. 언젠가 어느 날 그것들을 조금 알게 될 때 너무 무안하지 않을 만큼의 공간은 필요했다"(71쪽)고 생각하는 대목은 그 존중의 방법이 타자를 자신의 잣대로 판단하지 않으려는 태도로 나타난다는 것을 보여준다. 이러한 태도는 베리뿐만 아니라 지나에 내해서도 유사하다. 형국에게 타자에 대한 무지는 몰이해를 의미하지 않는다. 오히려 자신의 앎이 가닿을 수 없고 자신과 타자 사이에 가로놓인 경계 저편에 통제 불가능한 타자성의 영역이 있음을 인정하는 일은 타자를 존중하고 이해하는 방법이 되기도 한다. 이처럼 반수연의 소설은 동질적이라 여겨지는 집단 내부의 차이를 포착하되 그 차이를 무화하지 않는 방식을 통해, 집단적 정체성으로 대표되지 않는 고유한 단독적인 개인으로서의 이민자를 재현하고자 한다.

파열된 욕망과 교양주의

반수연의 소설에는 욕망에 충실한 인물들이 나타난다. 「설탕 공장이 있던 자리」에서 애나가 지식이나 취미에 관한 교양주의적 욕망을 보여준 것과 유사하게 「빅터 아일랜드」 「프레살레」 속의 인물들에게서도 특정한 취향에 대한 욕망과 애호가 발견된다. 그렇다고 교양소설에서처럼 이러한 욕망이 인물들로 하여금 배움이나 인격적 성숙에 이르도록 하는 계기가 되는 것은 아니다. 오히려 이러한 교양주의적 욕망은 주류 사회 바깥으로 밀려났거나 사회적으로 소외된 위치에 있는 인물들의 계층 상승 욕망을 반영하는 장치가 되거나, 이들이 다른 이들과의 구별 짓기를 통해 우월감을 확인하는 계기가 되기도 한다. 무엇보다 이러한 욕망의 발생 구조 자체가 타자에 의존한다는 성격으로 인해 그 욕망에는 불완전성이 내재되어 있다. 욕망의 필연적인 좌절은 어떠한 세계에도 안착하지 못하는 이방인들의 삶을 보여주는 하나의 특징이다.

「설탕 공장이 있던 자리」의 애나가 지식에 대한 교양주의적 욕망을 보여준다면, 「빅터 아일랜드」의 주인공 규의 욕망은 훨씬 속물화되어 있다. 규는 아버지에 대한 콤플렉스와 인정 욕구, 계급적 불안에 대한 심리적 보상의 기제로 포르쉐를 소유하고자 하는 욕망을 지닌 인물이다. 규의 어린 시절은 어머니에게 폭력을 행사한 아버지를 증오하면서도, 아버지에게서 버림받지 말아야 한다는 어머니의 모순적인 요구를 감당해내며 아버지로부터 인정받고자 분투한 시간으로 점철되어 있다. 그러다 규가 대학에 합격한 후 규의 아버지는 규에게 캐나다로의 이민을 제안하고, 규는 이복동생 은수, 은수의 엄마와 함께 이민 생활을 시작하게 된다. 그런데 결국 캐나다에서 규는 아버지로부터 폭력을 당하고 쫓겨나게 된다. 홀로 반지하방에서의 생활을 시작한 규는 포르쉐를 타겠다는 꿈을 품고 "떠나왔지만 어떤 곳에도 도착하지 못했다고 느껴지는 밤이면 바퀴 틈새의 명암까지 상세히 새겨넣"(206쪽)으며 치열하게 일을 한다. 아내 진이 명시하듯 포르쉐로 표상되는 사치스러운 취향에 대한 집착은 "유아기의 결핍에서 비롯된 병증"(187쪽)의 의미를 지닐 뿐만 아니라, 한국을 떠나온 뒤로 어디에서도 소속감도 느끼지 못했다는 공허함과, 사회적으로 성공하지 않으면 살아남을 수 없다는 불안이 복합적으로 얽혀 있다.

으레 욕망의 성격이 그러하듯 포르쉐를 향한 규의 욕망은 포르쉐를 구매한다고 해서 충족될 수 있는 것이 아니다. 애초에 규의 결핍과 공허, 불안은 그러한 물질적 소유를 통해 충족될 수 있는 종류의 것이 아니기 때문이다. 얼핏 규는 "인생 전체가 육체노동을 피하기 위해 달려온 길"(196쪽)로 요약될 만큼 캐나다에서 이등 시민으로 밀려나지 않고자 계층 상승과 주류 사회 진입을 위해 노력한 인물이다. 결국 그가 회계 감사원이 되어 포르쉐를 소유하게 된 데서 그는 자신의 꿈을 달성한 것처럼 보인다. 그런데 소설은 그 꿈이 얼마나 유리처럼 쉽게 깨질 수 있는지 애초부터 암시해두고 있다. 아버지와 관련된 규의 과거 외에 소설의 또다른 중심 서사는 규가 만두 공장에 일용직 노동을 하러 간 날의 일화로 이루어져 있다. 회계감사원 수입으로 진과 아이를 충분히 부양하지 못할 뿐만 아니라 빚이 조금씩 늘어감에 따라 규는 구직 앱을 통해 공장에 가게 된다. 하지만 규는 자신이 거부했던 육체노동의 세계로 잠시 진입할 때조차 포르쉐를 탐으로써 다른 노동자들과 자신을 구별 짓고 스스로를 과시하려는 허황된 욕망을 버리지 못한다.

그런데 규는 공장에서 일을 잘 해내지 못하고 굴욕을 당한다. 또한 공장 근처에서 마주친 홈리스는 타이어에 발길질을 가하는 등 포르쉐는 규가 바란 대로 다른 이의 부러움을 사기는커녕 비웃음을 산다. 이러한 장면들은 그의 불안과 결핍이 포르쉐로는 결코 채워질 수 없다는 사실을 확인시킨다. 달리 말해 이는 다른 노동자나 홈리스들과 규가 별반 다른 처지에 있는 것이 아닐 수 있다는 사실에 대한 규의 불안이 포르쉐에 대한 과잉된 애착으로 표현되고 있다는 의미이기도 하다. 규가 홈리스에 대한 강한 혐오를 느끼는 것은 기실 계층 하락에 대한 불안이 투사된 것일 수 있다.

소설의 마지막 장면에서 규는 포르쉐를 타고 운전하다 울렁거림을 느껴 급히 차를 세워 토하게 되고, 이 토사물은 차에 튀고 만다. 그는 토사물을 닦아내지만 여전히 차에 냄새가 남는다. 이처럼 규는 결국 스스로 포르쉐를 오염시키고 만다. 오염된 포르쉐는 규가 가진 환상 자체의 오염과 균열을 상징적으로 보여줌으로써 그의 욕망이 사실상 얼마나 허황된 것이었는지 암시한다. 이때 규의 욕망이 우습게 그려지고 굴욕적으로 좌절되는 것은 허상을 좇는 규의 우스꽝스러움 때문이기도 하지만 그 배경에는 이민자들의 사회적 성공이나 계층 상승의 가능성이 차단되어가는 현실의 구조적 문제가 자리한다.

「프레살레」는 이민자 서사는 아니지만 속물적 욕망을 지닌 인물이 등장한다는 점에서 함께 살펴볼 필요가 있다. 「프레살레」는 남편이 죽은 후 방안에 틀어박혀 나오지 않는 히키코모리 아들 윤수를 둔 화자가 북클럽에서 만나 알게 된 여자들과 유럽 여행을 가서 생긴 일을 그린다. 이 북클럽 모임은 책이나 영화뿐만 아니라 커피나 술, 음식, 향, 음악 등에 있어서 적당히 세련되고 무해한 취향을 공유하는 모임으로, 화자는 남편이 죽은 후 이 모임에서 위로를 얻으며 생활을 이어갈 수 있었다. 그런데 취향을 매개로 한 이 모임은 자신들이 평범한 이들과 다르다는 모종의 "우월감"(156쪽)을 확인받고 즐기는 모임이기도 했다. 그런 와중, 윤수의 은둔에 죄책감을 느끼며 지친 화자에게 이 모임의 일원이자 유럽에서 자동차 여행을 다니고 있던 홍이 자신의 여행에 합류할 것을 제안하고, 화자는 이 여행이 전환점이 될 수 있을 것이라는 기대를 안고 여행을 떠나게 된다. 그런데 파리에 도착해 마중나온 홍을 보았을 때 화자의 눈에 들어온 것은 "이민 가방만큼이나 거대한 두 개의 캐리어 위로 명품 마크가 선명한 가죽 배낭과 보스턴백, 두 개의 쇼핑백이 포개져 있"(144쪽)는 모습이다. 홍이라는 인물을 통해, 북클럽 모임이 표방하는 교양과 취향의 핵심에는 계급적 우월감을 과시하려는 욕망이 자리한다는 것이 단적으로 드러난다.

이때 명품으로 가득한 홍의 짐을 보며 화자는 같이 여행을 온 정아가 사전에 일원들에게 짐을 줄일 것을 당부했음을 떠올린다. 그리고 정아가 홍의 짐을 염두에 두었을 것이라 짐작하며 마음이 뒤틀리고 만다. 과시적인 홍과, 홍의 눈치를 살피거나 비위를 맞추는 일원들 사이에서 은근한 소외감과 불편함을 느끼는 화자의 모습으로부터 이 여행이 마냥 순조롭게 진행되지는 않으리라는 사실이 복선처럼 암시된다. 이 여행이 틀어지는 것은 이들이 차에 두었던 짐이 모두 도난당하면서다. 다들 아연실색한 것은 매한가지이지만, 가장 격렬한 반응을 보이는 것은 고가의 명품들을 분실해 피해액이 가장 컸던 홍이다. 반면 화자는 남편의 뼛가루와 아이의 탯줄, 남편이 사용하던 노트북 등 값으로 매기기 어려운 것들을 분실했던 터라 마음이 복잡해져 덤덤한 태도를 보일 뿐이다. 그런 화자에게 홍은 "자기는 별로 잃어버린 게 없나봐"(155쪽)라며 비꼬듯 말하고 도난을 난민들 탓으로 돌리거나 화자가 잃어버린 것을 깎아내리면서 자기 위안을 삼는다. 화자와 홍 간의 미묘한 갈등은 소설 후반부에서 화자가 홍에게 지나친 말을 삼가라는 주의를 주고 이에 심기가 거슬린 홍은 화자에게 남편이 죽어서 불쌍히 여겨주었다는 막말로 맞받으며 정점에 이른다. 이후 화자는 이들 모임에서 혼자 빠져나와 몽생미셸로 향한다.

화자가 결국 모임을 떠나 혼자가 되어 여행하는 과정은 "여행 가방이 사라지면서 그 속에 구겨넣은 취향도 힘없이 사라"(164쪽)진다는 것을 자각하게 되는 과정과 맞물려 있다. 반수연의 소설에서 취향은 단순한 기호嗜好 이상의 의미로, 타인을 향하는 인정 욕구와 계급적 우월감과 관련된다는 것을 고려해볼 때 도난 사건은 그러한 인정 욕구나 우월감이 얼마나 허울에 불과한지 확인하게 해준 사건이다. 화자는 여행 전에는 홍이 가진 것과 자신이 가지지 못한 것을 비교하며 이를 의식하기도 했지만, 결국 그 모든 게 일순간에 사라질 수 있다는 사실을 받아들이게 되며 비로소 다른 누구의 시선이나 인정을 필요로 하지 않는 자유로운 혼자가 된다. 반수연 소설의 주인공들은 자신이 추구하는 취향과 교양의 세계에 진입하는 데 성공하지 못하지만 그 대신 그 세계의 균열을 인식한다. 이 균열이 표시하는 것은 욕망의 불완전성만이 아니라 욕망 자체가 무색해지게 만드는, 그 상실 가능성이다.

상실의 과정으로의 삶-여행

그 상실 가능성에도 불구하고 욕망할 것이 있다면 그것은 무엇일까? 고층 아파트나 포르쉐나 명품 따위가 아니라 우리를 비로소 살아가게 하는 것이 있다면 그것은 무엇일까? 이 질문에 대해 반수연의 소설이 대답하는 바를 찾기 위해서 우선「프레살레」를 좀더 자세히 살펴볼 필요가 있다.

「프레살레」의 또다른 서사의 축은 남편의 죽음을 차츰 받아들이는 한편으로, 그 죽음을 받아들이지 못하고 은둔한 아들과의 관계를 회복하고자 하는 여성의 이야기다. 화자가 남편의 뼛가루와 아이의 탯줄을 가지고 여행을 온 까닭도 여기에 있다. 화자에게 여행은 남편에 대한 애도이자 아들과의 관계 회복을 목적으로 하여 이루어진다. 그런데 이 목적을 이루는 데 있어 의외의 계기가 되는 건 가방을 도난당해 남편의 뼛가루와 아이의 탯줄까지도 모두 잃어버리게 된 일이다. 가방을 잃어버린 일로 상실을 다시 반복해 겪음으로써 화자는 상실이 자신의 힘으로 막을 수 없는 불가항력적 일이라는 '생의 비밀'을 깨닫게 된 것이다.

어떤 일은 이해할 수 없는 이유로 생겨나고 어떤 일은 이해할 수 없는 이유로 사라진다는 사실이 되레 조금 위안이 되기도 했다. 잃어서는 안 된다고 믿었던 것들을 잃고도 살아진다는 건 생의 비정이 아니라 생의 비밀인지도 몰라.(177쪽)

자신이 소유한 것들이 언젠가 사라지고 말 것이라는 사실은 허무주의로 귀결되는 대신, 오히려 삶을 살아가게 하는 깨달음을 준다. 소설의 마지막 장면에서 아들 윤수가 화자가 보낸 카톡 메시지를 읽은 것은 상실을 진정으로 받아들이고 나서야 회복이 시작될 수 있다는 진실을 암시한다.

표제작 「파트타임 여행자」는 이러한 상실과 관련해 반수연 소설에서 나타난 여행의 의미를 자세히 살피는 데 도움을 준다. 이 소설은 한국 출신 이민자인 민이 미국의 국립공원들로 트레일 여행을 떠난 과정을 그린다. 민은 예순일곱 살의 여성으로, 남편과 두 아이와 이민을 온 후 남편의 폭력을 피해 아이들을 길러냈지만, 아이들은 성인이 된 후 한국으로 아버지를 찾아 떠나고 없다. 한국전쟁 고아로 미국으로 이민온 제이크와 그의 아내 오드리를 이웃으로 맞아 가족처럼 오랜 시간을 함께 보냈지만, 오드리는 파킨슨병으로 죽고 제이크는 병원 신세를 지고 있다. 이런 상황에서 민은 집을 떠나고 싶었던 오래전 갈망이 더 흐릿해지기 전에 여행을 나서기로 결심한다. 「프레살레」의 주인공처럼 「파트타임 여행자」 속 민의 여행에도 살면서 겪은 상실의 경험이 배경에 자리한다.

한편 소설에는 민이 좋은 식당에 혼자 식사하러 가는 장면이 그려진다. 좋은 식당에서 가장 비싼 음식과 와인을 즐기는 것은 그에게 일종의 의식과 같은 것이다. 이러한 의식은 오래 일하던 직장에서 퇴직했을 때, 퇴직 후 마트 캐셔로 일을 하다가 완전히 은퇴했을 때, 딸들이 한국에서 좋은 소식을 전했을 때마다 이루어졌다. 이 의식은 "뭐라도 하지 않으면 그런 일들이 진짜 자신의 것이 되지 않을 것 같"다는 불안을 달래기 위한, 즉 "좋은 일이 진짜 좋은 일이 되기 위해서는 뭐라고 해야 했다"(88쪽)는 강박에서 비롯한 의식이다. 이러한 서술로 미루어볼 때 이 의식은 민의 소유욕과 생에 대한 집착을 보여주는 측면이 있다. 자신이 '좋은 일'을 누릴 만한 가치가 있는지 의심하는 자기 확신의 결여, '좋은 일'이 금세 사라지거나 혹은 계속 자기의 곁에 있을 줄 알았던 사람들이 떠나갈지 모른다는 불안이 이 작은 사치스러운 의식을 정당화한다.

그런데 민이 여행중 차박지에서 만난 한국 출신 이민자 클로디아와 나눈 대화는 민으로 하여금 여행의 의미를 재고하게 만든다. 클로디아는 로드 트립을 시작한 지 오 년째로, 같은 한국 출신이라는 공통점에 민을 초대해 한국 음식을 나누어 먹으며 대화를 나누게 된다. 클로디아는 이혼한 남편을 피해 도망 다니고 있었고, 이런 자신을 '풀타임 여행자'라 소개한다. 풀타임 여행자는 집을 남겨두고 떠나온 사람을 가리키는 파트타임 여행자와 달리 따로 집이 있는 것이 아니라 길을 집으로 삼아 유랑하는 여행자를 의미한다. 민은 클로디아와 헤어진 후 어두운 산속을 홀로 걸으며 자신이 "사막에서도 이미 너무 오래 혼자였는데, 모두 떠나버린 빈집을 두고 나는 왜 떠나왔을까"(105쪽) 자문한다. 이러한 자문에서 드러나건대 가족과 친구와 연인 들은 모두 떠났거나 사라져버렸다는 사실을 받아들이지 못했던 민에게 여행은 이 상실과 고독을 다시 체험하도록 하는 계기가 된다. 민이 풀타임 여행자가 아니라 파트타임 여행자라면, 이는 민이 다시 돌아갈 집을 두고 떠나왔기 때문이지만, 이 집은 더이상 안온한 고향이나 처소가 아니기도 하다. 집은 그가 혼자라는 사실을 다시금 일깨운다는 점에서 여행중 머물게 되는 길과 다르지 않다. 따라서 민의 여행은 좋은 일들을 자기 것으로 만드는 여행이 아니라 영원히 소유할 수 있는 자기의 것이란 본래 없다는 사실을 받아들이는 과정, 상실 자체를 삶의 과정으로 받아들이는 과정이나 다름없다. 다음의 구절은 민이 도달한 여행의 의미를 잘 요약한다. 여행을 삶에 빗댈 수 있다면, 민의 삶-여행은 상실을 끝없이 통과하는 일, 그럼에도 불구하고 살아남아 "아름답고 강한 혼자"가 되어가는 일일 것이다.

민은 아름답고 강한 혼자가 되고 싶었다는 걸 기억했다. 그에 이르지 못했다는 것도 알았다. 늙는다는 건 두려운 일이었고, 죽는다는 건 알 수 없는 일이었지만, 산다는 건 애가 타는 일이었다. 민은 그 길을 살아남아 여기에 이르렀다.(106쪽)

 사실 반수연의 소설에서 "아름답고 강한 혼자"가 된 이들은 결코 혼자가 아니다.「프레살레」에서 상실을 받아들일 때 서로의 상처를 알아보고 회복의 가능성이 열리듯,「파트타임 여행자」속 홀로 떠난 여행에서도 크고 작은 인연들이 스쳐지나가듯, 각자가 통과하고 있는 삶-여행 도중에 사람들은 우연히 마주치고 같이 잠시나마 시간을 보내고, 때로 서로의 상실을 알아보며 함께 나아갈 힘을 얻기도 한다. 이 이방인들이 각자의 고독 안에 있으면서도 그 고독에 갇히지 않는 건 삶-여행이라는 형식이 이들에게 예상할 수 없는 우연한 마주침을 끊임없이 발생시키기 때문이다.
 「춤을 춰도 될까요」는 삶에 편재한 상실을 받아들이면서도 살아갈 수 있게 하는 것은 무엇인지에 대한 하나의 답을 형상화한다. 소설의 화자는 양로원에서 살고 있는 노년 여성이자 이민자로, 죽음이라는 영원한 상실을 향해 가면서도 쾌락을 좇는 삶을 살아간다. 과거 화자의 남편은 목사로, 화자는 남편을 뒷바라지하는 동안 자신의 욕망을 검열하는 데 익숙해졌다. 그리고 남편이 죽은 후 화자는 홀가분한 마음으로 "여행

준비를 끝낸 사람"(120쪽)처럼 양로원에서의 생활을 시작한다. 양로원에서 화자는 정목수라 불리는 인물과 연인 관계가 되는데, 노인들의 섹슈얼리티와 성생활에 대해 보수적인 시선이 여전히 존재할뿐더러 특히 노년 여성에게 부과되는 제약이 더 큰 사회에서 화자의 연애는 순탄할 리 없다. 양로원에서 친했던 친구들은 화자를 외면하며, 화자의 딸 앨런은 정목수가 화자를 이용했다며 가해자로 몰고 정목수의 뺨까지 때리기도 한다. 정목수를 찾아가는 화자의 자발적인 행동은 치매의 증거로 해석되고 화자의 쾌락은 감히 상상되지도 허락되지도 않는다. 이러한 상황에서 화자는 자신을 제약하는 사회적 규율 및 관습과 정면으로 대결하며 자신의 열망과 쾌락을 지키고자 한다. 마지막 장면의 파티에서 정목수가 잡아끄는 손을 마주 잡고 춤을 추는 장면은 화자에게 허락되지 않은 쾌락을 향유하려는 적극적인 몸짓이 아닐 수 없다.

반수연의 소설에서 중년이나 노년 인물이 주로 등장하는 것은 이 시기가 상실과 고독이라는 실존적 조건을 가장 지배적으로 경험하는 시기이기 때문일 것이다. "우리 기억 속의 사람들 중 우리보다 늙은 이는 별로 없다"(113쪽)는 정목수의 말처럼 주변인들이 죽거나 떠나고 자기 자신도 죽음을 향해 가는 상황에서 소설 속 노인들은 유폐되거나 초라한 모습으로 그려지지 않는다. 이들이 "아름답고 강한" 모습으로 그려지는 것은 자신들의 삶을 한없이 납작한 것으로 만드는 사회적인 억압과 편견에 굴하지 않고 자기 본연의 열망과 욕망과 쾌락을 좇는 충실함을 보여주기 때문이다. 곧 죽음을 앞두고 있지만 결혼식을 올리며 애정을 나누는 연인 미셸과 패트릭처럼, 반수연의 인물들은 상실을 정면으로 마주한 채 내면의 목소리와 몸의 감각에 귀기울이며 최대치의 삶을 산다.

이처럼 반수연의 소설 속 이방인들에게서 어떤 힘을 느낄 수 있다면, 그 힘은 삶에 대한 충실성에서 나오는 것일 테다. 이들이 보여주는 욕망은 포르쉐나 명품으로 표상되는, 우리의 삶을 납작하게 만드는 진부한 욕망과는 다르다. 반수연이 보여주는 삶에 대한 충실성은 상실과 우연한 마주침이 연속되는 여행-삶이라는 형식을 받아들이고 끌어안는 것, 사회적 관습에 기꺼이 저항하며 사랑의 몸짓을 내뻗는 것과 같다. 이렇게 반수연은 이 세계에 전에 없던 길을 만들어가는 아름다운 혼자 '들'의 여행을 펼쳐 보인다.

작가의 말

 올해로 등단 이십 년이 되었다. 그중 십 년쯤은 단 한 편도 쓰지 않았고, 심지어 쓰지 않기 위해 에너지를 써야 했다. 나머지 십 년은 게으르게 썼다. 쓰는 동안은 늘 실패한 기억뿐인데 실패들이 모여 소설이 되었다.
 이십칠 년 이국의 시간을 돌이켜보면 고립이라는 단어가 제일 먼저 떠오른다. 처음에는 자발적인 고립이었고, 어느 순간부터는 벗어나고 싶었으나 벗어나지 않는 굴레가 되었다. 어느 날엔 '이번 생의 내 형벌은 그리움'이라고 쓰고 혼자 울먹였고, 곧 그런 내가 치사해서 미워졌다. 나는 원래 사람을 좋아하고 조금 수다스러운 사람이었던 것 같은데, 이제 사람과 어울리고 사랑하는 법을 잊어버린 것 같다. 그렇다고 그리

움까지 잊히지는 않았다. 아무도 재촉하는 이 없는 소설을 오래 끌고 다닐 수 있었던 건 그 때문이었을 것이다.

본격적으로 소설을 쓰기 전에 블로그를 한 적이 있었다. 보낼 데가 마땅치 않은 편지 같은 걸 끄적이던 공간이었다. 블로그의 제목이었던 '과장 혹은 엄살'은 자기혐오와 세상을 향한 구애가 묘하게 뒤섞여 있었다. 소설을 쓰기 시작하면서 '한꺼번에 삼백 잔은 마셔야 한다'라는 「장진주將進酒」의 한 대목을 블로그 제목으로 걸었다. 물론 그것은 과장 혹은 엄살의 변주였지만, 어쩌면 그 문장 어디쯤 화끈하게 쓰려는 다짐을 묻어두었는지도 모르겠다. 그러나 은유로 선택한 제목은 직유가 되어 소설보다 술을 더 열심히 마셔댔다.

책으로 묶기 위해 지난 사 년 동안 쓴 소설들을 모아보니 길 위의 여행자 이야기가 유난히 많다. 어느 순간부터 이국의 이방인이라는 이름이 너무 서글퍼서 나를 여행자라고 생각하기로 한 것 같다. 사는 내내 불확실성이 야기한 불안에 전전긍긍했는데, 그게 싫어서 불확실성이 미덕인 '여행'이라는 이름으로 삶을 부르기로 했는지도 모른다. 여행할 때만이 가질 수 있는 마음에 기대어 시절들을 건너고 건넜지만, 고백하자면 나는 그 마음 끝에 지쳐서 돌아오는 집을 가장 사랑한다. 그러니 열심히 여행자 흉내를 내지만 파트타임을 면하기는 힘들다.

내게 소설을 쓰는 일은 진짜 마음을 알아가는 여정이었다. 그러나 쓰면 쓸수록 끝내 진짜는 알 수 없을 거라는 절망과, 알 수 없으므로 거기 '진짜'라는 손쉬운 이름을 붙인 게 아닐까 하는 의심이 있다. 그러니 내 소설은 절망과 의심 사이 어디쯤에 있을 것이다.

두번째 소설집이 나오기까지 고마운 분들을 많이 만났다. 섬세한 교정과 따뜻한 응원으로 소설은 물론이고, 책이 되어 나오는 과정까지 깊고 풍성하게 만들어준 이재현 편집자님, 해설을 써주신 김보경 평론가님, 추천사를 써주신 하성란 작가님께 감사를 보낸다. 내게 세상의 신비를 가르쳐준 두 아이, 승재, 승은에게 온 마음을 다해 사랑을 전한다.

2025년 가을
반수연

| 수록 작품 발표 지면 |

설탕 공장이 있던 자리 …… 『출간기념 파티』(교유서가, 2024)

조각들 …… 『문학인』 2024년 여름호

파트타임 여행자 …… 『황해문화』 2023년 봄호

춤을 춰도 될까요 …… 『문학과 행동』 2025년 봄호

프레살레 …… 문장 웹진 2025년 7월호

빅터 아일랜드 …… 『선량하고 무해한 휴일 저녁의 그들』(강, 2023)

화분의 시간 …… 『문학무크』 2021년 상반기호

문학동네 소설집
파트타임 여행자
ⓒ반수연 2025

초판 인쇄 2025년 9월 22일
초판 발행 2025년 9월 30일

지은이 반수연
책임편집 이재현 | **편집** 여승주 황문정
디자인 김문비 유현아 | **저작권** 박지영 형소진 주은수 오서영 조경은
마케팅 정민호 서지화 한민아 이민경 왕지경 정유진 정경주 김혜원 김예진 이서진
브랜딩 함유지 박민재 이송이 박다솔 조다현 김하연 이준희
제작 강신은 김동욱 이순호 | **제작처** 영신사

펴낸곳 (주)문학동네 | **펴낸이** 김소영
출판등록 1993년 10월 22일 제2003-000045호
주소 10881 경기도 파주시 회동길 210
전자우편 editor@munhak.com | **대표전화** 031)955-8888 | **팩스** 031)955-8855
문학동네카페 http://cafe.naver.com/mhdn
인스타그램 @munhakdongne | **트위터** @munhakdongne
북클럽문학동네 http://bookclubmunhak.com

ISBN 979-11-416-0215-4 03810

* 이 책의 판권은 지은이와 문학동네에 있습니다.
  이 책 내용의 전부 또는 일부를 재사용하려면 반드시 양측의 서면 동의를 받아야 합니다.

잘못된 책은 구입하신 서점에서 교환해드립니다.
기타 교환 문의 031)955-2661, 3580

www.munhak.com